中國語言文字研究輯刊

二十編

許 學 仁 主編

第 5 冊

科舉辭彙文化闡微

孫 中 強 著

花木蘭文化事業有限公司

國家圖書館出版品預行編目資料

科舉辭彙文化闡微／孫中強 著 -- 初版 -- 新北市：花木蘭文化事業有限公司，2021〔民110〕

目 4+196 面；21×29.7 公分

（中國語言文字研究輯刊　二十編；第 5 冊）

ISBN 978-986-518-336-3（精裝）

1. 科舉　2. 詞彙學

802.08　　　　　　　　　　　　　　　　110000271

ISBN-978-986-518-336-3

中國語言文字研究輯刊
二十編　　第 五 冊　　　　　ISBN：978-986-518-336-3

科舉辭彙文化闡微

作　　者	孫中強
主　　編	許學仁
總 編 輯	杜潔祥
副總編輯	楊嘉樂
編　　輯	許郁翎、張雅淋　美術編輯　陳逸婷
出　　版	花木蘭文化事業有限公司
發 行 人	高小娟
聯絡地址	235 新北市中和區中安街七二號十三樓
	電話：02-2923-1455／傳真：02-2923-1452
網　　址	http://www.huamulan.tw 信箱 service@huamulans.com
印　　刷	普羅文化出版廣告事業
初　　版	2021 年 3 月
全書字數	173022 字
定　　價	二十編 7 冊（精裝）　台幣 20,000 元

科舉辭彙文化闡微

孫中強 著

作者簡介

孫中強，漢族，山東濰坊人，文學博士，副教授，主要研究方向為漢語史、西北文獻、漢語方言。為漢語言文字學、語言學及應用語言學、少數民族語言文學專業的研究生先後開設《〈論語〉〈孟子〉導讀》《歷史語言學》《語言文化學》《古文字學》《對外漢語教學研究》《古代漢語》等課程；承擔本科生漢語言文學、秘書學、蒙漢翻譯、漢藏英三語等專業的《古代漢語》《詞彙學》《現代漢語》課程。現已出版著作 3 部，發表學術論文十餘篇。目前主持國家社科基金項目1 項、部級項目 1 項，參與國家社科基金項目 1 項、部級項目 3 項。

提　要

　　科舉是封建社會的一種重要的選拔人才的考試制度。曾經在中國封建社會的中後期起過十分重要的作用。科舉制度擴大了封建專制的統治基礎，鞏固了國家的統一，完善了封建政治組織。科舉考試的相對公平的競爭原則，以及它所體現的對教育的重視、對知識文化的崇尚、對知識分子的傾慕等，都對現代社會的價值取向有著積極的影響和指導意義。同時，科舉考試對中華文化及思想的輸出，也起到了積極的作用，在東亞文化圈內，諸如越南、韓國、日本等國都有本國的科舉考試。科舉考試對西方的影響也是有的，它們把這種科舉考試制度轉變為了現代公務員考試制度，使得科舉考試的影響至今還留存。

　　語言中的語詞是忠實地為相關文化服務的，可以按照文化的特點劃分出各種不同的語詞範疇。其中語詞的數量也是考核某種文化的因素，大致看來凡是比較重要的文化現象，都有數量多且詳細的名稱語詞。在這一點上科舉語詞可以說是極富典型性的。科舉詞彙在歷史的發展過程中，形成了極其豐富的語詞，語詞的背後也隱藏著大量的文化資源可供我們開採和挖據。

　　基於以上認識，本文通過對科舉考試歷史淵源的回顧、對科舉考試流程詞彙進行了分類和解釋，對科舉考試內容名稱詞彙和書目名稱詞彙進行了歸類和解釋。從文化語言學視角對科舉詞彙中蘊含的重教育的文化觀念、等級和公平的文化觀念、統一的文化觀念、信仰忠孝的倫理文化觀念等與現代社會相關的一些文化觀念進行了闡釋，進而對當今的文化建設問題和觀念創新等進行了初步探討。

目次

第一章 導 論

第一節 選題的緣由與研究方法

一、選題緣由

　　科舉考試是具有悠久歷史的一種選拔人才的考試制度。直到 1905 年 9 月 2 日，清廷頒上諭：「自丙午科為始，所有鄉會試一律停止，各省歲、科考試，亦即停止。」[註1] 在歷史上延續了一千三百年的科舉制度，就這樣結束了自己的歷史使命。從 1905 年清朝宣布停止科舉考試制度至今已經有百年的歷史。

　　現在，我們只能在古裝劇中看到或聽到一些與科舉相關的辭彙了。大量的與科舉考試制度相關的辭彙已經塵封於歷史的海洋當中。我們很難去認識這些在歷史上曾經輝煌過的辭彙。即便是個別源於科舉制度並且在日常生活中人們依然在用的辭彙，也很少有人知道這些辭彙是源於中國一種古老的考試制度——科舉考試制度。

　　對這種塵封歷史的科舉辭彙的興趣，是源於導師讓我校注的一本詩文集《吳敬亭詩文集》。該詩文集的作者是吳敬亭。吳敬亭先生是清朝乾隆時期的舉人，也是當時西北一位十分出名的詩人。這部詩文集中包含了許多他為科

〔註1〕朱壽朋編，光緒朝東華錄（四）〔M〕，北京：中華書局，1958 年版，第 5392 頁。

舉應試而創作的一些作品。下面讓我們詳細瞭解一下這位清乾隆時期的舉人的有關狀況。

　　吳敬亭（1740～1803）名栻，字敬亭，號對山、怡雲道人、洗心道人。吳敬亭先生生於青海省碾伯縣（樂都縣）東關的書香門第。根據《西寧府新志》記載，其父吳遵文是康熙二十三年（1684 年）的貢生，在平香（甘肅省永登縣）任司訓〔註2〕七年。吳敬亭十三歲時，父親去世。母親督促吳敬亭的功課。吳敬亭也十分用功，每夜課逾三更，雞鳴即起，寒暑從未間斷。吳敬亭 16 歲時，補博士弟子員〔註3〕，25 歲時被選為貢生〔註4〕，37 歲赴長安（現在的陝西省西安市）考取舉人〔註5〕。第二年赴京考進士不第而歸〔註6〕。回鄉後，為了自己和家人的生活，教過書，當過幕府。在當幕府期間，被人讒言陷害，銀鐺入獄。家人把他從獄中解救出來後，吳敬亭開始對自己大半生的科舉官宦生涯有了反思。在《吳敬亭詩文集》中的《自責文》中寫道：「綜計吾之平生，溺於詞章者有年，困於家計之有年，勞於筆墨者有年，疲於道途之有年。所歷非一鏡，所接非一事，由念思之，境皆戕心之境，而事皆役心之事也。」〔註7〕

　　在《自勖錄》的詩中對科舉考試取士的這種考試制度進行了思考。其詩為：「五十蹉跎事事違，才知四十九年非。名韁利鎖都拋卻，野鶴青雲任意飛。是誰設此迷魂陣，籠絡英雄到白頭。我亦攢眉三十載，之乎者也一齊休。」〔註8〕

　　從吳敬亭先生科舉人生中的酸甜苦辣，讓我對科舉這種塵封歷史的考試制度產生了很大的好奇心。看到吳先生的人生狀況和文章，讓我不禁想到差不多同時代的文人蒲松齡先生。同樣是遭遇科舉失利的人生不幸，但內心的宣洩方式不一樣。蒲松齡是書寫鬼狐故事宣洩自己心中的不滿和憤懣，而吳敬亭是把

〔註2〕明清時縣學教諭的別稱。
〔註3〕科舉名詞術語的解釋在第三、四章中有詳細的解釋。在此不再贅述。
〔註4〕科舉名詞術語的解釋在第三、四章中有詳細的解釋。在此不再贅述。
〔註5〕科舉名詞術語的解釋在第三、四章中有詳細的解釋。在此不再贅述。
〔註6〕科舉名詞術語的解釋在第三、四章中有詳細的解釋。在此不再贅述。
〔註7〕吳敬亭，吳敬亭詩文集〔M〕，吳景周注釋，甘肅聯大印務中心印刷（內部出版），2000 年，第 324 頁。
〔註8〕吳敬亭，吳敬亭詩文集〔M〕，吳景周注釋，甘肅聯大印務中心印刷（內部出版），2000 年，第 229 頁。

自己的悲歡情懷寄託於自己的詩文當中。

在《吳敬亭文集》中，許多關於科舉的名詞術語同樣也吸引了我。對我來說，這是一塊陌生而又神奇的領域。我查看字典或詞典時，才發現詞典中對科舉辭彙的解釋少之又少，就連《辭海》也未對科舉這個曾經輝煌千年的考試制度的相關詞語作專題的校釋。《辭海》中只是零星地涉及到一些科舉方面的辭彙。

校釋這本文集，沒有科舉方面的知識和對科舉辭彙做一些解釋是不可能很好地完成這項工作的。對《怡雲庵排律詩》的序言做校釋時，我就深有此種體會。在這本書中給我印象最深的就是這篇文章。這篇文章是當時的碾伯縣令唐以增先生為吳敬亭先生的《怡雲庵排律詩》寫的序言。寫到古代科舉制度以詩取士的狀況時有這樣一段話：「自唐人以詩取士，而源流暢。自唐人以排律限場屋，而格律嚴起。承頸腹虛實正反，必盡其法，始稱中式。觀唐試貼中，尚多渾噩之氣。弛之概，如祖吟《終南積雪》二韻而盡。韓公《精衛銜石》微見脫帽露頂之態。良由才大不羈。善古詩者，不必善試貼；猶之善古文者，或不精貼括也。」〔註9〕

以上是說明的唐朝科舉考試的狀況。在校注時，這些科舉辭彙和關於科舉的一些典故讓人難以去解釋。當我面對這一系列的名詞術語時，我有一系列的發問：何為「以詩取士」？何為「試帖」？何為「場屋」？「祖」為何人？《終南積雪》是何詩？「韓公」為何人？《精衛銜石》又為何詩？

這一系列的發問，使我在解釋時，費盡了周折。最後經過查找數據，終於將他們一網打盡。高興的同時，也激發了我去發掘和解讀科舉辭彙和與科舉相關典故的願望。下面我把對這些發問的解釋附上：

以詩取士：是指科舉考試中考試試帖詩。這只是考試內容之一。傅璇宗先生在《唐代科舉與文學》一書中經過大量史實考證後認為「應當說，進士科在八世紀初開始採用考試詩賦的方式，到天寶時以詩賦取士成為固定的格局，正是詩歌的發展繁榮對當時社會生活產生泛影響的結果」〔註10〕科舉諸目中與詩歌聯繫最為密切的莫過於進士科。詩歌在四聲八病說之後，開始由古體

〔註9〕吳敬亭，吳敬亭詩文集〔M〕，吳景周注釋，甘肅聯大印務中心印刷（內部出版）
　　　2000年，第37頁。
〔註10〕傅璇宗，唐代科舉與文學〔M〕，西安：陝西人民出版社，2007年，第409頁。

詩歌向音律謹嚴的近體詩轉變，但一直到唐代以前還未成熟。進入唐朝以後，大約由於科舉考試的關係，寫詩要求統一的格式，格律詩才開始成熟起來。而進士所考試的詩作都是五言律詩，限定十二句。劉大杰在《中國文學發展史》中說到：「唐代以詩取士，於是詩歌一門，成為文人得官干祿的終南快捷方式，而成為明清兩代的制藝，作為當日青年們的必修科目了。……以詩取士，格於那種歌誦的內容與形式上的限制，自然難得有精彩的作品。但這種考試的制度，提倡作詩的風氣，對加強詩歌技巧的訓練，對詩歌的普及，有重要作用。」〔註11〕唐代文人花費大量的精力來從事這一全新的詩體。七律成熟要比五律更晚一些，但也在重視聲律的風氣下由詩人進行了大量的創作並定型，漸漸成為堪與五律比肩的重要詩體。聞一多先生在論述中唐後期詩人創作以五律為主的原因時認為五律與五言八韻的試貼詩最近，做五律即等於做功課。〔註12〕結合中唐以後文人創作的大致情況，科考的確從制度本身使律詩得以鞏固，並走向繁榮。

場屋：科舉考試的場所。

頷頸：這裡指律詩的頷聯和頸聯，即律詩的中間兩聯。

中式：這裡指科舉考試被錄取，科舉考試合格。《明史·選舉志二》：「三年大比，以諸生試之直省，曰鄉試，中式者為舉人。」《清史稿·禮志八》：「順治初，會試中式舉人集天安門考試。」

試帖：一是指唐代明經科試士之法。在試卷上抄錄一段經文，另用他紙覆在上面，中開一行，顯露字句，被試者即據以補上下文。《新唐書·選舉志上》：「乃詔自今明經試帖粗十得六以上，進士試雜文二篇，通文律者然後試策。」二是指中國封建時代的一種科舉考試採用的詩體名稱。也叫「賦得體」，以題前常冠以「賦得」二字得名。起源於唐代，多為五言六韻或八韻排律，由「帖經」、「試帖」影響而產生。題目範圍與用韻，原均較寬，唐玄宗開元時始規定韻腳。宋仁宗時始規定題目必於經史有據。明及清初不試詩賦。乾隆二十二年（1757），於鄉會試加試五言八韻詩。格式限制比前代更嚴，出題用經、史、子、集語，或用前人詩句或成語；韻腳在平聲各韻中出一字，故應試者須能背誦平聲各韻之字；詩內不許重字；語氣必須莊重；題目之字，須在首次兩

〔註11〕劉大杰，中國文學發展史〔M〕，上海：復旦大學出版社，2006年。
〔註12〕聞一多，唐詩雜論〔M〕，北京：中華書局，2009年。

聯點出，多用歌頌皇帝功德的語詞。

祖詠：唐代詩人。洛陽（今屬河南）人。生卒年不詳。少有文名，擅長詩歌創作。與王維友善。王維在濟州贈詩云：「結交二十載，不得一日展。貧病子既深，契闊余不淺。」〔註13〕其流落不遇的情況可以從此文中知曉。開元十二年（724 年），進士及第，長期未授官。後入仕，又遭遷謫，仕途落拓，後歸隱汝水一帶。

終南積雪：即《終南望餘雪》。作者：唐・祖詠。「終南陰嶺秀，積雪浮雲端。林表明霽色，城中增暮寒。」據《唐詩紀事》卷二十記載，這是作者在長安的應試詩。詩寫遙望積雪，頓覺雪霽之後，暮寒驟增；景色雖好，不知多少寒士受凍。詠物寄情，意在言外；清新明朗，樸實俏麗。按照規定，應該作成一首六韻十二句的五言排律，但他只寫了這四句就交卷。有人問他為什麼？他說，意思已經完滿了。這真是無話即短，不必畫蛇添足。

韓公：即唐代大文學家韓愈。

精衛銜石：即《學諸進士作精衛銜石填海》「鳥有償冤者，終年抱寸誠。口銜山石細，心望海波平。渺渺功難見，區區命已輕。人皆譏造次，我獨賞專精。豈計休無日，惟應盡此生。何慚刺客傳，不著報讎名。」精衛銜石填海：精衛，古代神話中所記載的一種鳥，相傳是炎帝的少女，由於在東海中溺水而死，所以死後化身為鳥，名叫精衛，常常到西山銜木石以填東海。《山海經・北山經》：「北二百里，曰發鳩之山，其上多枯木，有鳥焉，其狀如烏，文首，白喙，赤足，名曰「精衛」，其鳴自詨。炎帝之少女名曰女娃。女娃遊於東海，溺而不返，故為精衛，常銜西山之木石，以堙於東海。」後因以「銜石填海」比喻為實現既定目標，堅韌不拔地奮鬥到底。

古文：就是文言的散體文。其特徵是奇句單行、不講對偶聲律。「古文」，即以先秦散文語言寫作的文章。唐代的韓愈、柳宗元等，倡導先秦、漢代散文的傳統，這種傳統的散文的特徵就是內容充實、長短自由、樸質流暢。這樣的散體文為古文。韓愈《題歐陽生哀辭後》說：「愈之為古文，豈獨取其句讀不類於今者邪？思古人而不得見，學古道則欲兼通其辭。」都提到了古文的名稱，並為後世所沿用。唐代優秀的古文家所作的古文，實際上就是一種

〔註13〕出自王維《贈祖三詠》。

新型的散文。這種新型的散文就是從當時的口語中提煉而成的一種新的書面語。這種書面語有自己的個性和時代的現實性。明代宣揚「文必秦漢」的何景明說：「夫文靡於隋，韓力振之，然古文之法亡於韓」〔註14〕，從此中可以看出，韓愈所稱道的古文與秦漢的散文不同，它既繼承又有創新。

帖括：唐制，明經科以帖經試士。把經文貼去若干字，令應試者對答。後考生因帖經難記，乃總括經文編成歌訣，便於記誦應試，稱「帖括」。《新唐書‧選舉志上》：「進士科起於隋大業中，是時猶試策。高宗朝，劉思立加進士雜文，明經填帖，故為進士者皆誦當代之文，而不通經史，明經者但記帖括。」後來泛指科舉應試文章。明清時亦用指八股文。清‧蒲松齡《聊齋誌異‧金和尚》：「金又買異姓兒，私子之。延儒師，教帖括業。」

上面的祖詠和韓愈寫的詩都是科舉考試中的科考之詩。它們是戴著鐐銬跳舞的科舉詩中的精品。

通過對與上面類似的一些科舉辭彙的解釋。我感覺到科舉知識是一個龐大的成體系性的知識體系。其實早在 20 世紀 90 年代，研究科舉歷史知識的歷史學家就給這個龐大的科舉知識體系起了學科名稱──科舉學。但是科舉學的研究並不是全面的。他們大都集中在歷史、文學、教育等學科領域進行相關的研究。從語言學角度進行科舉研究的文章是十分少的。

在查找資料的過程中，我也慢慢發現，科舉辭彙方面的文章很少，把其作為學位論文來寫的，在萬方等學位論文網中還沒有發現。可能是由於科舉辭彙過於複雜，並且有一些辭彙已經融入到現代辭彙中，我們很難發現這是源自於科舉考試制度的辭彙。如：「沆瀣一氣」，這個詞在現在的意思是比喻臭味相投的人結合在一起。而從宋‧錢易《南部新書‧戊集》中我們可以看到這樣一段記載：「又乾符二年，崔沆放崔瀣，譚者稱座主門生，沆瀣一氣。」這個詞的背後隱藏著科舉的文化知識。現在，很少有人在用這個詞語時能知道這個詞後面有這樣一段與科舉相關的文化知識。

現在對科舉辭彙進行解釋的專門詞典很少。其中文化詞典或古代官職詞典捎帶對科舉一些名詞術語進行一些解釋。專業的科舉詞典只有江蘇教育學院的翟國璋教授主編的《中國科舉詞典》。這部詞典並沒有全部囊括科舉辭彙。大部

〔註14〕何景明《與李空同論詩書》。

分解釋的都是科舉考試制度的專門用語或專業名詞，且都是利用歷史發展過程去解釋一個科舉名詞。這樣做讓我們明白了科舉考試的某個名詞在歷史上是個什麼樣，但是字面的意思和當初人們為什麼會用這個詞或詞組來命名某一個科舉名稱，我們就無從而知了。

例如「秀才」一詞，按照歷史發展過程去描述和解釋這個詞是這樣的：①在漢代實行察舉制度的時候，「秀才」是察舉的一個科目。②在隋唐時期，科舉剛剛開始的時候，是科舉考試的一個科目。③在明清時期，是對讀書人的一種稱謂。尤其是在院試考試成功入了官學成為生員後，通常都被稱作秀才。這是「秀才」一詞在歷史上的一個發展的過程。但是其字義以及古代的人們為何要用「秀才」一詞來命名一種考試或者來作為一個讀書人的稱謂，我們還是不明白。

下面是我從訓詁學的角度對這個詞的一些解讀。

「秀才」的「秀」小篆為「秀」，從其字形我們會感覺到這是穀物抽穗時的樣子。在段玉裁的《說文解字》中的解釋為：「秀，上諱。『上諱』二字許書原文。秀篆許本無，後人沾之。云：『上諱』，則不書其字宜矣。不書故義形聲皆不言。說詳一篇示部。伏侯《古今注》曰：諱秀之字曰茂。蓋許空其篆，而釋之曰：上諱。下文禾之秀實為稼，則本不作茂實也。許既不言，當補之曰：『不榮而實曰秀。』從禾從人。不榮而實曰秀者《釋草》、《毛詩》文，按《釋草》云：『木謂之榮，草謂之華。』榮、華散文則一耳。榮而實謂之實，桃李是也。不榮而實謂之秀，禾黍是也。榮而不實謂之英，牡丹芍藥是也。凡禾黍之實皆有華，華瓣收即為稃而成實。不比華落而成實者，故謂之榮可，如黍稷方華是也；謂之不榮亦可，實發實秀是也。《論語》曰：『苗而不秀，秀而不實，秀則已實矣。』又云實者，此實即《生民》之堅好也。秀與穗義相成，穗下曰：『禾成秀也。』穗自其垂言之。秀自其挺延之，而非實不為之秀。非秀不謂之穗。《夏小正》：秀然後為萑葦；《周禮注》：『荼茅秀也。』皆謂其穗而實引申之為俊秀、秀傑。從禾人者。人者米也，出於稃謂之米，結於稃內有人是曰秀。《玉篇》、《集韻》、《類篇》皆有秂字。欲結米也，而鄰切，本秀字也。隸書秀從乃。而秂別讀矣。息救切。」〔註15〕在《爾雅》中解釋為「榮

〔註15〕漢・許慎撰，清・段玉裁注，說文解字注〔Z〕，上海：上海古籍出版社，1988年，

而實者謂之秀。」〔註16〕《廣雅》中解釋為：「秀，出也。」〔註17〕從上面的解釋中我們可以看出其本義為：穀類作物等抽穗開花。《詩經·大雅·生民》：「實發實秀，實堅實好。」引申為草木之花。《文選》中漢武帝的《秋風辭》：「蘭有秀兮菊有芳。」引申為美好、秀麗。《世說新語·言語》：「千岩競秀，萬壑爭流。」引申為優秀，特異。《禮記·禮運》：「故人者，天地之德，陰陽之交，鬼神之會，五行之秀氣者也。」

　　「秀才」的「才」〔註18〕的小篆是「才」從字形上是草木剛剛冒出地面之意。《說文解字》中解釋為：「才，草木之初也。從丨上貫一，將生枝葉；一，地也。凡才之屬皆從才。徐鍇曰：上一，初生歧枝也。下一，地也。昨哉切。」〔註19〕「才」的本義指的就是才能之意。所以「秀才」在開始的時候還是一個詞組，字面意思為優秀、優異的才能之意。如《管子·小匡》「農之子常為農，樸野不慝，其秀才之能為士者，則足賴也。」尹知章注「農人之子，有秀異之材可為士者，即所謂生而知之，不習而成者也。」〔註20〕後來統治者用「秀才」這個詞組來作為察舉的科名。在科舉考試初期「秀才」也是科舉考試的一種科名。後來用「秀才」經過辭彙化後變為一個詞，被用來作為讀書人的稱謂。明清時期則作為通過科舉的初級考試童子試的府學、縣學生員的稱謂。由此，我們可以從「秀才」的字面意義看出統治者為什麼要把「秀才」一詞作為考試選拔人才科目和作為官學中的學生稱謂了。

　　在語言學中，辭彙是最具有社會敏感性的，也最能體現時代的文化特點。科舉辭彙也具有同樣的規律。歷朝創造的一些新事物當然會有新的辭彙產生。例如「狀元」一詞。該詞產生於唐代，當時的考生被解送到長安禮部應試需要先投狀，科考後，及第考生的名單用奏狀報於朝。因此，把第一名稱謂狀元或狀頭。只不過，在唐朝稱省試第一名為狀元，後來狀元成為殿試第一名的專稱了。「狀元」一詞一直延續到現在都在使用，現在意義轉化為本行業成

第 320 頁。

〔註16〕清·郝懿行，爾雅義疏〔Z〕，上海：上海古籍出版社，2017 年。

〔註17〕清·王念孫，廣雅疏證〔Z〕，南京：江蘇古籍出版社，2000 年。

〔註18〕才，財，材。三字是同源字。人有用叫做「才」，物有用叫做「財」，木有用叫做「材」。「才」有時和「材」通用指的是資質、品質之意。

〔註19〕漢·許慎，說文解字〔Z〕，上海：上海古籍出版社，2006 年，第 294 頁。

〔註20〕出自《管子·小匡》。

續最突出者。如在社會中流行的俗語辭彙「三百六十行，行行出狀元」。

　　本篇文章的思路是通過科舉辭彙探究文化，所以選取的辭彙都是與生活緊密或者是具有代表性的科舉考試的基本詞語。呂叔湘先生的《南北朝人名與佛教》一文中說道：「一種語言的歷史和使用這種語言的人民的歷史分不開，尤其是辭彙的歷史最能反映人們生活和思想的變化。」〔註21〕呂先生的這句話給了我啟發。本文就是沿用了呂叔湘先生的思路，從語言與文化的交叉研究視角，去探究科舉辭彙的意義和科舉辭彙所能夠反映出的一些文化內涵。

二、研究方法

（一）語言調查法中的抽樣調查法

　　在一個整體中選擇部分作調查，就稱之為抽樣調查。當研究的範圍較廣，涉及的資料很多且難以窮盡時，抽樣調查是一種很有效的語言調查方法。

　　科舉歷經 1300 多年，與科舉制度有關的辭彙浩於煙海。本文不可能全部窮盡科舉辭彙，只是選取有代表意義的與生活密切相關具有典型性的一些辭彙來做研究。

（二）訓詁學中的文字校釋的方法

　　首先我們會對典型的科舉辭彙解釋詞義。文字的校正和釋義是非常重要的，也是我們對科舉辭彙正確理解的一個關鍵。詞義的解釋是訓詁中最基本的工作，詞義的解釋不僅涉及到本義、引申義、假借義、比喻義、詞的概括義、具體義、以今語釋古方言、俗語等，還涉及到古代的文化、風俗、典章制度等，因此詞義訓釋在訓詁學中佔有極重要的地位。〔註22〕字詞校釋方法在古代漢語的研究方法之中也是一種十分重要的方法。因此，本文在對科舉辭彙解釋中，積極採用這種方法進行對辭彙的釋義。

（三）比較法

　　比較的方法是人文學科的一種重要的研究方法，凡是人文學科或社會科學或多或少總得用一些比較的研究。

　　對比科舉辭彙中古今異義差別大的詞語，比較的同時，還要理順其意義的

〔註21〕邵敬敏主編，文化語言學中國潮〔C〕//呂叔湘，南北朝人名與佛教〔A〕，北京：語文出版社，1995 年，第 183 頁。

〔註22〕陳良煜，訓詁學新探〔M〕，西寧：青海人民出版社，2001 年，第 49 頁。

發展脈絡。同時，在做文化研究的時候，把科舉辭彙所反映的文化，與當今的一些文化現象做一下比較，我們也會得到一些不同的見解和看法。

（四）演繹推理法

本文通過對科舉中的漢字和詞語意義解釋後，還會用推理的方法，推源漢語所表達出的科舉文化。辭彙的背後是文化，這就需要我們用推理的方法去演繹推理這種文化，並且結合歷史的知識去驗證這種文化的合理性。

（五）綜合研究方法

本文會結合歷史學、音韻學、文字學、訓詁學、文化學等對科舉辭彙和科舉辭彙所反映出的文化做一個深入的探討。本文就是把語言與文化結合起來進行的跨學科的一種綜合研究方法。語言本身就是一種文化現象，同時又是諸多文化內容的重要表現形式。我們今天瞭解和研究歷史文化，主要依據傳世文獻。從這個角度看，歷史語言和歷史文化之間的關係尤為密切。

文化的各個領域之間通常是互相影響、互相滲透、互相促進的。漢語作為一種歷史的語言，對於每一歷史階段的社會進步和文化繁榮作出了無法估量的巨大貢獻，而各個領域的歷史文化在它們發展過程中，也對各階段的漢語產生了多方面的深刻影響。思想學術、政治法律、教育科學、宗教禮俗、藝術文學等的文化的迅速發展，也會促使語言產生相應的表現形式。

商業與交通的日益發達，國際交流的不斷增進，以及大規模的戰爭的侵擾、人口遷徙、改朝換代、民族融合，都直接或間接地改變著人們的文化觀念和文化行為，也會直接或間接地影響語言的變化。所以科舉考試制度的創立，對漢語辭彙系統是影響非常大的。科舉制度的不斷完善發展，導致了新的辭彙會不斷產生，並且導致一些辭彙產生了新意。這就使得這種綜合性的研究方法顯得十分必要。

第二節　相關研究概述

一、科舉研究的歷史概況

科舉制度被廢除後，對科舉的研究就開始零星的出現了。其視角主要是集中在對清代科舉制度本身的說明和宏觀的對科舉的價值進行評判。1924 年，孫中山先生對「民權主義」進行講解時，就宏觀的對科舉制度就行了積極的

評價。

　　20 世紀 30 年代，鄧嗣禹先生的《中國考試制度史》一書付梓，在該書中對古代的選舉制度進行系統的說明和述說。該著作是關於中國科舉制度史的所有研究中，最為突出的。鄧嗣禹先生在 1943 年發表了《中國考試制度西傳考》一文〔註 23〕。在文章中鄧先生認為中國是實行筆試的最早的國家，〔註 24〕並且對西方引進的科舉制度發展專門做了考察。最終得出了英國的考試制度是對中國科舉制度的借鑒和傳承。這一觀點為後人普遍認同。

　　1947 年 12 月，王亞南先生在《時與文》上撰寫了一篇《支持官僚政治高度發展的第一大槓杆──科舉制》的文章〔註 25〕。在文章中王先生的視角是把科舉制度放入社會政治結構中進行考察。這是第一次進行如此之考查。其角度十分之新穎。王先生在文章中得出了科舉制度是從外部支撐和推動了中國官僚政治發展的結果。

　　自科舉廢止到新中國成立，這一段時間研究中國古代的科舉制度一直是學術界冷門中的冷門。除了上面介紹的文章著作外，此時期還有陳東原的《中國科舉時代之教育》和舒新城的《近代中國教育思想史》以及清末進士賈景德在香港出版的《秀才・舉人・進士》等書。

　　解放後至 20 世紀 80 年代，由於政治運動頻繁，也只有清朝最後探花商衍鎏的《清代科舉考試述錄》和《太平天國科舉考試紀略》以及張晉藩的《科舉制度史話》等幾本著作問世。

　　20 世紀 80 年代以來，此類書籍先有王道成的《科舉史話》以及許樹安的《古代的選士任官制度與社會》，後有黃留珠考證甚詳的《秦漢仕進制度》及宏觀敘述科舉制度的《中國古代選官制度述略》、閻步克選材精審、敘述連貫的《察舉制度變遷史稿》等紛紛問世。程千帆《唐代進士行卷與文學》、傅璇宗《唐代科舉與文學》等著作深入細緻地研討了科舉與文學的關係，吳晗、費孝通的《皇權與紳權》則從紳士與政治穩定的角度對科舉制度進行獨具特色的分析，而朱保炯等《明清進士題名碑錄》是對科舉做了史料性考證。

〔註 23〕此文在美國 *Harvard Journal of Asiatic studies* 第 7 期的第 4 卷上，後由王漢譯成中文，收錄於《鄧嗣禹先生學術論文選集》。

〔註 24〕鄧嗣禹著，鄧嗣禹先生學術論文選集〔C〕，黃培、陶晉生編，臺北：食貨出版社，1970 年版，第 26 頁。

〔註 25〕該文後來收錄在《中國官僚政治研究》一書中。

　　20 世紀 90 年代以來，在東亞國家儒家文化復興浪潮中，傳統科舉文化日益成為研究的對象。在中國大陸和臺灣、香港地區以及日本、韓國等地出版了大量著作。如劉海峰的《中國科舉史》、《科舉學導論》、何懷宏的《選舉社會及其終結──秦漢至晚清歷史的一種社會學闡釋》、金諍的《科舉制度與中國文化》、張傑的《清代科舉家族》、楊齊福的《科舉制度與科舉文化》、閻步克的《士大夫政治衍生史稿》、《察舉制度變遷史稿》等等。

　　值得注意的是隨著 20 世紀後期中國科舉研究的不斷升溫，對科舉問題的研究逐漸演變成為一門學問──科舉學。從 1992 年廈門大學教育研究院院長劉海峰教授發表《科舉學「芻議」》一文到 2005 年 9 月劉海峰教授出版專著《科舉學導論》，這標誌著「科舉學」的誕生與確立。科舉學被學術界認可和接受的標誌性事件就是「科舉制與科舉學國際學術研討會」〔註 26〕的隆重舉行。其標誌著科舉學地位的正式確立。這次大會有來自中國大陸、臺灣地區及美、日、韓、俄羅斯、越南、巴西等過代表 150 餘人，對科舉制與科舉學做了多學科、全方位的探討。從此對科舉的研究興盛起來。

　　我們在中國學位論文數據庫──萬方數據中輸入關鍵詞「科舉」，我們得到了以下的表一、表二、表三數據：

表一：2000 年到 2011 年中國科舉研究成果〔註 27〕

時　　段	期刊論文	碩士論文	博士論文	博士後論文	學術會議論文
2000 年到 2011 年	4172	830	216	13	40

表二：2005 年到 2011 年中國科舉研究成果〔註 28〕

時　　段	期刊論文	碩士論文	博士論文	博士後論文	學術會議論文
2005 年到 2011 年	3094	714	187	7	30

〔註 26〕該大會是 2005 年 9 月 2 日到 9 月 4 日在廈門大學召開的由廈門大學高等教育發展研究中心、北京大學中國古代史研究中心主辦，中國高等教育自學考試專業委員會、天津教育招生考試院《考試研究編輯部》、《湖北招生考試》雜誌社、《廈門大學學報》哲社版編輯部協辦的。
〔註 27〕2011 年 5 月 12 日在萬方數據庫中搜索而得出的結果。
〔註 28〕2011 年 5 月 12 日在萬方數據庫中搜索而得出的結果。

表三：2012 年至 2020 年中國科舉研究成果〔註29〕

時　　段	期刊論文	碩士論文	博士論文	博士後論文	學術會議論文
2012 年到 2020 年	8475	1164	187	2	169

　　從上述三個表格中可以看出 2000 年以後，對科舉研究升溫速度很快，尤其是 2012 年以後科舉論文的數量更是突飛猛進。科舉研成果好多都是在 2012 年以後出現的，可見科舉學還是相當有魅力的。

　　通過對科舉研究成果的分析我們可以發現：歷史學、教育學、文學是科舉學的三大支柱性學科，當今研究科舉的學者也以這三個學科最多。

二、語言學角度下的科舉研究

　　這是一個新的角度。廈門大學教授劉海峰先生《科舉術語與「科舉學」的概念體系》〔註30〕第一次提出了科舉辭彙的問題。2002 年劉海峰先生在廈門大學學報哲學社會科學版第 6 期發表文章《多學科視野中的科舉制》，其中劉先生在科舉文化中談到了科舉對漢字書法的影響。2005 年內蒙古大學 2003 級漢語系研究生王娥《科舉文化熟語探析》載於《前沿》2005 年第 8 期。其中對科舉文化熟語進行了解析。2006 年廣州大學中文系教授孫雍常先生和中國訓詁學學會會長李建國先生聯合署名發表了《宋元明清時期的漢字規範》，此文載於《學術研究》2006 年第 4 期。文中就間接地介紹了宋元明清科舉對漢字規範的影響。2006 年陝西師範大學古典文獻方向的碩士研究生張喆的碩士論文《唐代漢字規範研究》中也提及到科舉制度對漢字規範的影響。2006 年5 月江蘇教育書院歷史系教授翟國璋先生主編的《科舉辭典》問世，這本詞典按筆劃順序排列了與科舉辭彙相關的名詞術語。2009 年曹帥在《語文世界》第 9 期上發表了《古文化常識──「科舉」辭彙》在其中對一些簡單的科舉辭彙做了解釋。2009 年渤海大學的傅庭麟、何占濤發表的《淺析書法及科舉在漢字規範中的作用》載於遼寧大學學報哲學社會科學版 2009 年 1 月第 37 卷第 1 期。對科舉對漢字規範的影響做了一些闡釋。2009 年廈門大學教育學教授張亞群《科舉考試與漢字文化──兼析進士科一枝獨秀的原因》載於中

〔註29〕2020 年 6 月 25 日在萬方數據庫中搜索而得出的結果。
〔註30〕載於廈門大學學報哲學社會科學版，2000 年第 4 期。

國地質大學學報社會科學版 2009 年 11 月第 9 卷第 6 期。其中簡單談到了科舉對漢字的影響，對漢字與科舉的關係做了一個闡述。

三、科舉辭彙研究中的文化視角

文化是什麼？著名的英國文化人類學家被譽為「文化學之父」的泰勒先生曾指出：「文化是一個複合的整體，其中包括知識、信仰、藝術、道德、法律、風俗以及人們作為社會成員而獲得的一切能力和習慣。」〔註 31〕美國已故語言學薩丕爾曾經說過：「語言的背後是有東西的，並且語言不能離開文化而存在。所謂文化就是社會遺傳下來的習慣和信仰的總和，由它可以決定我們的生活組織」〔註 32〕。

既然文化融合了這麼多方面，語言作為文化的承載體，當然與文化有著密不可分的關係。我們在這裡不討論文化與語言的關係，也不討論文化與語言孰先孰後的問題。我們的思維是從辭彙中尤其從一些已經退出歷史舞臺的一些辭彙中，去探討那些辭彙所蘊含的文化。這部分辭彙曾經在那個時代輝煌過，曾經被人們推崇過，趨之若鶩過。但是隨著歷史的發展，辭彙和這些辭彙所承載的那部分文化已經沉入歷史的汪洋之中而不被人們所關注了。

羅常培先生認為：「語言文字是一個民族文化的結晶，這個民族過去的文化靠它來流傳，未來的文化也使它來推進。」〔註 33〕宋永培先生認為：「中國文化辭彙學從它一出世就瞄準了古代漢語詞義深藏的『天人合德』的人文性，能夠認清這一問題，並著手解決，在中國語言學史上是一個質的飛躍，因為『天人合德』的人文性是中國文化之創造活動的淵源，是中國文化蘊藏的最根本的力量，是古漢語詞義系統貯存的博大精深的內容，是漢民族語言交際中起著如同鬼斧神工般制約作用的玄機。」〔註 34〕

通過上述前賢對語言與文化的論述，我們可以看出，語言與文化的密切程度是十分高的，辭彙是語言中對社會發展最為敏感的一部分，可以說是語言的

〔註 31〕（英國）愛德華‧B‧泰勒著，原始文化〔M〕，連樹聲譯，桂林：廣西師範大學出版社，2005 年，第 1 頁。

〔註 32〕轉引自羅常培，語言與文化〔M〕，北京：北京出版社，2011 年，第 1 頁。

〔註 33〕羅常培，中國人與中國文化〔M〕，上海：開明書店，1947 年，第 1 頁。

〔註 34〕邵敬敏主編，文化語言學中國潮〔C〕//宋永培，中國文化辭彙學的基本特徵〔A〕，北京：語文出版社，1995 年，第 130 頁。

晴雨表。因此我們可以說，古代漢語辭彙最能體現中國古代的文化。

本文的視角就是通過辭彙去解讀其中所蘊含的一些文化。只有當我們對傳統文化更加瞭解後，才能更加深層次地去考察漢語的特點。20 世紀 80 年代，中國語言學界出現了反思漢語特點的浪潮。文化語言學認為漢語的方方面面都與中國文化息息相關。漢語與西方語言相比較，帶有一種人文性的特點，即漢語的意合性，這也是使得漢語的冗餘度比西方語言要大的一種原因所在。

在文化語言學中，羅常培先生的《語言與文化》可以算作是典範性的著作。文化語言學到了 20 世紀 80 年代發展的勢頭越來越大，成為了一股文化語言學潮。對於文化語言學的這股潮流，到現在雖有衰落跡象，但還在不斷前行。

科舉制度在中國存在了 1300 年，其被人們重視程度不亞於人們今天對待高考的熱情。雖然科舉辭彙的研究被人們零星的觸及到，但是把科舉辭彙與文化相聯繫來做研究的，很少有人這樣做。科舉制度歷史悠久，其歷史文化底蘊也是十分豐富的。可以說科舉辭彙文化研究是文化語言學研究的一座富礦。我們不僅要研究解釋科舉辭彙的意思，我們還要通過科舉辭彙窺斑見豹，去探究科舉辭彙背後所蘊含的文化。本文在文化語言學的一些理論的指導下，嘗試用文化的視角去探究和解析一下科舉辭彙所蘊含的文化意義。

科舉辭彙是隨著科舉制度的誕生而產生的。因為肇始於隋代，正式確立於唐代，所以科舉辭彙也在這個時間段不斷地被組合創造。而此時的漢語辭彙也正好處與複音節化的大量產生的階段。科舉辭彙受到這種複音節化的影響還是挺大的。我們通過科舉辭彙很明顯可以看到這一點。科舉辭彙大多數是雙音節的，很少用單音節進行表示。這種複音節化，使得科舉所要表達的一些文化信息和文化內涵，更加遊刃有餘。例如，唐代科舉考試後發榜時間是正好是春天。春天鮮花盛開，科舉及第舉行宴會時，要派出幾個年輕人去採摘長安城內的鮮花主要是牡丹和芍藥。這種文化信息逐漸凝練於「探花」這個詞中，這個詞成了殿試一甲第三名的稱謂。可見一個詞的出現，它會融入或者說是融合了社會生活、人們的思維方式、文化傳統等各種各樣的因素。從文化角度出發把這些塵封歷史的辭彙，放在其廣闊的歷史背景下去考察，解讀其文化內涵，為漢語的本身特點做出一點貢獻，這也是一件很有意義的事情。

第二章　科舉的歷史回顧

第一節　「科舉」概念闡述

一、「科舉」一詞的發展演變過程

　　「科舉」一詞也並不是一開始就結合在一起的，而是在後來慢慢地凝固為一個詞的。

　　科：其小篆體為「𥝋」。「科，程也。」[註1]「程，品也。十髮為程，十程為分，十分為寸。」[註2]科的本義是等級類別，後引申為科第，分科取士之意。如五代・王定保《唐摭言》：「科第之設，沿革多矣。文皇帝撥亂反正，特盛科名，志在牢籠英彥。」[註3]舉：其小篆為「𦥔」。在《說文解字》中解釋為：「對舉也。從手，與聲」舉的本義為雙手向上託物，引申為推薦、推舉、選用人才之意。「科舉」一詞的字面意義是分科推薦推舉人才之意。

　　根據廈門大學劉海峰教授的考證。「科」、「舉」兩個字相連最早出現在《隋書》卷2《高祖紀下》中記載的開皇十八年（598年）隋文帝下發的七月詔。其中裏面就出現了「二科舉人」的字眼。從這以後，「科」、「舉」兩個字聯繫

[註1] 漢，許慎，說文解字〔Z〕，上海：上海古籍出版社，2006年，第343頁。
[註2] 漢，許慎，說文解字〔Z〕，上海：上海古籍出版社，2006年，第343頁。
[註3] 王力，王力古漢語詞典〔Z〕，北京：中華書局，2000年，第840頁。

越來越緊密。「科」、「舉」兩個字大約在唐代的時候就被組合到一起了。縱觀唐代的科舉史，我們會發現唐代文獻裏出現頻率多的是「貢舉」而非「科舉」。「貢」在《說文》中的解釋為：「貢，獻功也」〔註4〕清‧段玉裁《說文解字注》中的對「貢」的解釋為：「貢，獻貢也。貢、功迭韻。魯語曰：『社而賦事，烝而獻功。』韋注。社，春分祭社。事農桑之屬也。冬祭曰烝，烝而獻五穀布帛之屬也。周禮八則治都鄙。六曰賦貢以馭其用。注云：貢，功也。九職之功所稅也。按大宰以九貢致邦國之用。凡其所貢皆民所有事也。故職方氏曰：制其貢。各以其所有。從貝工聲，古送切。九部」〔註5〕從以上《段注》解釋中可以看出「貢」的本義為：向朝廷進獻各種地方的東西。引申義為名詞的意義是進貢的東西，可以說是貢品。「貢」在這裡就是向朝廷薦舉，推舉人才之意。

根據劉海峰先生的考證，「科舉」一詞在唐朝時的意義就已經與現代的意義差不多了。宋元時期「科舉」一詞的狀況，劉先生贊同日本學者曾我部靜雄的觀點：在宋代，「科舉」一詞正在代替「貢舉」一詞。在元朝，「科舉」一詞基本上取代了「貢舉」一詞。〔註6〕明清時期，「科舉」一詞使用已經十分廣泛，其意有泛指和特指兩種。〔註7〕劉海峰教授認為「科舉」一詞的特指義指的是取得參加鄉試資格的科舉生員。如《明史‧選舉二》中的記載為「提學官繼取一二等為科舉生員，俾應鄉試，為之科考。……生儒應試，每舉人一名，以科舉三十名為率。舉人屢廣額，科舉之數亦日增」〔註8〕。泛指義就是指國家用科舉考試的制度選拔人才的一種制度。如《明史‧選舉二》中記載道：「朕將親策於廷，策其高下而任之以官。使中外文臣有科舉而進，非科舉者毋得官。」〔註9〕

從上面的簡要概述中，我們可以清晰地看出現在「科舉」一詞的含義就是

〔註4〕 漢‧許慎，說文解字〔Z〕，上海：上海古籍出版社，2006年，第304頁。注：後面的各個章節提到的《說文解字》，皆是此本。

〔註5〕 漢‧許慎撰，清‧段玉裁注，說文解字注〔Z〕，上海：上海古籍出版社，1988年，第280頁。

〔註6〕 原因是在元代，統治者把考詩賦和考明經等科目合為一科——德行明經科。「科舉」的分科舉人的意義已經沒有了實際意義。由於受到社會的現實狀況影響，「科舉」一詞的意義逐漸凝練，使得「科舉」成為「科舉考試選拔人才制度」的簡稱或代名詞。

〔註7〕 此處引自：劉海峰，科舉制的起源與進士科的起始〔J〕，歷史研究，2000，（6）。

〔註8〕 清‧顧廷龍等，明史〔M〕，北京：中華書局，1974年，第1687頁。

〔註9〕 清‧顧廷龍等，明史〔M〕，北京：中華書局，1974年，第1695頁。

延續了明清時期「科舉」的泛指義。

二、科舉制度的定義

　　科舉制度的含義現在還在爭論。本文就只用廈門大學劉海峰先生和浙江大學祖慧、龔延明先生的觀點進行敘述和探討。

　　2000 年第 6 期《歷史研究》刊登了劉海峰先生的文章《科舉制度與進士科的起始》一文。其認為科舉制度應該有廣義和狹義之分，廣義的科舉制度的定義應是分科舉人、設科舉人之意。從這種角度出發，科舉制度應起源於漢代的分科目進行察舉的察舉制度。而狹義的科舉制度，劉海峰教授認為應該以進士科的出現為標誌，由此科舉制度應是以隋煬帝始建進士科的出現為標誌。

　　在 2008 年，劉海峰先生針對當前的科舉制度定義的爭論，又發表一篇《「科舉」含義與科舉制度的起始年份》的文章。其在文章中仍然堅持，「科舉」的含義應該分廣義和狹義之分，並進一步給科舉下了一個定義：科舉是中國帝制時代設科考試、舉士任官的制度……科舉還有廣義和狹義之分。廣義的科舉指分科舉人或設科取士，約略類同於貢舉，起始於漢代；狹義的科舉指進士科舉，起始於隋代。考慮到約定俗成，我們今天還是使用狹義的即嚴格意義的科舉概念為宜。〔註10〕

　　以上是劉海峰教授關於科舉定義的廣義狹義說。這種說法是下定義式的一種定義手法，是取其本質的作用來說的。而浙江大學古籍研究所的祖慧、龔延明先生的觀點則是一種描寫性的手法對科舉制度下的定義。

　　2003 年第 6 期的《歷史研究》刊登祖慧、龔延明先生的文章《科舉制定義再商榷》，在文中兩位先生用描寫的手法或角度對科舉制度下了一個定義：「科舉制度應該是這樣一種制度，設進士、明經、制科等科目招考，取士權歸中央，由朝廷定專司、專官知（主管）貢舉，招考面向全國開放，不限財產門第，原則上允許平民或官員『投牒自舉』報告；地方與中央定期、定點舉行二級以上考試，命題統一，以文取士。據此可以判定隋朝已經打開了通向科舉制的大門，唐朝為科舉制度完全確立時期。」〔註11〕從這個定義中，我們可

〔註10〕劉海峰，科舉的含義與科舉制度的起始年份〔J〕，廈門大學學報（哲學社會科學版），2008，（5）。

〔註11〕祖慧、龔延明，科舉制定義再商榷〔J〕，歷史研究，2003，（6）。

以很容易看出這是對科舉制度的一種描述式定義。

以上兩家的觀點雖有異議，但大致還是一致的。本文給科舉下的定義就是依照以上兩家的觀點綜合而成的，其目的就在於為科舉辭彙的選擇明確大致的範圍和標準。本文對科舉的定義是：科舉制度是以進士科的設立為標誌，設有明經、明字、進士、秀才等常科和制科等文科，後來設有武科科目；考生由鄉貢和生員還有少數低等官員組成，原則上是自由報考，不限身份和年齡；實行文科的考試，以文章作為中央的錄取的標準，武科這個標準要低一些；題目出自儒家經典或當時所關心的時事，分地方和中央的等級考試，地點是中國及東亞、東南亞一些國家。肇始於隋代，穩定於唐代，發展於宋代，明清達到鼎盛並走向衰落。本文所涉及的與科舉考試相關的辭彙都是在這一定義的基礎上而做的。

第二節　科舉前的選拔用人制度

一、氏族社會的選舉和禪讓

原始社會是以血緣為紐帶的氏族社會。在原始社會的人們過著群居生活。在這個群體中大家的權利和義務都是相同的，這是一種蒙昧的民主。

在這種蒙昧的民主文明下，人們是通過選舉和禪讓來選取自己本民族的管理者的。據史料記載的堯舜禹的禪讓說明了原始社會是一種蒙昧的民主社會，當首領被推選出來，經過考驗後，就可以接替上一任首領的位置了。〔註12〕

二、先秦時期的用人制度和人才觀

（一）夏商周王朝的權力世襲和選舉制度

夏商周王朝是原始社會結束後建立起的奴隸制王朝。在這個時期，從君主到貴族，都是實行世襲的制度。這些從歷史典籍中看，我們可以知道逐漸地形成了一種以嫡長子繼承為中心的宗法制度。

周王朝的繼承和選官制度都是從夏商繼承而來，選人任官方面都實行世卿世

〔註12〕在原始氏族一開始時，摯是部落的首領，由於摯為人不好，就被罷免了。於是眾人又推舉堯為首領。堯是摯的弟弟。對於舜繼堯舜的王位時，堯首先是向四個部落徵詢意見，四部落推舉舜，堯並考察了舜一番。最後堯禪位，舜接替了堯的位置。禹的情況也與舜差不多，禹領導部落治理水患，並成功地消除了水患。人們都十分擁護他。17 年後，禹順利地接替了舜的位置。

祿制〔註13〕，但周也有自己的一些特點。〔註14〕周在實行世卿世祿制時，也會選士。選拔賢者補充到下級官吏中去。周的地方選士主要包括鄉里的選拔和諸侯國的貢士。〔註15〕

（二）春秋戰國時期的用人制度

春秋戰國時期，群雄並起，各家爭鳴，各家有各家的人才觀。儒家，孔子對舉賢才的看法是應從文化修養高的人中挑選人才，所以說：「學而優則仕」〔註16〕。墨子的主張就是尚賢。墨子尚賢的要求是「不黨父兄，不偏富貴，不嬖（bì）顏色。賢者舉而上之，富而貴之，以為官長；不尚者，抑而廢之，貧而賤之，以為徒役」〔註17〕老子的人才思想：「民之難治，以其智多。故以智治國，國之賊；不以智治國，國之福。」〔註18〕其反對人們有智慧有才，反對文明反對進步。法家主張立君而尊賢，是賢與君爭，其亂甚於君。〔註19〕其認為國家可以無賢，但不可無君。人才受到重用就會降低國家的威望，會對君主產生威脅。法家的主要著眼點就是如何駕馭人才，控制人才。

戰國時期「養士」是時代的主要亮點。養士就是君主或貴族平時招攬有才學有能力的人，使他們在自己身邊出謀劃策。

三、兩漢與魏晉南北朝時期的人才選取制度

（一）漢代的察舉制度和徵辟制度

察舉〔註20〕，就是薦舉。西漢初，劉邦就讓地方官員薦舉地方高人推薦給朝廷。漢文帝以後，就漸漸地成為一種制度。漢武帝時期，正式建立察舉制。徵辟，也是漢代選取人才的一種方法。「徵」為皇帝直接聘請有才能的人來就任某

〔註13〕貴族世世代代享有特權，盤剝人民，享受著各種榮華富貴。這種現象被史學界稱之為世卿世祿制度。

〔註14〕一是任用殷商舊臣。二是先「親親」後「尊賢」。

〔註15〕考試標準就是六德：智、仁、聖、義、忠、和；六行：禮、樂、射、御、書、數。這些標準中，只有一兩方面突出，就可以被推薦。諸侯貢士是指諸侯國義務地向周天子獻人才。這是周天子考核諸侯政績的重要方面之一。

〔註16〕出自《論語·子張》。

〔註17〕出自《墨子·尚賢》。

〔註18〕出自《道德經》第六十五章。

〔註19〕出自《慎子》。

〔註20〕官員把品德高尚的賢能之士推薦給朝廷，讓他們獲得官位。察舉制的科目主要有賢良方正、賢良文學、孝悌力田、茂才異等、孝廉、直言極諫等。有時也要求薦舉有兵法知識的人。

一官職。「辟」是由官府聘請某些有才能之士為官。被皇帝徵來的人，多為博學之士。東漢張衡因精通天文曆算善於機械製作，皇帝徵召他為郎中，以後遷太史令。兩漢相比，徵辟之風東漢勝於西漢。但是被徵辟的人畢竟是少數。

（二）九品中正制

曹丕制定了九品官人法即九品中正制〔註21〕。其把父親曹操的選舉方針制度化。九品中正制的基本內容就是把人分為上上、上中、上下、中上、中中、中下、下上、下中、下下等九種等級。九品中正制開始起到了選拔人才的作用，但後來很快被門閥世族所控制。很快九品中正制的唯一標準就變為了門第，出現了「上品無寒門，下品無士族」〔註22〕的局面。從此九品中正制就成了豪門大戶手中的工具。

第三節　隋代科舉的產生與唐代科舉的確立

一、隋代科舉的狀況

（一）隋文帝時期的分科舉人制度

隋文帝楊堅取得政權後，就開始採取措施加強中央集權。在人才選取方面，廢除了九品中正制的選取人才的方法。官員的任命都是由中央來掌管。

隋文帝詔舉人才的科目主要有詔舉特科、歲舉秀才等科。根據《隋書・高祖紀》的記載，隋文帝在位時，曾為舉行選舉人才而制詔。該時期的選人制度有三個特點：一是制定了商人和手工業者不入仕的歧視政策；二是廢除了京外官學，同時使教育脫離宗教而獨立；三是出現了「二科舉人」等辭彙。這是在科舉歷史上第一次出現這樣的提法。

在開皇七年（公元587年），隋文帝制定詔令要求各個州每年舉三個有賢能的人。其科目有秀才、孝廉、明經等。隋代對各科怎樣考試，史書記載的很少。

〔註21〕朝廷任命中正官到各地品評，其評出來的上等人才去朝廷做官。其中一品是空缺的，從沒有人能評為一品，所以二品是最高的級別。中正官要從該人的家世出身、言行表現來評論，最後確定品級。中正官是九品中正制的實施人和負責人。州設大中正官，掌管州中數郡的品評。州以下各郡也設中正官，各地的中正官由本地人擔任，最初州的中正官是由各郡推舉出來的。後來是由朝廷司徒選授。大中正的品第是二品。

〔註22〕出自《晉書》卷四十五《劉毅傳》。

（二）隋煬帝時期始建進士科

隋煬帝具體在什麼時間建立進士科，以及創立進士科的原因、進士科的考試狀況，由於史料不足，我們都無從知曉。

由於秀才科難考，人們很難在考秀才科時及格而被錄取，所以秀才科沒有多少生氣，逐漸被廢棄。〔註23〕隋煬帝時進士科應運而生，並逐漸興盛，最終取代了其他各科，成了科舉高級考試的代名詞。

二、科舉在唐代的穩固與發展

科舉制度在唐代的確立和發展與唐代空前的繁榮是分不開的。在唐代考生的來源主要有兩類：一類是生徒〔註24〕。另一類是鄉貢〔註25〕。此外，級別較低的官員也可以參加科考，一般他們參加的是制科考試。

在唐代，科舉考試的科目不太固定，靈活性很大。科目隨時增減，前後加起來有幾十種。其中常科有進士、明經、明法、明字、明算、一史、三史、開元禮、道舉等科。同時還有制科和武科。所設的科目中尤以考進士、明經兩科的人最多。

在唐朝，考生一般是在當年十月到長安報到。省試由禮部主持是從唐玄宗開始的。唐代省試一般在長安舉行，但中唐後，有時分長安、洛陽兩地考試。當時稱主持考試的禮部侍郎為「知兩都」。

考試時，考場裏面用荊席圍起來。考生在廊下答題。考生需自帶答題的用具，經過官吏唱喏，搜檢後入場。考試時間是日幕後燒盡兩三支木燭後交卷。

在唐代，考取了進士，還不具備做官的資格。要經過吏部審查合格後，才能放官。吏部的選試主要考身、言、書、判四方面。選試分博學宏詞科、拔萃等科目。博學宏詞科注重於考察論述文章的能力。拔萃主要考察寫判詞即判決書的能力。選試授予的官職並不高。如果選試不能通過，可以求當時有權力的官員「論薦」向朝廷保舉以獲得官位。再不成功，就退　步，去節度使處做幕

〔註23〕秀才科並非隋廢，唐製取士之科有秀才、明經、進士、俊士、明法、明字、明算等五十餘科，而秀才為首。唐代的進士科也不同於宋、明、清的進士科，參見《新唐書‧選舉制上》，清‧顧炎武《日知錄》十六《科目》。

〔註24〕即在朝廷建立的國子監、弘文館、崇文館以及各地的州縣學館的學生，這稱之為「生徒」。生徒在學校舉辦的考試通過後，就有資格參加尚書省舉辦的省試。

〔註25〕他們不在官辦的學校中讀書，他們是向所在州縣官府報告，州縣對他們的考核合格後，就可以把他們送往京城長安去參加省試，這種生員稱之為鄉貢。

僚以求推薦。

唐代盛行行卷之風。在當時考試之前要進行行卷。即把自己寫得的文章，呈給有權勢的官員，力求其能保薦。如果第一次行卷不成功、再次進行行卷，那就是溫卷。行卷第一篇非常重要。行卷之風在後面的朝代被取消掉。因為行卷為作弊敞開了空間。

唐玄宗時初年，實行「作詩贖帖」的辦法使得進士科注重文學的寫作。所以考生平時不去死背經書。用寫詩的方法代替答經帖的方法，可以說這是與唐詩的繁榮有直接地聯繫的。

第四節　宋朝科舉的改革與發展

宋代是一個科舉改革的活躍時代。美國漢學家賈志揚（John. W. Chaffe）指出：「在悠久的科舉史上，使宋朝與其他各朝有最大區別的是它的特別喜愛改革。科舉制度在任何時代，都沒有像在北宋那樣從根本上受到挑戰或進行如此果斷的實驗。」〔註26〕

一、宋代科舉的改革狀況

（一）宋太祖時期的科舉改革

宋太祖趙匡胤登基後便沿襲了唐與五代時期的科舉制度並進行了科舉考試。建隆三年（962年），宋太祖下詔廢止了中唐以來的官與及第考生結成座主與門生關係的習慣做法。

宋太祖時期設立了特奏名進士。為了彰顯朝廷的恩惠，安撫世人，宋太祖趙匡胤就設立了特奏名進士。開寶三年（970年）把考進士與考諸科達到15次以上全部考完的106個人賜予本科出身。

此時，由於有了殿試，初步形成了州試、省試、殿試的三級考試制度。

（二）宋太宗時期的科舉改革

宋太宗為了籠絡人心，培植人才，採取了擴大進士的錄取名額的辦法。977年，宋太宗舉行第一次科舉考試，各科錄取的總人數達500人，今此一榜，就比宋太祖一朝 15 科錄取的人數還要多。為了使得考試更加嚴格和規

〔註26〕Jhon. W. Chaffee（賈志揚）. The Thorny Gate of Learning in Sung China : Social History of Examination [M], Cambridge: Cambridge University Press, 1985, P184.

範，宋太宗時期在殿試中採用了糊名製的方法。此外，宋太宗時期還實行了別頭試的辦法，防止考官子弟作弊。另外，宋太宗時期，還將進士分為三甲並刊刻同年錄或登科錄。這些方法都為後面的歷朝所遵循。

（三）宋真宗時期的科舉改革

宋神宗時期，首先建立了謄錄法〔註27〕。宋真宗時期，為了使得科舉考試公正、公平、公允，開創了雙復位等第的方法〔註28〕。為了防止官員子弟作弊，宋真宗時期，實行了別頭試和鎖廳試等辦法，以求考試更加公允。

（四）宋仁宗時期的科舉改革

宋仁宗時期，實行了殿試免黜落的辦法。這成為科舉史上的定制。以後歷朝都遵循了這一制度。

三年一大比的辦法，使得考試時間有了確定性和規律性。宋初考試時間無規律，完全憑統治者的意願定。宋仁宗時期，定為隔一年一次，後來感覺還是不太方便。到了宋英宗三年（1066年），三年一貢舉的方法才最終定下來，這也成為後代科舉的定制。

二、三舍法取士和地方貢院的普遍建立

宋神宗時期，王安石實行了變法運動。在變法中，王安石強調了學校對選官的重要性。於是把國子監學生分為上舍生、內舍生、外舍生三個等級。如果考試成績優秀，外舍生可以升為內舍生，內舍生可以升為上舍生。如果考生考至上舍生就可以直接授官；考至上舍中等的就可以參加科舉的殿試，考至上舍下等的，可以參加省試。在此時，三舍法取士是與科舉取士同時進行的。

貢院是考試的專用場所。南宋以前，地方州郡的科舉考試都是臨時借用官舍、佛寺或學校等建築。南宋時期由於科舉考試在地方行政工作中的地位日益提升。各州郡紛紛建立貢院，以備科舉考試中的解試專用。這樣就結束了州郡考試無考場的局面了。並且貢院中的不同建築還有了明確的分工。

〔註27〕謄錄法就是將考生試卷另外謄錄副本，以求考試的公正性。

〔註28〕雙重定等的方法流程是：第一位考官閱卷以後，將試卷上給的等第密封起來，再由復考官評閱，最後送給評定官拆開等第的封條，看兩位給的等第的差別，平衡以後，確定等級的名次，最後再根據字號、姓名、登錄最終等第。

三、重視制科和書院、理學興起

在宋代，制科與前代的制科不一樣，其比較受統治者的重視。所以制科成了除進士科以外的受考生比較歡迎的一種考試科目。在宋代，制科設有賢良方正、能直言極諫、經學優深、可以師法等科目。在宋代，制科地位較高，所以被稱為「大科」。宋哲宗初年，設宏詞一科。宋徽宗時期，此科為詞學兼茂科。南宋時，詞科稱為博學宏詞或詞學科，考試內容與北宋大體一致。詞科設立初期，報考資格比較嚴。到南宋時期，放鬆了限制，主要是選取為朝廷起草詔、誥、章、表等文書的人才。

此外，在南宋時期，受科舉取士的影響，理學和書院漸漸地在南宋興盛起來。理學在開始階段是受到統治者的打壓的。後來才受到了統治者的肯定，加之元朝把它作為科舉考試的主要內容，這樣更加確定了理學在科舉考試中的統治地位。書院在唐有了這種稱謂，但其是用來藏書的。後來書院才有了講學的功能。到了宋代尤其是南宋，書院已經成為了理學傳播的一個重要的場所。後來書院被官府所控制，思想傳播的功能大打折扣。到了明清時期，書院就成為了科舉考試專門的培訓機構。

第五節　元朝科舉的民族特點

元代的科舉考試中帶有很強的民族歧視色彩。元代統治者，把全國的人劃分為四等人：一等是蒙古人；二等是色目人；三等是漢人；四等是南人。

元仁宗延祐二年（1315 年）科舉考試方才正式實行，這時距離元代建立已經四十餘年。元代的科舉考試，每三年舉行一次，分為鄉試（行省考試）、會試（禮部考試）、御試（殿試）三級。各級考試時，蒙古人和色目人都與漢人、南人分開考。在鄉試、會試時，蒙古人和色目人只考兩場，而漢人和南人則進行三場考試。御試時，四種人都是考一道策問，但是蒙古人、色目人只要求答 500 字以上，而漢人和南人限千字以上。

鄉試的時間是八月二十日、二十三日和二十六日三天。會試的時間為鄉試次年的二月初一、初三和初五三天，御試為三月初七。元代科舉在考錄程序上體現出民族的差別。鄉試、會試的考試內容和程序有明確的規定。〔註 29〕從此

〔註29〕《元史‧選舉志》記載：蒙古、色目人第一場經問五條，四書內設問，用朱氏章句

敘述中可以看出漢人考生想通過科舉而入仕途比蒙古人和色目人要付出更多的努力和汗水。

元代讀書人地位低下。元代的十等人分類是：一官、二吏、三僧、四道、五醫、六工、七獵、八娼、九儒、十丐。讀書人的地位是如此低下，比娼妓還要低。

元代科舉考試後，考試結果分為左右兩個榜公布，稱為左、右榜。蒙古人以右為上，蒙族人、色目人為「右榜」，漢人、南人為一榜稱為「左榜」，每榜各分三甲，以右榜狀元為尊。

在科舉發展的歷史上，元代是一個非常重要的時期，表現在兩個方面：一是前代的詩賦和經義科目，到元代並減省為經義一科，正如史料的記載：「初，焉試論賦，蓋又宋金餘習，後則以經學為本，非復向時比矣。」〔註30〕其考試內容主要是經義知識。但還是包括古賦、詔、誥或四六體、章、表及時務策等。這說明元代將經義進士科、詞賦進士科和策論進士三者合而為一，創設了德行明經科。二是把宋代理學家尤其是朱熹等理學家的理學思想作為考試的主要內容，確立了獨尊程朱理學的地位。

元代制定的嚴密的科場條例，成為了明清時期貢院規制的重要組成部分。據《元史·選舉制》記載，考生進入貢院考試時，要經過嚴格的搜檢。鄉試、會試除了《禮部韻略》能夠帶入考場之外，其餘的文字數據並不允許帶進考場。還有軍人看守考生考試。在沒有軍人看守的地方，就派巡軍監看守。此外，在元代對入院的時間，入場所帶的物品、考試時間、答卷要求、考務紀律等都有嚴格的要求。這些制度都被明清科舉考試所繼承。

第六節　由極盛走向沒落——明、清的科舉狀況

明清兩朝的科舉制度和考試制度的程序大體上是一致的。在明清時期進士

集注作答。其義理精明、文章典雅者為中選。第二場第一道，以時務策出題，限五百字以上。漢人、南人第一場明經、經疑二問，四書內容出題，並用朱氏章句集注，加之自己的見解作答，限三百字以上；經義一道，各治一經，《詩》以朱氏為主，《尚書》以蔡氏為主，《周易》以程氏、朱氏為主。以上三經，兼用古注疏。《春秋》許用三傳及胡氏《傳》，《禮記》用古注疏，限五百字以上，不依照格律。第二場古賦詔誥章表內科一道，古賦詔誥用古體，章表四六，參用古體。第三場策一道，經史、時務內出題，不矜浮藻，惟務直述，限一千字以上成。

〔註30〕元·陶宗儀，南村輟耕錄〔M〕，北京：中華書局，2004年。

科考試最為重要。進士科考試分為鄉試、會試和殿試。殿試繼承了前代的不黜落的方法，只對會試中選者排名次。縣試、府試、院試、歲試、科試等考試是科舉考試的資格考試。只有通過了以上的考試才有資格去參加鄉試。

一、科舉的鼎盛——明代的科舉狀況

1367 年，明太祖朱元璋發布了設立文武二科考試的命令，即要求各級地方官鼓勵民間的有識之士參加朝廷舉辦的科舉考試。

明初科舉與薦舉並用。1370 年明太祖朱元璋詔誥天下要舉行科舉錄取人才。在這以後，連續三年舉行鄉試錄取人才，所有舉人都不用參加會試，直接到京城接受官職。連考三年後，朱元璋發現，所錄取的人才，大多是年輕後生，文章寫得不錯，但是缺乏解決實際問題的能力。於是朱元璋在 1373 年二月停止科考，要求地方薦舉人才。實際情況是薦舉的效果並不好。朱元璋吸取經驗教訓，與 1382 年八月下詔恢復科舉考試。

到了明代，進入學校是科舉考試的必由之路。自此，科舉考試和學校緊密地聯繫起來。朱元璋認為：「治國以教化為先，教化以學校為本。」〔註31〕為了推行教化，明代十分重視學校的教育。

明代的科舉考試的程序是童試、鄉試、會試和殿試。童試包括縣試、府試、歲試〔註32〕和科試〔註33〕四個階段的考試。縣試由知縣主持，通過的考生參加由知府主持的府試，府試通過的考生再參加歲試，歲試通過後，才能稱謂生員。考生入學以後，由官學教授主持月考和季考，並按照成績進行賞罰。

鄉試每三年一次，於子、卯、午、酉舉行，地點是在南北兩京和各布政司（省）駐地。鄉試分為三場進行。通過鄉試的科舉生員就成為舉人。鄉試的錄取名額由朝廷決定。會試是由禮部主持的全國考試。其是在鄉試的第二年，也就是丑、辰、未、戌年於京師舉行。參加會試的必須是在鄉試中式的舉人。會試也分三場，在二月舉行。其內容和程序基本上和鄉試一樣。

〔註31〕出自《明史》卷六十九《選舉志一》。

〔註32〕歲試的考試對象是通過縣試、府試的童生和府州縣學的在籍的生員。童生通過歲試後，就被錄取為府州縣學的生員。府州縣學生員在歲試後，按照成績把生員評為六等，等次低的學生要受到懲罰。

〔註33〕科試是在歲試之外，提學官在鄉試之前舉行的考試。這次考試的目的是從府州縣學中選出夠資格的生員參加鄉試。在科試中被列為一二等以及三等前五名或前十名的都可以參加鄉試，其被稱為科舉生員。

殿試是明代最高的科舉考試。凡是會試中式的人都可以參加。殿試是在三月舉行。殿試試時務策一道。殿試時間是一日，日落前必須交卷。明代殿試的名次分為一二三甲。〔註34〕

明代還實行了南北分名額錄取的政策。後代雖然有時廢除這個規定，但是還基本延續了這個規定。

此外，明代中期形成了一種文體——八股文。其對科舉考試產生了深遠的影響。其分為八股，使得閱卷更加公允。明代的貢院制度進一步得到了完善，形成了一個良好的考試的外部環境。因此在明代科舉考試獲得了一個「天下之公」的美譽。

二、科舉走向沒落——清代的科舉狀況

清代的科舉考試實行常科〔註35〕、制科〔註36〕、八旗科〔註37〕三科並行的考試制度。1644年清王朝建立之後，清王朝就仿照明王朝的科舉制度進行科舉取士。順治二年（1645年）和順治三年（1646年）舉行了鄉試和會試。

童生試是由縣試、府試、院試三個階段的考試構成。縣試由本縣官員負責考試。考試通常在二月舉行。童生到本縣署禮房報名，填寫本人履歷。縣官決定本次考試分四場還是五場進行。考試結束後，以考號公布錄取者的名單。〔註38〕府試是由各府之府主持，考試日期一般為農曆四月，除縣試錄取者之外，還有由於特殊原因沒有參加縣試的童生補試一場以後，也能參加府試。府試流程與縣試流程相同。院試由學政〔註39〕主持。考試日期由學政決定並公之於眾。通過院試錄取的考生被稱為生員即秀才。通過院試的考生如果要參加鄉試，還要通過歲試和科試。〔註40〕

〔註34〕一甲只三人，第一、二、三名，其分別稱為狀元、榜眼、探花，賜進士及第；二甲若干人，賜進士出身；三甲若干，賜同進士出身。發榜後，皇帝在禮部賜諸進士進士宴，稱為「恩榮宴」，接著就會分別授予進士們官職了。

〔註35〕常科，分為文科即進士科，武科兩科。兩者都實行童生試、鄉試、會試和殿試的制度。文科會高於武科。

〔註36〕制科主要是博學宏詞科。

〔註37〕八旗科舉鄉會試及殿試必須先試馬、步箭、騎射，都合格後，方才允許應制舉。

〔註38〕其將考號書寫成圓形，在餅圖案中心，用筆寫一個「中」字。「中」字的一豎上長下短，使之像「貴」字頭，表示吉利。

〔註39〕學政是明清由朝廷派往各省負責全省教育事務的官員。

〔註40〕歲試和科試都是由學政主持的考試。一般是歲科兩試連考，歲試要求把學生分為六

鄉試在省會舉行，每三年一次，逢子、卯、午、酉年的八月舉行，遇到皇家慶典如大壽等還要舉行恩科。會試是由禮部主持，在鄉試的次年舉行，逢丑辰午戌年的三月舉行。會試分三場進行考試。鄉試和會試實行分省定額錄取的方法。這種制度在現在社會也有影響。

鄉會試後，朝廷還要磨勘試卷，復試舉人和貢士。磨勘試卷目的就是防作弊以正文風。經過磨勘、復試合格後，貢士才能參加在四月舉行的殿試。〔註41〕殿試考時務策一道。考試結束後，由讀卷官閱卷後，選定前十卷進呈皇帝，由皇帝確定他們的名次。一甲前三名立授予翰林院修撰和編修。其他進士還要參加朝考，通過朝考後，就可以授予大小不等的官職。

武科的鄉會試和文科的鄉會試同年舉行，時間要晚於文舉，分別為十月和九月。武殿試則在武會試的同年十月進行。武舉考試分內場一場，外場二場進行考試。〔註42〕清朝還設置了制科、八旗科與翻譯科〔註43〕。

到了清朝末年，隨著列強的入侵，有著千餘年歷史的科舉考試制度的缺點暴露無疑。科舉考試體制最終走向了沒落。於是，1905年科舉制度被廢除。

等進行獎懲。科考是選拔生員參加鄉試的考試，其把成績分為三等。只有一、二等和第三等的前幾名可以參加。

〔註41〕商衍鎏《清代科舉考試述錄》三聯書店 1983 年版，P109。注：乾隆時期將殿試定為四月十二日，四月二十五日傳臚，從此成為定制。

〔註42〕內場主要以考文化知識為主。外場則以武藝為考試內容。武藝和體力為是否錄取的關鍵。

〔註43〕翻譯課分為滿洲翻譯和蒙古翻譯兩科。

第三章　科舉考試流程相關辭彙

　　正如古代親屬辭彙能窺到古代宗法文化一樣，科舉考試在當時的狀況，以及科舉考試的教化性、公平性觀念都可以從它的辭彙中窺見。科舉辭彙是隨著科舉制度的不斷完善而不斷發展壯大的。科舉辭彙有時間性，因此其壽命也不一樣。有的在很短的時間內就消失掉了，絕大數隨著科舉的消失而消失，有的生命力超級頑強，至今仍在人們的生活用語中使用。

第一節　科舉制度下的學校名稱辭彙

　　學校作為傳授文化知識的教育機構，甲古文中就有關於「教」與「學」的記載。隨著社會的發展和進步，古代學校也有了空前的發展。古代學校逐漸建立起一套中央和地方的學校制度。官學分為中央官學和地方官學。地方擁有官學的同時還擁有私學。中央官學有太學、國子學、四門學、宗學、武學及律、書、算、畫、醫學等。地方官學有縣學、府學。地方還有書院，還有啟蒙作用的私學。私學有家塾、私塾、村塾、社學、經館、精舍、蒙學、義學、冬學等。

一、科舉以前的學校名稱辭彙

　　學校：「學」字的本字為「斅」，在《說文解字》中的解釋是：「斅，覺悟也。從教，從冂。冂（jiōng），尚蒙也。臼聲。胡覺切。學，篆文斅省」。「學」的本義就是學習。在此指學校之意。如《禮記・學記》：「古之教者，家有塾，

黨有庠，術有序，國有學。」校：讀音為「xiào」，學堂、學校之意。在《孟子》中就有了關於「校」的例句：「設為庠序學校以教之。庠者，養也；校者，教也；序者，射也。」「夏曰校，殷曰序，周曰庠。」〔註1〕西周時，中央學校稱為「學」，即國學，地方學校的最高級稱為「校」，設於鄉，稱為「鄉校」。至漢代，郡設立的學校稱為「學」，縣、道、邑或侯國設立的學校稱為「校」，凡學與校畢業的學生，都有升入中央太學的資格。到了現代，專門學習科學知識的地方都可以稱為學校。

官學：「官」字的小篆字形為「𠤎」。在《說文解字》中的解釋為：「官，吏事君也。」「官」的本義是朝廷辦事處，官府，引申為官職，所以《說文》中的解釋的意思是其後起的意義。在這裡指「國家的，官府的」之意。即「公」的意思。《史記·孝文本紀》：「五帝官天下。」司馬貞索隱：「官猶公也。」「學」的意思就是學校之意。所以古代歷代政府所辦的學校均稱為學校。西周的國學、鄉學，漢代太學、州郡學，唐代以後的太學、國子監、州府縣學，元代以後的社學都屬於官學。

國學：國，小篆字形為「國」，在《說文解字》中的解釋是：「國，邦也」《周禮·太宰》中記載為：「以佐王治邦國。注：大曰邦，小曰國。」〔註2〕其本義就是國家。「國學」是在西周時期設於王城和諸侯國都所在地的太學。源於夏商周三代。夏朝的叫「校」，殷商時期的稱為「序」，周朝叫做「庠」。其根據學生入學年齡和學習能力的高低，把學生分為高與低兩級，教育的內容分為禮、樂、射、御、書、數，合稱六藝。低級的以書數為主，高級的以禮、樂、射、御為主。

五學：其指的是在西周時期所設的五種不同的學校。西周設在王城的大學，分辟雍、上庠、東序、瞽宗與成均五學。中間為「辟雍」，環之以水，水南曰「成均」，水北曰「上庠」，水東曰「東序」，水西曰「瞽宗」。

〔註1〕 出自《孟子·滕文公上》。

〔註2〕 王力先生在《王力古漢語字典》中對「邦」和「國」的區別做了一個解釋：邦，國。兩字都有國家一義，但是有明顯的區別。「邦」和「封」同源，最先用於國家義。「國」最初只是諸侯在所分封的土地上築起的都城，「邦」則指諸侯以「國」為中心的整個封地。後來「國」的詞義擴展，統稱所領轄的土地，於是與「邦」的意義相當。戰國以後，分封制瓦解，後起的「國」逐漸取代了傳統的「邦」，並且產生了「國家」這個雙音詞，「邦」的國家義就很少使用。

辟雍（pì yōng）：亦作「辟廱」。「辟雍」本為西周天子所設的大學，為五學之中級別最高的學校。校址圓形，圍以水池，前門外有便橋。它是天子舉行饗射及承師問道的地方。東漢以後，歷代皆設有辟雍。除北宋末年為太學之預備學校（亦稱「外學」）外，均為行鄉飲、大射或祭祀之禮的地方。漢·班固《白虎通·辟雍》：「天子立辟雍何？所以行禮樂宣德化也。辟者，璧也，象璧圓，又以法天，於雍水側，象教化流行也。」；清·錢泳《履園叢話·碑帖·周石鼓文》：「高宗純皇帝以乾隆庚戌親臨辟雍，見石鼓漫泐，為立重欄，以蔽風雨。」

鄉學：「鄉」在《說文解字》中的解釋為：「鄉，國離邑民所封鄉也。嗇夫別治封圻之內六鄉六卿治之。」其本義就是古代地方基層組織之一，後指縣以下的農村行政單位，只不過是所轄規模歷代有不同。「鄉學」是古代對地方學校的稱謂。源於西周，《禮記學記》：「古之教者，家有塾，黨有庠，術有序。」鄭玄注曰：「術當為遂，聲之誤也。」周朝的規定是都城百里之內稱作「鄉」，百里之外的地方稱作「遂」，因此，塾、庠、序都是周代鄉學之稱。後來科舉時代也稱地方政府所辦的學校為鄉學。

庠序：中國古代的地方學校的名稱。《禮記·學記》：「黨有庠，術有序。」鄭玄注：「術當為遂，聲之誤也。」孔穎達疏：「黨，留周禮五百家也；序，學校也，與當中以學，教閭中所升者也。」後人通稱庠序為學校，也概稱庠序為學校或教學事業，又商代稱學校為序，周代為庠。

上庠：西周設置的大學。傳說庠起源於虞舜時代。《禮記·王制》：「有虞氏養國老於上庠，養庶老於下庠。」鄭玄說：「上庠為大學，在王城西郊。下庠為小學，在城內王宮之東。」唐代杜佑說：「有虞氏大學為上庠，小學為下庠；殷制大學為右學，小學為左學。」

瞽宗（gǔ zōng）：商代樂人的宗廟和學校，周代為太學的一種，五學之一。因位於辟雍之西，故稱之為「西雝」。

成均（chéng jūn）：西周的太學。位於辟雍之南，因五帝名太學而得名，大司樂在此教德、樂、語、舞，《周禮·春官·大司樂》：「大司樂掌成均之法，以制建國之學政。」唐高宗時，改國子監為成均監。後代泛稱官設的最高學府。南朝·宋·顏延之《宋武帝諡議》：「國訓成均之學，家沾撫辜之仁。」

二、科舉時代的學校名稱辭彙

（一）科舉時代的中央官學的名稱辭彙

太學：「太」就是「極大」的意思。《廣雅‧釋詁一》：「太，大也。」段玉裁在《說文解字》中解釋為：「凡言大而以為形容未盡，則作太。如大宰俗作太宰，大子俗作太子，周大王俗作太王是也。」即感覺形容事物大還沒有說明盡其意義的時候就可以用「太」。太學就是大學之意。用「太」字加在「學」字前面就是讓人感覺有種無法企及的高度。其為國家教育子弟的學府。漢武帝設置五經博士，公元 124 年，設置了博士子弟 50 人，從此太學就產生了。在隋代，建立了國子監，國子監作為管理全國的學校而設立的機構。該機構下設立了太學等五學。在唐代。太學是國子監下屬的六學之一，學生都是當時五品以上官員的子弟。在太學裏設置了博士 3 人，助教 3 人，學生 500 人。宋初設國子監招收少數七品官員子弟入學，宋仁宗時開始設立太學，招收的生源是八品以下官員的子弟以及優秀的平民子弟。宋神宗時，在太學中實行三舍法，把學生分為上舍、內舍、外舍三種等級。太學生一般由官府供給飲食，其教材為儒家經典，通過考試評定等級。優秀的上舍生，可以不用參加科舉考試直接授給官職。明代的時候，把國子監稱為太學，學生是由各地官員推薦的優秀學生。清沿襲了明代的制度，在國子監內部設定「率性」、「修道」、「誠心」、「正義」、「崇志」、「廣業」六學，為講學之所。國子監裏面的官員有國子學祭酒、司業、監丞、博士、助教、學政、學宗、典薄、典籍、掌饌等。主要學習「四書」、「五經」，以應科舉考試。1905 年設立學部後，國子學就廢棄了。

國子學：「國」字為國家之意。「子」的小篆字形為「𜅨」，在《說文解字》中的解釋為：「子，十一月陽氣動，萬物滋。人以為偁。象形。凡子之屬皆從子。李陽冰〔註3〕曰：『子在襁褓中，足併也。』『𜅨』，古文『子』，從巛，象髮也。𜏨，籀文『子』，囟有髮，臂、脛在几上也。」本義是嬰兒的意思。在古代，後來又指兒女。現在專指兒子。字面意義就是教育國家中後代的學校。其為公卿、官員子弟受教育的地方。其為中國封建社會的最高學府。晉武帝咸寧二年（276 年），在太學之外設立國子學，以教授五品以上官員子弟。南北朝時，或設國子學、或設太學，或者同設。北齊改名為國子寺，隋改名為國

〔註3〕 李陽冰：生卒年不詳，唐代文字學家、書法家。字少溫，趙郡（治今河北趙縣）人。

子監。唐代國子學為國子監下屬中央太學之首，其生徒為三品以上高級官員子弟，定額 300 名，宋初以國子監為最高學府，招收七品以上官員子弟為學生，公元 989 年，改為國子學，不久後又改為國子監。元代時沒有國子學。蒙古國子學、回回國子學，也分別稱為國子監。明朝洪武十五年（1382 年），在南京雞鳴山下設立國子監，明成祖永樂元年（1304 年）又設北京國子監，明代遂有京師國子監與南京國子監之別。明清時國子監具有國子學教書育人的功能，所以也稱為「國學」，國子監以外未另設國子學，同時又有管理教育機構的功能。

四門學：四門，指明堂〔註 4〕四方的門。《書·舜典》：「賓於四門，四門穆穆。」四門學，是古代學校的名稱之一。北魏太和二十年（496 年），始立四門博士，並於京師四門置學。唐代四門學，為國子監下屬的六學之一，設博士和助教，學生為七品以上文武官員的子弟和優秀的普通人。落第的人也可以入學。宋仁宗慶曆三年（1043 年）也曾設四門學，凡八品以下文武官及庶人的子弟都可以入學。不久後，就廢除了。

宗學：宗，小篆字形為「宀」，在《說文解字》中的意思是：「宗，尊祖廟也。」由此可以看出，宗的本義是祖廟，宗廟之意。後來指宗族、家族之意。在這裡專指皇族宗室之意。其義就是古代皇室子弟的學校。西漢平帝時置宗師，教育宗室子弟。北魏武帝時設置皇族宗學。唐高宗為宗室及功臣子孫設立小學。至宋代，宗學分為小學和大學兩級，學生初期只限於「南宮北室」的皇室子孫。後來與宗室疏遠者的子孫也可以入學。《宋史·選舉志三》：「（紹興）十四年，始建宗學於臨安，生員額百人：大學生五十人，小學生四十人，職事各五人。置諸王宮大、小學教授一員。在學者皆南宮、北宅子孫。」明代規定宗學以《四書》、《五經》、《史鑒》、《性理》、《皇明祖訓》、《孝順事實》及《為善陰騭》等書作為教材。清代沿襲明代的做法，也設立宗學。清雍正二年（1724 年），訂立宗學制度，凡王、貝勒〔註 5〕、貝子〔註 6〕、公、將軍及閒散宗室的

〔註 4〕 明堂，古代帝王宣明政教的地方。凡朝會、祭祀、慶賞、選士、養老、教學等大典，都在此舉行。《孟子·梁惠王下》：「夫明堂者，王者之堂也。」

〔註 5〕 貝勒，皇室爵位（皇室爵位有時候也會授予蒙古人），滿語，原為滿族貴族的稱號，複數為「貝子」。後以貝勒、貝子為清代宗室封爵的兩個等級，貝勒為第三級。

〔註 6〕 中國清代貴族爵位名。滿語，初為貝勒的複數。在早期滿族社會中，貝子意為天生貴族。努爾哈赤確立八旗制度，以子姪為各旗旗主，稱和碩貝勒。貝勒下設貝子，

子弟，在十八歲以下者都可入宗學讀書。〔註7〕學習滿漢文字、經史文藝，並重騎射。

武學：武，小篆字形為「武」，從其字形看是人持戈行進，表示要動武。其本義為與軍事戰爭有關的事。武學就是中國古代培養軍事人才的學校。北宋慶曆二年（1043 年）才設置武學，不久被廢除。到宋神宗熙寧五年（1077 年），重新設立，設教授。學生 100 名為定額，元豐年間設置博士、教諭。1104 年，即崇寧三年仿太學設立三舍法。在學校裏滿三年考試一次，及格者給予官職，不及格者一年以後再試。崇寧年間還曾一度設立各州武學。明代設立了京衛武學和各衛武學，選拔現任武職年 25 歲以上，文官及武官子弟在 10 歲以上的入學學習。講讀學習《論語》、《孟子》、《武經七書》、《百將傳》等，演習弓馬與武藝。優秀的武學生可以直接推薦到兵部，經過考試授予官職。其餘的參加科舉考試或通過捐納入國子監。清朝武學與明朝大致相同。

書學：書的小篆字形是「書」。在《說文解字》中的解釋是：「書，箸也。」段玉裁在《說文解字》中的解釋是：「箸於竹帛謂之書。書者如也。箸於竹帛非比末由矣。」箸即著。其意是表明用竹子作的筆寫字。所以說「書」字的本義就是用筆書寫、記載之意。「書」在此指文字及書法之意。書學即古代培養文字書法人才的學校。西晉武帝的時候，設立書博士教習學生學習文字書法。唐代的書學是國子監下面的六學之一。其規定學習《石經》三體為三年，學習《說文》為兩年，學習《字林》為一年。學生主要是八品以下文武或庶人的子弟。生徒習字，一日要寫一幅紙，即日紙一幅。同時還學習時務策。宋代書學，隸屬於翰林院書藝局，主要學習篆、隸、草三體以及《說文》、《字說》、《爾雅》、《博雅》、《方言》五書，兼通《論語》、《孟子》大義，五員大約有500 人實行三舍法。

算學：算，小篆字形是「算」，在《說文解字》中的解釋是：算，數也。」

全稱為固山貝子，屬高級貴族。自皇太極後逐漸實行 12 級封爵制。貝子在親王、郡王、貝勒之下。受封貝子者皆為宗室、覺羅及其他八旗貴族。獲取途徑有世襲、恩封、功封和考封數途。歸附於清朝的蒙古貴族亦實行這種封爵制，在王、貝勒下設貝子爵。

〔註7〕 大清王朝滿洲皇室爵位分為十二個等：1. 和碩親王；2. 多羅郡王；3. 多羅貝勒；4. 固山貝子；5. 鎮國公；6. 輔國公；7. 不入八分鎮國公；8. 不入八分輔國公；9. 鎮國將軍；10. 輔國將軍；11. 奉國將軍；12. 奉恩將軍。

其本義為計數，計算之意。算學就是古代培養數學人才的學校。隋朝開皇初在國子寺設算學。唐代為國子監下屬的六學之一，學生一般是八品文武官員和平民子弟善於算數的孩子。宋朝在崇寧三年（1104 年）建立算學，後來就歸入太史局管理。學生人數一般在 210 人左右，主要學習《九章》、《孫子算經》、《五曹算經》、《海島算經》、《周髀算經》等算學書籍，同時也學習《周易》、《尚書》，學校實行三舍法。元明沒有算學。清康熙時設立算學，並把算學設在暢春園。乾隆時期，把算學歸入國子監，稱為國子監算學。學生來源主要是滿蒙，學生是從八旗官學中考取。漢人學生由舉人、貢士、童生中考取。

律學：《爾雅·釋詁》中稱：「律，法也。」其指法令、法律條文。律學為中國古代培養法律人才的學校。唐代律學為國子監六學之一，學生主要是八品以下平民子弟的孩子，一般為 50 人，學習法律律令。宋初在國子監中設立律學博士、教授律令。熙寧六年（1073 年），設立律學任然隸屬於國子監。學生分為命官、舉人兩類，各居一齋，學習律令斷案。

醫學：「醫」字的小篆字形是「𦥑」，在《說文解字》中的意思是：「醫，治病工也。殹，惡姿也。醫之性然。得酒而使，從酉。王育〔註8〕說。一曰：殹，病聲。酒所以治病也。《周禮》有醫酒。古者巫彭〔註9〕初作醫」。其本義是治病的人，醫生之意。又指醫術，醫學。《史記·萬石張叔列傳》：「郎中令周文者，名仁，其先故任城人也，以醫見。」〔註10〕「醫學」一詞在此就是培養醫藥人才的學校。南朝宋文帝元嘉二十年（443 年）開始設立醫學不久後就廢除。隋朝於太醫署設醫學博士，教授生徒。唐代醫學設於太醫署，其分為四個門類：一是醫學，二是針學，三是按摩，四是咒禁〔註11〕。醫學、針學、按

〔註8〕 王育：東晉十六國時期的著名學者。

〔註9〕 巫彭：傳說中商代的神醫。

〔註10〕 王力，王力古漢語字典〔Z〕，中華書局 2000 年 6 月第 1 版，第 1500 頁。

〔註11〕 唐朝著名醫家孫思邈認為，湯藥、針灸、禁咒、符印和導引是醫療五法。而禁咒「斯之一法，體是神秘，詳其辭采，不近人情，故不可得推而曉也，但按法施行，功效出於意表，不有所輯，將恐另落，今編為兩卷，凡二十二篇，名曰禁經。」見《千金翼方》卷二十九。這一成果，成為唐宋以後學習禁咒的教本。受此影響，唐代太醫署首次設咒禁科，與醫科、針科、按摩科並列為醫學四科。咒禁科設立咒禁博士和咒禁師，教授咒禁，使學生能用咒禁來拔除邪魅鬼祟以治疾病。唐內典卷四十「太醫署」記載：「咒禁博士一人，從九品下。隋太醫有咒禁博士一人，皇朝因之。又置咒禁師，咒禁工以佐之，教咒生也。咒禁博士掌教咒禁生，以咒禁祓除邪魅之為屬者。有道禁，出於山居方術之士。有禁咒，出於釋氏。」

摩、咒禁下面還分多類，如：醫學又分為五科，即體療〔註12〕、瘡腫〔註13〕、少小〔註14〕、耳目口齒〔註15〕、角法〔註16〕等五科。《本草綱目》和《甲乙脈經》為必修科目。針學是專門學習經脈孔穴之道，以針灸手術治療疾病。按摩等則以按摩術，導引宣洩體內的各種疾病。咒禁是專門學習以咒禁迷信作為袪除邪惡鬼魅之術。宋初設立太醫局，分科招收學生，隸屬太常寺。宋徽宗崇寧二年（1103年），開始才建立醫學，隸屬於國子監，設立博士、學正、學錄，分方脈、針、瘍等科，講授《素問》《難經》《脈經》三部大經，同時也講授《巢氏病源》《千金翼方》《傷寒論》等小經，並依靠太學三舍法考選增補生員。學生考試及格後，高等的派為尚藥局醫師以下醫職，其餘按等第補為本學博士、正、錄，或任命為外州醫學教授，元明也設地方醫學。

畫學：畫的本義是劃分的意思。例如：《左傳‧襄公四年》：「茫茫禹跡，畫為九州島島。」引申為繪畫之意。例如《韓非子‧十過》：「禹作為祭器，墨染其外，而朱畫其內。」畫學的字面意義就是學習繪畫的學校。畫學在歷史上是指宋代培養繪畫人才的學校。宋徽宗崇寧三年設置，後來歸翰林院圖畫局。學生分為士流與雜流，別齋而居，依三舍法補試。主要學習繪畫佛道、人物、山水、鳥獸、屋木、花竹，兼習儒家經書及《說文》《爾雅》《方言》《釋名》等字書，學生無定額。讀《說文》主要學習寫篆字，懂得音訓，其他三書皆用問答法。考試時，畫要不仿前人，所畫的人物情態，形色要自然及筆韻要高簡。

國子監：國為國家、全國之意。子為兒女之意。「國子」在這裡是指國家的

〔註12〕體療，古代醫學分科之一，相當於現在的內科。早在唐代，太醫署已將醫科進一步劃分為體療、瘡腫、少小、耳目口齒、角法等五個專科，且學生比例和修業年限也有一定差別。體療修業年限最長，為七年。學生數量最多，占太醫署醫學生總數的1/2。宋以後，改稱大方脈，此種稱謂一直沿襲至清末。

〔註13〕瘡癬潰瘍之疾。《後漢書‧濟北惠王壽傳》：「頭不枇沐，體生瘡腫。」《舊唐書‧職官志三》：「醫術，謂習《本草》、《甲乙脈經》，分而為業，一曰體療，二曰瘡腫，三曰少小，四曰耳目口齒，五曰角法也。」

〔註14〕即少小科。少小科，古代醫學分科之一。少小科即幼科的別稱，專治小兒疾病，相當於現在的小兒科。少小科最早在唐代已獨立成科，學生修業五年。到宋代，小兒科稱為小方脈，此後一直沿襲至清末。

〔註15〕古代醫學分科之一。早在唐代，太醫署將醫科分為體療、瘡腫、少小、耳目口齒、角法等五個專科。其耳目口齒實際相當於現在的五官科。宋代始，眼科已獨立成科，口齒與咽喉時分時合，唐代的耳目口齒科至宋代實際上已不存在。

〔註16〕拔罐療法在我國民間廣為流傳，深受廣大患者的歡迎，並且可治療多種疾病。拔罐療法古稱「角法」，是因為古人以獸角做罐治病，故而得名。

後代即公卿大夫的子弟。《周禮・地官・師氏》：「以三德教國子」鄭玄注：「國子，公卿大夫之子弟」。「監」的古字形為「」、「」。在《說文解字》中的解釋是：「監，臨下也。」本義為古人盛水於盆以照視己形。在此指監管、掌管、監視之意。其字面意義就是監管教育學習的機構。所以，國子監是中國古代的最高教育管理機構，有的朝代兼為最高學府。西晉武帝時開始設置。北齊時成為國子寺。隋文帝時稱作國子寺。其下屬的國子、太學、四門學、書學、算學。隋煬帝大業三年（607 年）改名為國子監，開始時是作為管理教育方面的機構。唐代武德初年稱為國子學，隸屬於太常寺。唐太宗貞觀二年（628 年）改成為國子監。下屬設國子、太子、廣文館、四門、律、書、算七學。宋代的學校都隸屬於國子監。元設國子監和蒙古國子監。明清國子監兼具最高學府與教育管理機構的性質。明代分為南北兩個國子監，分別是南京國子監和京師國子監。清國子監沿襲明制，設率性、修道、誠心、正義、崇志、廣業六堂。科舉制度廢除後，國子監也廢除，後設立了學部。

　　崇文館：崇文的字面意義就是謂崇尚文治。《魏書・高祖紀下》：「國家雖崇文以懷九服，修武以寧八荒，然於習武之方，猶為未盡。」唐・李昌《奉和聖制送張說上集賢學士賜宴》詩：「偃武堯風接，崇文漢道恢。」文治之意為謂以文教禮樂治民。《禮記・祭法》：「文王以文治，武王以武功，去民之菑。」宋・范仲淹《答趙元昊書》：「小國無文治而有武功，禍莫大焉。」「館」在《說文解字》中的意義是：「館，客舍也。《周禮》：『五十里有市，市有候館，館有積。』」其本義為房舍一類。尤其指華美的高級客舍，華麗的房舍。凡是官署、學塾、書房、商坊、展覽處所等都可命名為館，唐宋時作為官署名，如「集賢館」、「昭文館」。崇文館，原名崇賢館。其為推崇賢能之才之意。因避太子李賢的諱，改名為崇文館，是唐代學館的名稱，魏明帝時始置。唐貞觀十三年（639 年）設置崇賢館，隸屬於東宮。其職能是管理經籍圖書，教授生徒。設置學士、直學士、校書郎等官。多是朝廷高官兼館領事。學生二十名左右，學生均選自皇家貴族戚及高級京官子弟。

　　廣文館：「廣文」的字面意義是擴大擴散文德或寬厚的文德之意。《商君書・徠民》：「天下有不服之國，則王以春圍其農，夏食其食，秋取其刈，冬陳其寶，以大武搖其本，以廣文安其嗣。」「廣文」同時也是廣文館的簡稱。如《新唐

書‧百官志三》：「（祭酒、司業）掌儒學訓導之政，總國子、太學、廣文、四門、律、書、算凡七學。」唐代國子監下屬補習性質的學校。唐朝國子監所屬的七種官學之一。唐天寶九年（750年）始設，置博士及助教，專門培訓鄉員落選士子，以應來年進士和明經科考試，性質類似太學。安史之亂後，就廢除了。唐憲宗元和初，西京廣文館定生員六十人，東都廣文館為十人。其規章制度與國子監類似。宋代沿襲唐制，招收四方有才之士及其落榜者，在宋代凡是國子監者，須先補中廣文館生才可以懷牒求試。入館者可達幾千人，然平時聽講者僅一二十人。哲宗元祐七年（1043年），生徒擴充到兩千四百人，紹聖元年（1094年）廢除此學校。

弘文館：「弘」為大之意。引申為動詞為使大之意。字面的意思是使文德惑文治擴大之意。弘文館其為中國古代集藏書、校書、教學、議政為一體的學校。唐武德四年（621年），門下省始置「修文館」，九年改名為弘文館，館藏書籍二十餘萬卷，設置學士官掌管校正書籍，教授生徒，並參與議政。校書郎掌管校理典籍，刊正謬誤。設置館主一人，管理館務，學生數十名，均選自皇族貴戚及公卿百官子弟。明代也設弘文館，不久就被廢除了。明宣德二年（1427年）復建弘文閣，後併入文淵閣。

通玄學：通，通曉、精通之意。玄，指玄學。指魏晉時期以老莊思想為主的一種哲學思潮。《晉書‧陸雲傳》：「（雲）至一家，便寄宿，見一年少，美風姿，共談《老子》：辭致深遠……雲本無玄學，自此談《老》殊進。」通玄學，指的就是學習玄學的學校，即研習道家學說的學校。《宋書‧隱逸傳‧雷次宗》：「元嘉十五年……時國子學未立，上留心藝術，使丹陽尹何尚之立玄學。」唐玄宗時又名「崇玄學」。《新唐書‧選舉志上》：「（開元）二十九年，始置崇玄學，習《老子》、《莊子》、《文子》、《列子》，亦曰道舉。其生，京、都各百人，諸州無常員。」科舉時代學校的一種名稱。唐開元二十九年（741年）設置，設博士，助教等官。長安、洛陽兩京學校學生各百人，諸州學生無常員。學生學習《老子》《莊子》《文子》《列子》，每年隨貢舉人送往尚書省，參加科舉考試。

孔學：孔指的是孔子的宗族。古代學校的一種名稱。其為國家設立和資助的孔子宗族性質的學校。孔學成立於洪武七年（1374年），其教授和生員的俸

祿、廩米由兗州府（今山東兗州）供給，學生可以直接參加科舉考試。清朝沿用了明朝的這種制度，繼續設立孔學。

（二）科舉時代的地方官學的名稱辭彙

縣學：縣，行政區劃單位。周代縣大於郡，秦以後縣屬於郡。今為一種行政區劃名稱，隸屬於地區、自治州、直轄市之下。縣學是古代的地方官學之一。在隋朝時，隋文帝廢除縣學，隋煬帝時又恢復了縣學。唐朝時每縣都設置縣學，學生名額的分配狀況是：京縣 50 人，上縣 40 人，中縣、中下縣各 35 人，下縣 20 人。縣學畢業生經州試合格的，送尚書省參加科舉考試。唐玄宗開源七年（719 年），唐玄宗下令從州縣中選拔優秀的生員入四門學。縣學教授的內容與國子監類似，但程度較低，管理程序是按照國子監管理模式來管理學生。後來各朝均沿襲了這種制度。宋代仁宗時期，在州縣廣泛設置學校，講授經學。後來又規定學生的名額，大縣 50 人，中縣 40 人，小縣 30 人。官府把一些田地規定為學田，其可以作作為縣學辦學的經費。設教授給學生講課。元代以後，縣學教官稱教諭。清代例以舉人充任，別設訓導佐之，多以歲貢充任。教學內容類別同於國子監。每月舉行月考，另有提學官進行歲考和科考。學規非常嚴。

府學：中國唐代至清代的行政區域名，等級在縣和省之間。府學是古代的地方官學之一。其辦學方針和理念都模仿國子監。唐代在府級行政單位建立，五代沿襲唐制。宋代崇寧五年（1106 年）在開封建立府學，有貢士名額 50 人。金代世宗大定十六年（1176 年）設立府學，由提舉學校學官主持 17 處，每處設教授一員。元明清三朝，在地方均設有府學。

州學：古代的一種行政區劃名稱，所轄地區的大小歷代不同。州學是古代的地方官學之一。隋朝時稱作郡學。唐朝時政府在州上都設立了學校。學生名額是上州學生 60 人，中州 50 人，下州 40 人。每年十一月時，諸州送合格畢業生員往尚書省參加科舉考試。宋朝仁宗時期，在兗州設置學出，以作為州辦學之資。慶曆四年（1044 年），下令各州、縣、郡建立官學，設兩人作為學官，講授儒學。宋神宗時，重視經學，州學生員每月、每季、每年都有考試，根據其考試成績分等級。宋元符二年（1099 年），下令諸州實行三舍法，升舍考試和補考的程序和方法都是仿照太學。宋崇寧三年，貢舉的解試、禮部試都被廢除。國家選舉人才都是來自學校。宋朝宣和三年（1121 年），罷州學三舍法，

又重新實行科舉取士。元明清都沿襲了州學制度,在各州設立州學。

社學:「社」指的是地方基層行政單位。《左傳‧昭公二十五年》:「自莒疆以西,請致千社。」杜預注:「二十五家為社。」中國古代建在鄉社的學校,是地方基層學校之一。據說宋代已有社學。有政府明令建立社學是從元世祖至元七年(1270 年)開始的。元代規定,每五十家為一社,每社設立學校一所,選取通曉經書的人為教師。令其社中子弟在農閒時期入學。開始以《孝經》為讀本,以後可讀《大學》、《論語》、《孟子》等。元朝元世祖以後,社學制度遭到破壞。社學也就逐漸消失,明朝洪武八年(1375 年)朝廷下令府州縣都置社學,教育 15 歲以下的兒童,主要講授《三字經》、《百家姓》、《千字文》及「四書」、「五經」等。同時還學習《預制十誥》本朝律令及冠、婚、喪、祭等禮儀。清朝沿襲了明朝的制度,清朝初期規定各直省的府州縣每鄉置社學一所,選擇品學兼優的為教師,免除差役,供給廩食。凡本鄉及鄰近子弟十二歲皆可入學。但到清中葉後,社學漸漸地變為「團練」或抵禦盜賊的機構,如鴉片戰爭後,廣東人民就用辦社學的方法抵禦外國的侵略。

(三)科舉時代的地方私學的名稱辭彙

私學:私,小篆字形為「」,在《說文解字》中的解釋為:「私,禾也。北道名禾主人曰私主人。」段玉裁《說文解字注》:「蓋禾有名私者也。今則假私為公厶。倉頡作字,自營為其義為厶,背厶為公。然則古衹作厶,不作私。」「私」假借為「厶」,在此的意思為私人的;個人的,自己的,與「公」相對。私學是為古代民間私人辦的學校,始於春秋時期。漢代私學盛行,屬於啟蒙性質的學館,屬於經學傳授的有精舍。此外還有世傳家學。隋唐之後,私學的名目交加繁多,有家塾、私塾、村塾、社學、經館蒙學、義學等。大都是具有啟蒙性質的學館。

蒙學:也叫「小學」或「蒙館」,中國古代對兒童進行啟蒙教育性質的學校。主要教授學童識字。寫字和封建道德常識。其主要包括私塾、家塾、村塾、冬學和義學等。在漢代時,蒙學稱為「學館」,其中的教師稱為「書師」,以識字為主,以《倉頡篇》《急就篇》《孝經》《論語》等為教材。隋唐以後,蒙學的主要任務是對孩童進行讀書識字、作文等方面的教學,為進入官學、書院及應科舉考試做準備。教材有《三字經》、《百家姓》、《千字文》、《蒙求》

及「四書」、「五經」等。明清時，蒙學又稱「蒙館」，學習年限不定，視個人情況而定，採用個別教課，注重背誦和練習。

私塾：舊時私人設立的教學的地方。私塾為中國古代私人設立的一種啟蒙性質的小學，是私學的其中之一。私塾主要有塾師在自己家中設學授徒的學館。有地主商人聘師教授子弟的家塾，也有村民集資設立的村塾。每一私塾一般只有一個塾師，一般規模不大，少則幾人，多則十幾人、幾十人。採用個別教學的方法，教材及學習年限不定，其大多是以識字教育為主的蒙學。

義學：義學是中國古代一種免費學校，資金來源為地方公益金或私人籌資。古代社會基層學校之一，也稱作「義塾」，是古代官員或鄉紳以公款或捐資興辦的免費教育本族或鄉里子弟的一種私學。清朝規定，入官府蒙學年齡上限為二十歲。清代地方官府所建立的免費招收貧寒子弟的學校也稱作「義學」。如康熙四十一年（1702 年），準京師於崇文門外設立義學，並頒賜御書「廣育群才」匾額，所需費用，由縣府按月供給。

（四）一種特殊的學校——書院

書院：書，書籍之意。《論語‧先進》：「何必讀書，然後為學？」院，本義為圍牆。引申為有圍牆的宮室之意。隋‧杜寶《大業雜記》：「築西苑，周二百里，其內造十六院。」後來作為官署的名稱。書院開始是古代官方藏書、校書或私人讀書治學之所。後來演變為官方科舉考試的場所。書院之名始於盛唐，初為官方修書、藏書、校書之所。晚唐出現的私立書院，開始具有隱居讀書、聚徒講學的功能。唐末至五代，由於戰亂，官辦學校的摧毀，出現了以講學為主，並作為教育機構的書院。宋初，官學甚少，學者紛紛創辦書院。著名的有白鹿洞、應天府、嶽麓、嵩陽四大書院。宋朝仁宗之後州縣官學盛行，書院趨於低潮。南宋時，書院復興。宋朝孝宗以後，各地官員競相創建書院，幾乎遍布全國。宋朝書院多為民辦書院，掌教育者稱作山長、洞主。書院聘請學者講學，學生分齋習讀，以自學為主。書院提供給宿舍、几案和廩膳，採用積分制考核成績。宋代的一些書院往往是著名的學者的講學之地。但大多數書院則是準備科舉應試的場所。元代各路、府、州均設有書院。由朝廷委派山長，變為官辦書院。明初官學興盛，書院衰落，正德（1506～1521）之後，書院漸興。嘉靖年間，王陽明和陽明學派對書院的發展起到了很大的推動作用，並主導了

明代中葉書院的教育思潮。因為書院在明代中後期具有反對朱學正宗和宦官專權的作用，所以明朝當權派曾四次下令禁燬書院。清初，為了防止士人群眾結黨，用講學來干預朝政，不許各地設立書院。到了康熙時，書院開始紛紛建立，雍正十一年（1733 年），下令賜銀在各地建立書院。此後各府、州、縣也競相建立，作為準備科舉應試的場所。清末行新政，光緒二十七年（1901 年）詔改書院為學堂。

第二節　科舉考試中的級別與科目名稱辭彙

從隋朝始設進士科標誌著科舉考試制度的建立到明清科舉考試制度由鼎盛走向衰落，科舉考試的級別是在不斷豐富完善的。在隋唐五代時期，科舉考試分為解試、省試兩級。在唐代，考中進士只是有了出身，具備了做官的資格。要想朝廷授予官職，還要通過吏部或禮部的銓選考試。考試通過才能授予官職。在武則天時期，武則天本人主持了省試的過程，可以說這是殿試的一個開始。但這並未改變解試、省試這兩級的性質。宋太祖時期開始實行殿試制度，科舉考試逐漸變為解試、省試、殿試三級。元朝的科舉考試分為鄉試、會試、御試（殿試）三級。明清兩朝科舉制度的考試和程序基本相同。主要是有縣試、府試、院試、歲試、科試、鄉試、會試、殿試。其中殿試沿襲了從宋朝以來的傳統。殿試只對會試中選的考生排名次而沒有落榜者。在清代殿試後，除了前三名狀元、榜眼、探花不參加朝考外，其餘都要參加朝考。

在中國科舉史上，科舉考試的科目不斷地在變化和發展。隋代的貢舉科目大概有秀才、進士、明經等科。唐代沿襲了隋代制度的同時，又有了很大的變化和發展。除了隋代已有的四科之外，又增加了明法、明書、明算等科，明經科又分為五經、三經、二經、學究一經、三禮、三傳、三史、開元禮等。到後來，秀才等科逐漸被廢除。明法、明書、明算均為錄用專門人才而設，因此唐代科舉考試的主要科目就是進士，明經兩科。北宋前期，承宋唐之制，主要有進士、明經、諸科。宋代的諸科大致相當於唐代的明經，其中有九經、五經、三禮、三傳、三史、明法、通禮等科目。宋神宗熙寧四年（1071 年），王安石進行貢科改革，廢除明經諸科等，專以進士一科取士。元明清時代也是以一科即進士科取士。

一、科舉考試的級別名稱辭彙

（一）地方考試名稱辭彙

解試（jiè shì）：解 jiè，指發送、解送之意。唐代宋代時由地方推薦，舉送考生入京的稱為「解」。「試」的意思是考察、考試、考較。解試是指科舉時代唐宋州府縣等舉行的地方考試。考生就能夠過縣州考試合格後，就要送往京城參加朝廷於尚書省的科試。送往京師參加尚書省考試的過程稱之為「發解」。因此，這種地方性的考試稱之為解試。在宋代時，如州試、學院試等也可稱作解試。明清時期的鄉試，有的沿襲舊時的稱呼，也稱作「解試」。在參加中央考試之前進行的考試，沿襲了唐時的稱呼，均可稱作「解試」。解試的第一名可以稱作解頭、解首或解元。

童生試：童，指的是八歲至十九歲的少年。《說文》作「僮」。云：「未冠也。」《詩經・鄭風・狡童》：「彼狡童兮，不與我言兮。」生，儒生，先生的省稱。《史記・儒林列傳》：「言禮自魯高堂生。」司馬貞《索隱》：「云『生』者，自漢以來儒者皆號『生』，亦『先生』省字呼之耳。」後代稱晚輩讀書人為「生」。如唐・韓愈《答李翊書》：「李生足下，生之書辭甚高。」又引申為謙稱，如：「小生」、「晚生」。試即為考試之意。明清時期考生取得生員（秀才）資格的入學考試，簡稱童試，亦稱小考、小試。應考者無論年齡大小，均稱童生，或稱儒童、文童。童生試包括縣試、府試（或直隸州、廳考試）、院試三個階段。院試合格後，就成為了所在府州縣學的生員，統稱秀才，三年內考試兩次。丑辰未戌年為歲考，寅巳申亥年為科考。

縣試：縣，行政區劃單位。周代縣大於郡，秦以後縣屬於郡。今為一級行政區劃，隸屬於地區、自治州、直轄市之下。古代科舉考試中童生試的第一階段的考試。應試童生到本縣禮房報名，填寫自己的相關情況，並且要與同時考試的五人互相結成同組。同時，還有官學中的廩生作保。主持考試的是本縣的縣官。考試時間多在二月份，分四場或五場舉行。各場分別試八股文、試帖詩、經綸、律賦等。前三場每次考完後都發榜稱為圓案。這是因為將考生的報考號數排在榜上，排成圓形，表示取中的人不分先後次序。考生考完最後一場發榜時，榜上姓名橫排，有先後次序，叫做長案。第一名稱為案首。考試依名次前後錄取，將其名單送縣儒學署備案。縣試通過後，就取得了參加上一級考試即府試的資格。

府試：府，中國唐代至清代的行政區域名，等級在縣和省之間。金朝時，鄉試以上的科舉的第二級考試。在鄉試後舉行，榜首稱為府元。章宗明昌元年（1190年），罷除鄉試後，則為第一級考試。錄取比例為四比一。考試時間是在八月，考試的命題是從「經」中選取的。府試是明清時期童生試的第二個階段的考試。經過縣試錄取的考生得參加管轄該縣的府（直隸州、廳）的考試。府試是由知府主持。考試時間多在四月。報名的流程與縣試類同。考試通過後，就取得了參加院試的資格。

院試：院，官署的稱謂。又稱「道試」。科舉考試中童生試的最高階段。在府城或直隸省的州治所舉行。主持考試的長官是學政，學政又稱作提督學院，所以本次考試稱作院試。又因為提督學政過去的時候叫做提學道，所以這次考試又稱作道試。童生試經府試合格後應院試，報名手續同縣試、府試大致相同，但考場的禁律更加嚴格。院試分為兩場進行：第一場是正試，第二場是復試。正試考二文一詩，復試考一文一詩。在清代院試中還要默寫《聖諭廣訓》，揭曉錄取人員和其名次的名單為出案。錄取者即為生員，叫做秀才。送入府、縣學就叫「進學」，也叫「入泮」。要接受教官的月課與考核。

歲考：歲，即年。歲星運行一次為一歲，後泛指一年為一歲。《尚書·堯典》：「朞（jī），三百有六旬有六日，以閏月定四時成歲。」明清時期督學使者（學政）對所屬府州縣已入學生員的考試稱歲考，也叫歲試。提學官對府州縣學中的生員進行的督察與甄別升等。考試把學生分為六等。明朝時規定成績位於一、二等的有賞並且有資格參加科舉考試中的鄉試。三等如常。四、五、六等要依據規定進行懲處。清朝規定，一、二、三等有獎賞，四等以下要懲罰。

科考：科，為科第，分科取士。也稱作科試。明清時期對官學中的學生的考核辦法，也是秀才取得鄉試資格的資格考試。清代每屆鄉試前一年，各省學政巡迴舉行的考試。凡科考一二等和三等前十名，都有資格參加本省鄉試。其考試內容主要是四書文、五經文。在清代時，增試了五言六韻詩一首。學政通過考試將諸生定義為六等。一、二等和三等中的一部分有資格參加鄉試。其中三等中的名額分配是大省取三等中的前十名，小省取前五名。科考所錄取的參加鄉試的考生人數與將要錄取舉人的人數形成的比例是三十比一。科考也是科舉考試的簡稱。

錄科：錄為錄取，選錄之意。清代時的一種取得參加鄉試資格的考試制度或者說是一種考試方法。參加錄科考試的主要人員是因故未參加科考的考生，以及在籍的監生、貢生等。還有是在科考第三等的考生，其主要是指大省中第十名以後的考生。小省中第五名以後的考生。錄科考試由學政主持，考試時間是在考試之年的七月下旬，其內容與科試差不多。只要通過錄科考試就取得了參加鄉試的資格。

錄遺：錄，選錄，錄取之意；遺，遺留，殘存，留下的意思。錄遺的字面意思是選錄遺留或遺漏下的人才之意。清朝科舉考試考試中獲得科舉考試資格的一種考試。考試的考生主要是參加科考和錄科考試未錄取的考生，以及在科考中成績位於第三等的考生。大省是三等中第十名以後的考生。中小省是第三等第五名以後的考生。還有的是因故未參加科考錄科考試的考生。錄遺考試是由各省的學政主持，其考試內容與科試等同。凡是通過錄遺考試的人，就取得了參加鄉試的資格。

大收：清代科舉制度中的一種獲得科舉考試資格的考試。大比之年，錄遺試後，再舉行一次考試，謂之「大收」，即廣羅遺才之意。凡是經過「錄遺」、「大收」兩試錄取的考生，即可與科試已錄取生員、貢生一起應鄉試。

鄉試：鄉是一種行政區劃名。科舉考試中的初級考試。在唐宋時期，其指的是解試。元代鄉試時，蒙古人、色目人與漢人、南人分別進行考試。成績分列兩榜公布。前者考兩場較易，後者考三場，較難。每次鄉試共取三百人。各省或路、宣慰司所佔名額多寡不同，蒙古人、色目人共取，漢人、南人各占三分之一。明清時期的鄉試考三場，凡經科考、錄科、錄遺合格者均可應試。每場前後共三日，以四書、五經為題，考試八股文、策論、試帖詩等。在明清兩代，鄉試每三年在各省城（包括京城）舉行一次考試。每逢子午卯酉年為正科，遇慶典加恩科。應試資格為：府州縣學生員通過歲科考試的考生。考試分三場，每場三日。考後正式發榜，叫做正榜。正榜所取得是本科中式的舉人，第一名稱解元。另外，還取中副榜舉人若干名，為「副貢生」。每五名正榜就取一名副榜。以後可不應歲科試而應鄉試。考試以四書五經為題。考試八股文、策論、試帖詩等，所取名額視各省貢賦即人才狀況情況而定，大省可百人，小省可二、三十人。考試的正副主考官均由朝廷選派。鄉試中舉的

考生就可參加次年二月由禮部主持的會試。鄉試通過後，就具備了入仕的資格。

秋闈：「闈」是試院的別稱，即科舉時代的考場，鄉試稱「秋闈」。會試稱謂「春闈」，會試由中央王朝禮部主試，故又稱「禮闈」。秋闈就指代秋天的考試。宋貢舉試中解試的別稱，又稱秋賦。因考期三年一次，在秋季舉行，故名。明清科舉鄉試，按照慣例都是在子卯午酉年秋八月舉行，稱作秋闈。

（二）中央考試名稱辭彙

省試：「省」指的是尚書省。尚書省是唐宋時期的一種官府機構名稱。隋唐宋時，指中央尚書省舉行的科舉考試。該考試唐朝開元以前由尚書省的吏部主持，後來由尚書省的禮部主持考試。所以省試在唐宋時期也稱禮部試、省闈。宋代沿襲了唐朝的做法，地方優秀的士人。經過地方考試合格後，被解送到京師參加尚書省禮部主持的考試，就稱作省試。唐宋時期，一般參加朝廷考試的考生都是在當年秋季把解試合格者的文卷、解牒呈報禮部。解試合格的舉人去禮部集中報到，準備春季參加考試。及第者在尚書省張榜公示。省試的第一名稱省元，也可稱作榜首。唐朝時，省試的第一名稱作狀元或狀頭。在宋朝，省試及第的人才能參加殿試。在唐代時，沒有殿試。要被授官就要參加吏部的銓選試，合格後就可以授予官職。在元明清時，省試指的是鄉試，即秀才考舉人的考試。

禮部試：又稱「禮闈」，即唐宋時期的省試和後來的會試。唐初由尚書省考功郎主持，後改為由考功員外郎主持。唐朝開元二十四年（736年）考功員外郎李昂與進士李權言語衝突，朝廷以郎官地位低為由，把主持考試的權力移交於尚書省的禮部郎官主持，通稱省試。歷代科舉於是就成為了禮部專職，所以在京城舉行的會試就被稱為禮部試，也稱為禮闈。

會試：「會」在《說文解字》中的意思是：「會，合也」。其本意就是會合、聚合、聚會之意。科舉時代，在京城舉行的考試，由禮部主持，又稱禮闈。參加考試者都是各省鄉試中的考生。每三年一次，在鄉試後的第二年的春季舉行。在宋代，省試已經有會試之稱。元時，蒙古、色目人與漢人、南人分別考試。前者考兩場，後者考三場。明清兩代，每三年一次在京城舉行考試，各省的舉人以及國子監的監生都可以應考。每逢辰戌丑未年為正科。若鄉試有恩科，則次年舉行會試，叫做會試恩科。考期定為二、三月間。分三場舉行。主考官四

人，叫做總裁〔註17〕。考試內容方法等與鄉試相同。會試中式者為貢士，也叫中式進士，其名額大約是三百名，第一名稱會元。中式的名額，元明清三代不同。元會試中額約百名，明清增加二三百名。明朝實行分地區、按比例錄取，有南、北、中卷之分。清代的情況與明代差不多。會試揭榜後，及第的考生湏於下月應殿試。

春闈：「闈」是試院的別稱，即科舉時代的考場。鄉試稱「秋闈」，會試稱謂「春闈」，會試由中央王朝禮部主試，故又稱「禮闈」。春闈即春試。唐代科舉考試多在正月舉行，二月發榜。宋禮部試、明清會試均於春季舉行，故稱作為春闈。

殿試：殿試也稱作殿前試、廷試、御試。殿試是由皇帝對會試錄取的貢士在殿廷上親發策問的考試。其為進士科及諸科最高一級的考試。在漢代皇帝親自策問各地賢良文學之士，可說是殿試之始。武則天天授元年（690年），曾親自在洛城殿策試貢士。宋太祖開寶五年（972年），在講武殿對考進士科的三十八人進行策試，得進士二十二人，都賜及第。從此以後，省試之後都進行殿試，遂為常制。宋太宗太平興國八年（983年）開始，把進士分為五甲。元順帝時，把進士分為三甲，每甲只限三人。明清兩代，鄉試之後，集中於京師會試，會試及第的貢士再參加殿試，以定甲第。一甲三名，賜進士及第，第一名稱狀元；第二、三名稱榜眼、探花。二甲若干名，賜進士出身，第一名稱傳臚。三甲若干名，賜同進士出身。狀元被授予翰林修撰，榜眼、探花授翰林編修。第三名稱探花，也授翰林編修。

朝考（cháo kǎo）：朝，朝廷。《論語・公冶長》：「赤也，束帶立於朝，可使與賓客言也。」清代進士，經過殿試取得出身後，除前三名即狀元、榜眼、探花外。其餘都要參加在保和殿舉行的由皇帝親自命題的考試，稱為朝考。考試內容為論、疏、詩各一道，由特派大臣閱卷，等次由閱卷大臣擬定進呈，前十名由皇帝親定。第一名被稱為朝元。朝考後，按照名次、分別授職，前列者被授予庶吉士，次者分別用為六部主事、內閣中書和知縣等職。此種進士朝考是從雍正元年（1723年）開始的。清・平步青《霞外攟屑・掌故・沈筠錢金甫》：「以雍正癸卯科，新進士引見前，先行考試，是為朝考之始。」

〔註17〕清代對中央編纂機構的主管官員和主持會試的大臣的稱謂。

簡試：「簡」通「揀」〔註18〕，選擇、選拔的意思。簡試的字面意思就是選擇選拔考生的考試。唐代國子監舉行的一種考試。國子監學生在申送省試之前，先舉行一次淘汰考試，稱簡試。一般一千人取二百至三百人。

（三）唐宋時期的兩種特殊的中央考試──童子試和釋褐試

童子試：童子，指未成年的人。唐宋制科考試之一。在唐宋時期，規定十歲以下能夠通一經並且能夠背誦《孝經》或《論語》每卷中各十條的孩童。就可以授予官職，通七條者就可以給予進士出身。五代後，童子試停考。在宋代，又重新設有童子科考試。凡年齡在 15 歲以下的童子都可以參加考試。參加童子科考試的考生，必須通曉經文且能夠作詩賦。中書省考試後，皇帝親自考試，合格的可以賜給出身或授官或免解試。童子試在宋元明清時期，沒有設置，被廢除掉了。

釋褐試：又稱為吏部試。釋褐就是脫去平民的衣服，比喻做官。褐，本義是用粗麻織成的襪子。後來指的是粗布或粗布衣。最早是用葛、獸毛。後通常指大麻、獸毛的粗加工品，古時貧賤人穿。在唐朝，在科舉考試中，考中進士或明經者，只是具有了或者是取得了出身與入仕的資格，需要吏部進一步考試，才能授予官職。吏部的考試就叫做釋褐試。吏部試的標準是「身」、「言」、「書」、「判」。「身」就是身體和容貌要豐偉健壯；「言」就是言詞要辨正即能明辨是非；「書」就是書法遒勁優美；「判」就是指文理優長。自宋代以後，會試、殿試中考中的就可以做官，因此有時也稱會試、殿試為釋褐試。

二、科舉考試的科目名稱辭彙

（一）科舉考試的常科科目名稱辭彙

科目：科舉考試制度分科選拔官吏的名目。據清・顧炎武《日知錄・科目》載：「唐製取士之科，有秀才，有明經，有進士，有俊士，有明法，有明字，有明算，有一史，有三史，有開元禮，有道舉，有童子；而明經之別有五經，有三經，有學究一經，有三禮，有三傳，有史科，此歲舉之常選也。其天子自詔

〔註18〕王力先生在《王力古漢語字典》中認為：簡，揀。二字古皆為見母元部。簡指竹簡，揀指選擇（即後代的揀），因為同音，常通借。表示信札的意思，可用揀。唐・皮日休《魯望以竹夾膝見寄因次韻酬謝》：「大勝書客裁成揀，頗賽溪翁截竹筒。」後來以揀代簡成習慣，今書揀、請揀均作揀，不作簡。古書也借簡表示選擇義，故後來有簡拔，簡選等詞。

曰制舉⋯⋯見於史者凡五十餘科，故謂之制舉⋯⋯見於史者凡五十餘科故謂之科。」宋代沿襲了唐代的科制，分科舉士，但科目少於唐代，明清只設進士一科。

常科：常為普通，一般之意。在科舉以前的察舉制度和科舉考試中經常開設的定期舉行的科目就是常科。漢代的察舉制度主要是常科為孝廉、茂才，每年都舉行。在唐朝時，常科所包括的書目主要有秀才、明經、進士、明法、明字、明算等，其中明經、進士兩科，每年都開科取士，其他的都沒有規定具體的時間。後來科舉考試時間定為三年一次考試。常科也趨於進士科。以後稱為定制的進士科，就是常科的一種科目。

貢舉：貢的意思是進貢，把物品進獻給朝廷。這裡指的是把人才貢獻給朝廷之意。指古代官吏向皇帝薦舉人才。漢高祖十一年（公元前 196 年）下求賢之詔，五帝元光元年（公元前 134 年）令郡國舉孝、廉各一人，貢舉之法從此開始。在科舉時代的一段時間，貢舉也成為了科舉的代名詞，即科舉稱作貢舉。

甲科：甲為第一的，上等的之意。漢代課士分甲、乙、丙三科。如《漢書・儒林傳》：「平帝時，歲課甲科四十人為郎中，乙科二十人為太子舍人，丙科二十人為補文學掌握。」唐代科舉明經有甲、乙、丙、丁四科。唐代進士分甲、乙二科。明清通稱進士為甲科。

乙科：科舉考試科目名稱。漢朝科室分甲乙丙科。唐宋時進士分為甲乙二科。明清時通稱舉人為乙科。

武科：即武舉。武科，又稱為右選、武選。科舉制度中，專為選拔武官而設的科目。武科是相對於文科而言的。但在實際中卻沒有文科科舉那樣的地位高。在唐朝時期，武則天長安二年（702 年）置武舉，這是在科舉史上第一次設立武科。此次武科由兵部員外郎主持，內容有長垛、馬射、步射、平射、筒射，又有馬槍、翹關、負重、身材之選，中第者授官。地方州縣每年依照舉明經、進士的方法，對州選合格者行鄉飲酒禮，送兵部參加考試。唐朝武科考試時停時開。唐朝末年到五代十國武科基本上都處在廢置狀態。宋代也設立了武科，宋代天聖七年（1029 年），開始實行武科，以策定去留，弓馬定高下。凡不能答策者，改答兵書墨義。熙寧八年（1075 年），令武舉與文舉進士同時鎖試於貢院，題目出自於孫吳兵法，擇優者授官。乾道五年（1169 年），武舉殿試開始依照文科殿試給黃牒，榜首賜武舉及第，其餘均賜武舉出身。明代以

前，武科舉行的時間是不確定的。從明代成化十四年（1478 年），開始設武科鄉試、會試。武舉六年一次。先策略，後弓馬，後改三年一試。在清代，武科會試由大學士、都統、兵部尚書、侍郎等主持，都分內外場。外場試馬、步射、弓、刀、石；內場試《五經》，須外場中式才能夠入內場。光緒二十七年（1901 年）廢武科。

明字科：「明」的小篆字形是「𪰠」，在《說文解字》中的解釋為：「朙，照也。從月，從囧。凡朙之屬皆從朙。武兵切。𣇴，古文朙，從日。」其本義是明亮，光明。在此指的是懂得，瞭解，明白，精通之意。明字科的字面意義就是通曉明白文字的意思。唐代科舉的常科考試科目名稱之一。主要策試小學、文字知識才能即考察通曉文字學的能力。應試者多為國子監下屬的書學學生和民間擅長文字書法的士人。口試後主要考試《說文解字》、《字林》等墨義二十條，能通十八條以上者為及格，要訓詁和雜體都及格的考生才能及第。

明法科：「明」的小篆字形是「𪰠」，在《說文解字》中的解釋為：「朙，照也。從月，從囧。凡朙之屬皆從朙。武兵切。𣇴，古文朙，從日。」其本義是明亮，光明。在此指的是懂得，瞭解，明白，精通之意。「明法科」是科舉考試的科目名稱。其意為通曉法令之意，又稱律學。原為漢代察舉特科之一。唐朝和五代的時候為常科。試「律」七條、「令」三條者，以上都通者為甲第，通八者為乙第。在五代時期，考試不穩定，時考時不考。宋代設明法於雍熙二年（985 年），為諸科之一。宋景德二年（1005 年）規定以每十條試題中，須有問疏義六條，經注四條，能通六條以上者為合格。宋熙寧四年（1071 年），罷諸科，改明法科為新明法科。元明只有進士一科。清代雖有常科和制科，但都沒有設立明法一科。

明算科：「明」的小篆字形是「𪰠」，在《說文解字》中的解釋為：「朙，照也。從月，從囧。凡朙之屬皆從朙。武兵切。𣇴，古文朙，從日。」其本義是明亮，光明。在此指的是懂得，瞭解，明白，精通之意。明算科的字面意義就是通曉算學的意思。唐代科舉考試的考試科目名稱之一，屬常科。應試的考生主要是國子監中專功算學的學生和民間研習算學的人，主要考試官定的《算學十經》。共分二類：一類是考試《九章》三條《海島》、《孫子》、《五曹》、《張邱健》、《夏侯陽》、《周髀》、《五經算術》各一條，十條試題當中通過六條才能及

第，及第的考生就可以授官。

進士科：進士，原指進貢於天子可以進授爵祿的士人。《禮記·王制》：「大樂正論造士之秀者，以造於王而升諸司馬曰進士。」隋煬帝大業二年（606 年）設置進士科作為取士的科目。〔註19〕唐朝進士科是與明經、明法科並列的。此科的仕途是最好的，也是最有前景的科目。一經考中，被視為登龍門。當時高官常以不是進士出身而不美。但當時考取進士是十分困難的，大概每千人錄取二三十人。此科開設初期僅試策，後乃試帖經和雜文。開元以後，並增加詩賦。唐後期規定詩賦為第一場，論為第二場，策為第三場。在當時，經策全通者的為甲第，策通四者，帖過八以上的為乙第。宋代進士科考試詩賦、經義各一道。策五道，帖經《論語》十帖。宋代以後，其他科目多存虛名，進士科成為科舉考試中的唯一的科目。明清時期，舉人會試中式，復行殿試，一甲三名，賜進士及第；二甲賜進士出身；三甲賜同進士出身，通稱為進士。凡列銜時，都賜進士及第或進士出身。

恩科：科舉考試中科舉名稱之一。又稱特殊奏明、恩例。恩科起源於宋開寶三年（970 年），對於鄉貢的貢士屢次禮部試、廷試不合格的人，禮部特別立名冊上奏，准許附試，考試後均能得中。其年老體弱者，由皇帝立即授予官職。明清兩朝，每三年舉行一次鄉會試外，遇到國家慶典、皇帝登基或壽辰，加開一次科舉考試，也稱恩科。如恩科與正科考試年份相重合，則合併舉行，並按兩科名額錄取。

明經科：「明」的小篆字形是「」，在《說文解字》中的解釋為：「朙，照也。從月，從囧。凡朙之屬皆從朙。武兵切。眀，古文朙，從日。」其本義是明亮，光明之意。在此指的是懂得，瞭解，明白，精通之意。「經」的意思是經典著作或可以作為標準的書籍。明經科的字面意義就是通曉明白經典著作的意思。其為察舉和科舉中推舉和考選賢達之士的科目之一。該科始於漢代，漢武帝時期，察舉推選的科目之一。漢武帝的「獨尊儒術」的政策極重視經學，特設此科。隋唐科舉考試制度中，明經成為科舉考試的科目之一。在唐代與進士科並重，都為常科。有五經、三經、二經、學究一經、三禮、三傳、史科等名目。主要考試考生對經義的記誦，考試方法先試帖經，然後口試經典

〔註19〕關於進士科的起源時間問題現在有爭論，在前面已經介紹過了，此處不再贅述。

大義十條。唐建中二年（781 年），規定所答內容，錄於紙上，謂之「墨義」。並答時務策三條，按成績列為甲乙丙丁四等。每年十月會集京都，第二年一月考禮部試，二月發榜。取中名額約為應試人數的十分之一二。貞元十八年（802 年）規定，每年取士不得過百名。禮部中式後尚須經吏部試合格，才可以授官。此科專重熟讀背誦儒家經典，較進士科容易，中式者以年輕人居多，時有「五十少進士，三十老明經」的說法。明經科考中所授的官都是比較低的，多為地方的基層官員。故為士人所輕視。宋代熙寧四年（1071 年）廢除，改以經義論策試進士，明清時期把貢生稱作「明經」，明經成了貢生的別稱。

道舉科：「道」這裡指的是道教的教義，道學之意。科舉考試中，唐朝的科舉考試科目之一。在唐朝，由於統治者的「李」姓與老子的姓相同，故唐朝十分重視道學，設有崇玄館與道學校。並且實行道學舉士，稱之為道舉。考試的內容主要是《老子》、《莊子》、《文子》、《列子》等道家的經典。考試形式同於明經科考試。開元年間開設。以後由於不經常開設就廢除掉了。

一史科：一史科指的是唐代科舉考試的科目之一。一史中的「史」指的是《史記》。長慶三年（823 年），唐穆宗推許諫議大夫殷侑奏請三史科的建議時，同時也設置了此科。考試內容時問大義一百條，第三道。義通七十條，策通兩道以上的為及第。同時，一史也是當時禮部的銓選的科目之一。

三史科：唐代科舉考試的常科科舉考試科目之一。三史為《史記》、《漢書》、《後漢書》。在魏晉時稱《史記》、《漢書》、《東觀漢記》為「三史」。在唐代三史為《史記》、《漢書》和《後漢書》。其始置於唐穆宗長慶三年（823 年），批准諫議大夫殷侑奏設，設置三史科。其內容為，每史問大義一百條，策三道。義通七十，策通二道以上者為及第。同時，也是吏部銓選考試的科目之一。宋代沿襲了這一科目。宋初，考試「三史」、「墨義」三百條。宋代淳化年間，改對墨義十五場。合格及第者，於尚書省列名張榜。宋代熙寧四年（1071 年）被廢除。元明清各朝沒有再設過此科目。

開元禮科：科舉考試中唐代的科舉考試目名稱之一。其為唐太宗時期鼓勵士人學習《大唐開元禮》而設，問大義一百條，策三道。全通者授予官職。義通七十，策通兩道者為及第。同時，該科也是吏部銓選考試的科目之一。宋代沿襲了這個科目。宋代開寶元年（973 年）把開元禮科，更名為開寶通禮科。考試內容主要試《開元通禮》墨義三百條，合格及第者，與尚書省列明張榜。宋

代熙寧四年（1071年）被廢除。元祐元年（1091年），又再次設置。紹聖元年（1094年），再次被廢除。元明清時代，沒有設置此科。

（二）科舉考試的制科科目名稱辭彙

制科：也稱制舉。「制」指古代帝王的命令。由皇帝臨時定立的科目，下令考選，因為皇帝的命令稱制而得名。歷代制舉，實則等於薦賢，是封建王朝錄用人才的一條途徑。始於漢魏六朝，唐宋不改。制舉科目很多，據宋・王應麟《玉海》載，唐代有五十九科，實則不止此數，比較重要的有賢良方正直言極諫科、才識兼茂明於體用科、文辭清麗科、博學通藝科、武足安邊科等。考中制科者，原先有官職的考生可以得到升遷，沒有官職的考生可以由吏部授予官職。宋代制舉科目不多，廢置無常。元明兩朝只設了進士一科考試，不舉行制舉。清代又重新開始設置制科科舉，其科目有博學宏詞科、經濟特科、孝廉方正科。

特科：「特」的意思是不平常，超出一般之意。漢朝察舉制度中特定的科目。由皇帝因時因事詔定，沒有固定的形式。名目繁多，主要有賢良方正、賢良文學等。在科舉時代特科同於制科。如清朝的經濟特科。清・薛福成《選舉論》中：「然則今之取士宜如何？曰常科之外，宜開特科。」

賢良方正能直言極諫科：賢良方正的意義是指的是才貌出眾，品德端正。賢良方正能直言極諫的字面意思是選取才貌出眾且品德好能夠直言進諫的人。此科源於漢代的察舉特科科目。漢文帝二年（公元前178年）開始設置。唐宋時期都設置了此科，其簡稱是「賢良方正科」，也稱直言極諫科。應考的考生不限資歷，職位低的官吏或者民人都可以報考。朝廷派人主持考試，考試三千言左右的對策。詞理具優者就會中選，授予官職。元明時期不再設此制科。清代設過制科，但是沒有設此稱呼的制科。

文武材[註20]幹科：文武：文德與武功；文治與武事。《詩・周頌・雝》：「宣哲維人，文武維后。」鄭玄箋：「又徧使天下之人有才知以文德武功為之君故。」也可以是文才和武略。《詩・小雅・六月》：「文武吉甫，萬邦為憲。」朱熹集傳：「非文無以附眾，非武無以威敵，能文能武，則萬邦以之為法矣。」材幹：才能。《史記・淮南衡山列傳》：「騎上下山若蜚，材幹絕人。」科舉考

[註20]「材」通「才」指的是才能、資質、質量。才、材、財三字為同源字。人有用為「才」，木有用為「材」，物有用為「財」。

試中貢舉的制科名。字面的意思是選取文武雙全的人才。宋開宗八年（975年），才開設此科。下令諸州官員查訪民間，年齡在二十歲到五十歲，有文武才幹的都可以報送京師。第二次應禮部試，沒有一個人能夠考取，於是就取消了這門制科。

評判科：評判，判定勝負或優劣的定論、判斷、意見。科舉考試的制科科目名稱。宋景德二年（1005年）後，罷制科。唯在吏部設此科。其考試先是在中書學士舍人院，或特遣官專試。所試的是詩、賦、論、頌、策、制誥或三篇或一篇。考中後就可以授予官職。宋天聖七年（1029年），被罷除掉。

軍謀宏遠材〔註21〕任邊寄科：軍謀，軍事的謀略。《詩・魯頌・泮水》：「式固爾猶」漢・鄭玄箋：「猶，謀也。用堅固女軍謀之故，故淮夷盡可獲服也。」宏遠，遠大；深遠。《北齊書・文宣帝紀》：「軍國幾策，獨決懷抱，規模宏遠，有人君大度」。材，本義是木材，木料。在這裡指能力，資質。任，本義是挑擔，荷，肩負。這裡指的是負擔，擔當，任用，委派人員擔任職務。邊寄，防守邊疆的任務。《宋史・任中正范雍等傳論》：「雍任邊寄而覆軍敗將，幾不自保。」軍謀宏遠材任邊寄科是科舉考試中的制科的一種科目名稱。宋朝景德二年（1005）開始設置。由中書省、門下省考試觀察其才能，然後具名上奏，由皇帝親自策試。宋熙寧七年（1074年）遂罷除此科。

宏詞科：宏，大、廣。《爾雅・釋詁》：「宏，大也。」詞指的是文辭。宏詞即文辭寫作好的意思。科舉考試中的一種制科科目名稱。宋朝景德二年（1005年）在吏部設此科。考試內容為詩、賦、論、頌、策、制誥或三篇或一篇。考試通過的就授予官職。宋代熙寧七年（1074年）罷除此科。紹聖元年（1094年）再次設置此科。應試的人比較多，取士不過五百人，還需要經過三省復試後，分上中二等，賜第有別，若詞藝的水平高，可以上奏授官。宋朝大觀四年（1110年），改為詞學兼茂科。但每年的考試錄取人數，不會超過三人。宋代的正和年間，取士達到了五人。考試不考檄書，增試制誥。考試通過後即授予官職。不允許主持考試的考試官家屬應試。南宋高宗再次設置此科，更名為博學宏詞科。試題分為十二題，分三場。嘉熙三年（1039年），只試文辭，不重記問，命題分

〔註21〕「材」通「才」指的是才能、資質、質量。才、材、財三字為同源字。人有用為「才」，木有用為「材」，物有用為「財」。

兩場，且去「宏博」二字，只稱「詞學科」。宋淳祐初，罷除此科。宋景定二年（1261 年），再次設置此科。同嘉熙年間的制度是一樣的。元明只設一科進士科，無制科。清朝設博學宏詞科。

　　詞學兼茂科：詞學兼茂的意思大致與宏詞科相同，都是在選取文辭文學優秀的人才。茂的意思是美好，優秀之意。科舉考試中的一種制科名稱。宋朝大觀四年（1110 年），把宏詞科改為詞學兼茂科。每年在貢士院考試。考試的內容就是章表〔註22〕、誡諭〔註23〕、露布〔註24〕、詔誥、箴銘〔註25〕、赦敕〔註26〕、檄書〔註27〕、賦頌〔註28〕等十種文體。取士人數較少，一般不超過三人。正和年間增至五人，且不試檄書，增試制誥，借歷史事件為題。考中後則授官職。執政的官員親屬不得應試。宣和三年（1121 年）定三年一試，在禮部考試。

　　茂材異等科：茂材，「材」通「才」。茂材即才德、才能優異之士。《史記·吳王濞列傳》：「歲時存問茂材，賞賜閭里。」異等，超出一般；特等。在這裡指的是德才特出的人。《史記·滑稽列傳》：「賞異等，罰不肖。」科舉考試制度的制科科目名稱。宋代天聖七年（1029 年）開始設置。專用於被舉薦的平民。應舉者須先向官府呈送有關自己學業狀況的狀子，由長官審校比較後，再赴尚書省參加考試。考中者，由皇帝親自策士，量才授官。宋熙寧七年（1074 年）罷除此科。

　　經學優深可為師法科：經學，以儒家經典為研究對象的學問。《漢書·兒寬傳》：「見上，語經學。上從之。」優深：博洽而精深。《後漢書·周舉傳》：「詔書以舉才學優深，特下策問。」可為：就是能夠作為之意。師法：在學問和技

〔註22〕奏章，奏表。南朝·梁·劉勰《文心雕龍·章表》：「漢定禮儀，則有四品：一曰章，二曰奏，三曰表，四曰議。章以謝恩，奏以按劾，表以陳請，議以執異。」按：「章」和「表」，分言有別，渾言無別。

〔註23〕指告誡與曉諭之類的文告。《宋史·選舉志二》：「如詔誥、章表、箴銘、賦頌、赦敕、檄書、露布、誡諭，其文皆朝廷官守日用不可闕，且無以兼收文學博異之士。」

〔註24〕1. 不緘封的文書。亦謂公布文書。2. 軍旅文書。(1) 征討的檄文。(2) 告捷文書。3. 泛指布告、通告之類。

〔註25〕文體名。箴是規戒性的韻文；銘在古代常刻在器物上或碑石上，兼用於規戒、褒贊。南朝·梁·劉勰《文心雕龍·銘箴》：「箴銘異用，罕施於代。」

〔註26〕赦敕（shè cè）：「敕」通「策」。免除和減輕刑罰的策書。古代君主對臣下封土、授爵、免官或發布其他敕令的文件。

〔註27〕古代寫在木簡上的官方文書，用於曉諭、徵召、聲討，特指聲討的文告。

〔註28〕賦和頌，兩種文體。《韓非子·外儲說左上》：「且先王之賦頌，鍾鼎之銘，皆播吾之跡，華山之博也。」

藝上效法。科舉考試中一種制科科目的名稱。宋乾德二年（964 年）開始設置。
應考者不限制資歷。官民皆可報考，民間士子可以投狀自薦。在中書學士舍人
院考試，或特遣考試官專試。考試試三千言的對策。詞理都優秀的就可以中選，
授官職。宋景德二年（1005 年）後，就不設置了。

　　博通墳典達於教化科：博通，廣泛地通曉。就是具備各種知識知識之意。
漢‧劉向《新序‧雜事四》：「國有博通之士，則人主尊。」墳典，三墳、五典
的並稱，後轉為古代典籍的通稱。《〈書〉序》：「討論墳典。」《隸釋‧漢太尉劉
寬碑》：「幼與同好鑴墳典於第廬」。達，通達、通曉事理，見識高遠。教化，指
儒家所提倡的政教風化；教育感化。《詩‧周南‧關雎序》：「美教化，移風俗」。
科舉考試的一種制科名稱之一。宋景德二年（1005 年），才設置。凡應考的考
生，先由中書省、門下省通過考試考查其才能，把合格的考生俱名上奏。皇帝
親自策試。宋仁宗時期，更名為博通墳典於教化科，以考試被舉薦的官員等。
宋熙寧七年（1074 年）後被罷除。

　　博學宏詞科：博學，知識淵博之意。博學宏詞科，科舉考試中制科名目之
一。簡稱詞科，也稱詞學科。《論語‧雍也》：「君子博學於文，約之以禮。」博
學宏詞即為學問淵博，文辭清麗之意。唐宋不少社會名流，以此科及第進入仕
途。宋高宗把宏詞科，更名為博學宏詞科。凡到科考之時，官員、優秀公卿的
子弟都可以參加考試。考生必須先呈所撰文章三卷，由學士院考評，選拔其優
異者召試。考試試題共十二題，從制誥、詔表、露布、檄、箴銘、記贊〔註 29〕、
頌序〔註 30〕內雜出六題。分三場，每場所試文體一古一今。試分為三等，上等
升遷官職，無出身人賜進士及第，並免召試〔註 31〕。中等減三年磨勘，由中書
省奏請授官，無出身人賜進士出身；下等減二年磨勘，無出身人賜同進士出身。
並召試官職。嘉熙三年（1239 年）降等立科，去「宏」、「博」二字，只稱詞學
科，三年一試。清朝康熙十八年（1679 年）舉行此科考試。乾隆二年（1737

〔註 29〕一種文體，用於頌揚人物或對某人或某事（如對死者的品質和貢獻）的讚頌。
〔註 30〕頌：文體之一，指以頌揚為目的的詩文。常以情調的特別激揚、風格的精練、詩行
　　　　的長短不一和詩節形式的複雜為標誌。如：史岑《出師頌》；頌讚（文體名。頌，
　　　　是用以歌頌功德，如揚雄有《趙充國頌》；贊原用於讚美，後來也用於評論。如袁
　　　　宏有《三國名臣序贊》）。序：序文、序言。
〔註 31〕皇帝召來面試。為封建時代選拔官吏的一種特殊方式。《晉書‧職官志》：「博士皆
　　　　取履行清淳，通明典義者，若散騎常侍、中書侍郎、太子中庶子以上，乃得召試。」

年）二次舉行博學宏詞科的制科考試。乾隆三年又補試一次，取中者分等分別授官。清乾隆中期，其認為「宏詞」的音與清高宗的名「弘曆」音相近，因此又改為「博學宏詞科」。

孝廉方正科：孝廉：孝，指孝子；廉，指廉潔之士。方正，品德正直不阿。清代特設的制科科目名稱之一。其把漢代原有的孝廉和賢良方正科目相併而得名。雍正元年（1723 年），下詔各省每府州縣各舉孝廉方正，賜六品服備用。以後遇到皇帝即位，即薦舉一次。乾隆五年（1740 年），定薦舉後赴禮部驗看和考試，授以知縣等官。

經濟特科：清朝末年特設選拔「洞達中外事務」人員的科目。戊戌變法時，由貴州學政嚴修提出的建議，後因政變未來得及實行。光緒二十七年（1901 年）開始詔令內外大臣薦舉。光緒二十九年（1903 年）舉行該科考試。考試後取列一等九人，二等十八人，分別授予官職。

第三節　科舉考試的方法規則與師生稱謂辭彙

科舉考試歷經 1300 年，科舉考試方法也是在不斷完善的。科舉考試以成績的先後、高低來錄取。在考試時有著嚴密的考試程序和方法，唐玄宗時期創立了對考試的子弟親戚的別頭試制度；宋太宗時期，為了防止考試官與其他人的請託關係，創立了鎖院制度；自宋代開始，考生進入考場，就要按順序就坐，不得隨便移動，進入考場不得挾書，在考場中不得傳義〔註32〕，不得請人代筆，否則嚴加處罰；自宋朝開始，廢除了公薦制度，使試卷成為評定成績，決定是否錄取的唯一根據。試卷實行封彌、謄錄制度。評卷時，多級評定即實行點檢官、參詳官、知貢舉官三級評定制度，以使評卷工作做得公平、公正。

在考試後，被錄取的新科進士互相稱為同年，主考官被稱為「座主」和「座師」，被錄取的學生被稱為考官的「門生」。在宋代為了避免考官和考生之間形成的「恩師」與「門生」的特殊關係。因此皇帝親自主持殿試，形成一種「天子門生」的關係，有利於統治。即使是實行殿試制度，在後來的科舉考試中考生和考官之間的這種特殊的師生關係還是有的，不過在稱呼上已經不是十分明顯，但其實質性沒有改變。所以本文所說的師生稱謂，是把考試官的職位專名

〔註32〕類似於今天學生在課堂上交頭接耳不遵守紀律的狀況。

語包括在裏面的。

一、科舉考試中的方法規則名稱辭彙

（一）科舉考試體制中的規則名稱辭彙

行卷（xíng juàn）：「行」的意思是做，從事某種活動之意。卷，讀作 juàn。即書卷之意。古時書籍寫在帛或紙上，一部書可分成若干部分，每部分為一卷。行卷，唐代科舉制度中的一種風習。在唐代，如要在科舉考試中考中，考生們必須在考試前將所作的詩文寫成卷軸投獻給禮部主考官或當時的官僚顯貴或有文學聲望的學者。以求他們向主官薦舉，以利於及第。這種卷軸和做法稱之為行卷。行卷中呈現的作品體裁廣泛，包括古詩、律詩、辭賦、駢文、散文、小說等等。投獻的卷軸每幅為墨邊十六行，一行不超過十一字，字須端正，投卷時要身穿白麻布衣。唐·李商隱《與陶進士書》：「文尚不復作，況復能學人行卷耶？」此外明清時編刻發賣的鄉試中式的八股文選集，稱行文，亦稱行卷。清·顧炎武《日知錄·十八房》：「至（萬曆）乙卯以後，而坊刻有四種……曰行卷，則舉人之作。」

溫卷：溫卷是唐朝科舉考試中流行的風俗。唐朝的鄉貢舉人為求得社會名流、權貴顯達的垂青與推薦，除投送行卷以外，遇有婚喪嫁娶，必去祝賀或弔唁，無事也得常去拜望，以籠絡感情，加深印象，當時謂之「溫卷」。除此之外，在第一次行卷外，第二次在臨考前再次送卷，也稱之為溫卷。

國子大成：國子，公卿大夫的子弟。《周禮·地官·師氏》：「以三德教國子」鄭玄注：「國子，公卿大夫之子弟」。大成，大的成就。這裡指學問。《禮記·學記》：「九年知類通達，強立而不反，謂之大成。」國子大成是唐代國子監選舉人才的一種方法。開始的時候是選取二十個禮部試及第而聰明的士子。開元二十年（732 年）減十人。如通達了四經學業且有成，而且吏部試考過的士子授官時還會加官一階。考不中的則繼續學習。三年一試，三年無成的士子免從常調〔註33〕。

貢院：貢，薦舉，推薦。《禮記·射義》：「諸侯歲獻，貢士於天子。」院，官署名稱。貢院指的是科舉考試的考試機構和考試場所。宋代，禮部貢院掌

〔註33〕常調，按常規遷選官吏。唐·高適《宋中遇劉書記有別》詩：「幾載困常調，一朝時運催。」

管各路、各州、各郡所解送進士科及諸科舉人的名冊及家狀、保狀、試卷，並審覈其籍貫、年齡等信息。平時由一朝官任主判官，遇到科舉年份，則令派一知舉官主持禮部試。考試完畢，將合格舉人的名狀奏報朝廷，並負責殿試等事宜。貢院內設有彌封院、謄錄院、對讀所、編排廳、別試廳等機構。崇寧後，禮部試及各州均陸續建造貢院。後世多繼承了這種制度。明清時，貢院多建於省城及京師東南。一般規制為大門，上懸「貢院」墨字匾，二門上懸「龍門」的金字匾，再進入就是高數層的明遠樓。開考時間，可以居高臨下地俯視，監試考生及役吏的行動。其後為至公室，為外簾官的辦公居住場所。堂後有門通入，即為內簾。龍門與明遠樓的兩側為東西文場，以千字文為文場的標示，其供考生應試及住宿，大省有上萬間，小省有數千間。貢院四周外牆，遍覆荊棘，故貢院又稱為棘院。

龍門：貢院中的第三道門稱「龍門」。寓意考生過此門即可如龍一般飛黃騰達。

翰林院：翰林，皇帝的文學侍從官，唐朝以後才開始設置。明、清改從進士中選拔。明・高啟《書博雞者事》：「翰林天台陶先生。」翰林院，中國古代以文學供奉宮廷的官署名。按照唐朝的制度，凡天子居住生活的地方，必於附近置翰林院。聚卜、醫、技術之流與名儒有學之士，備侍從筵宴，諫諍顧問。宋朝為內侍省下得一個官署，掌天文、書藝、圖畫、醫官四局，專貢內廷之用。元朝稱翰林國史院。明清時為國家的高級顧問和文秘部門。最早建置於洪武元年（1368 年）。洪武十八年（1385 年）定學士一人，正五品，侍讀、侍講學士各二人，從五品；修撰二人，正六品；編修四人正七品；檢討四人，從七品；五經博士九人，正八品，其後略有變動。清承明制，設翰林院的制度被沿襲。

正榜：明清科舉考試制度中中式榜名之一。明朝永樂年間在會試錄取進士時分正副榜，即正式取中者為正榜，備取者為副榜。嘉靖年間在鄉試錄取舉人始分正副兩榜。清仍沿用明朝制度，在鄉會考試中仍然採取兩榜取士。康熙以後規定正副榜的比例為五比一。鄉試副榜稱副貢，可入國子監讀書，下科仍可應鄉試。會試副榜不可參加廷試，可由吏部授官或參加下科會試。

春榜：科舉考試在春天考試後公布成績的排名榜。唐宋時期的禮部試，明清時期的會試都是在春天舉行的考試。其考試後公布的排名錄取榜就被稱為春榜。

秋榜：明清鄉試例於秋天舉行，考完試後公布的考生錄取榜就被稱為秋榜，也稱之為「桂榜」。

左榜：元朝科舉考試中式榜名之一。當時實行民族歧視政策，科舉考試分兩榜錄取，蒙古人與色目人一榜稱右榜，漢人和南人為一榜，稱左榜。每科有兩名狀元。右榜少考一場，難度較低，授官較高。蒙古人中狀元授六品官，第二名及二甲進士授正七品，第三甲授正八品。色目人較蒙古人，低半級。漢人、南人又較色目人低半級。

龍飛榜：宋代科舉考試制度頒布考中者名字的一種榜名。龍飛，舊時比喻陞官提職。這裡指皇帝即位稱龍飛。皇帝即位後第一次殿試，吏部奏明公布的中式者的名次榜，稱龍飛榜。凡中此榜者，可授優厚待遇，稱龍飛恩例或龍飛特恩。

南北榜：明清科舉制度，又稱春夏榜。明初錄取進士不分南北。洪武三十年（1397 年）考官劉三吾錄取的五十二名進士全為南方人。朱元璋認為他的錄取有偏頗，於是在六月復行廷試，所取全為北方人。洪熙元年（1425 年），南北比例為六比四。從此試卷被分為南北。宣德正統年間又分中卷，即以一百名為基數，南取 55 名，北取 35 名，中取 10 名。明成化二十二年（1486 年）各減南北兩名增於中。弘治二年（1498 年）再遵從舊制，以後為定例。南北中地區大致劃分是：南是應天、蘇州、松江等府，還有浙江、江西、福建、胡廣、廣東等省；北是順天、山東、山西、河南、陝西等省；中是四川、廣西、雲南、貴州、鳳陽和濾州二府及滁州等。清朝繼承了明朝的這種做法。順治九年（1652年）會試也將卷分南北中，順治十二年（1655 年）將中卷併入南卷，此後屢分屢和。康熙十一年（1712 年），廢南北卷，分省取中，大約每省二十人取中一人，臺灣省十人取中一人。

南北闈：「闈」為貢院、考房的別稱，明朝禮部會試考房，稱禮闈。洪熙元年（1425 年）南士、北士分房取中，各有定額，謂之南闈、北闈。宣德正統年間，又分南北中闈。有北京順天府鄉試貢院，南京應天府鄉試貢院，分成北闈、南闈。故北闈、南闈又指順天府、應天府鄉試。清代順天，江南鄉試也沿稱北闈、南闈。

北卷：明清科舉會試實行分地區，按比例錄取的辦法，北方包括順天府及山東、河南、陝西、山西等省考生的試卷稱北卷。

身言書判：唐代吏部考試內容之一。凡禮部試及第者可參加吏部的銓選，主要以身言書判四條標準取人。身要求體格豐偉，言要求言辭辯證，書要求書法遒美。判要求文理悠長。錄取的原則是先以德行錄取，次為才智錄取。

上請：科舉考試中關於詢問問題的一種規定。唐宋時期在考場中，應試舉人如對試題出處或題有疑難。可由解元或直接請求考官解答，謂之「上請」。宋真宗時，始將試題出處等印發，並禁止上請。以後，又恢復如前。

登極恩：科舉的一種制度名稱。為皇帝登基，特賜授及第進士的制度。宋隆興元年（1163 年），孝宗即位。乾道二年（1166 年），殿試才開始推行此制。第一名，原授予承事郎改為宣義郎；第二名，原授文林郎，也同第一名的恩例；第三名，原授予文林郎改為承事郎。又第一甲賜進士及第並文林郎；第二甲：賜進士及第並從事郎；第三、第四甲賜進士出身。第五甲賜同進士出身。特奏名第一名賜進士出身；第二名、第三名賜同進士出身。

登聞鼓：宋代設於京城宮門，常有科舉落第者擊鼓申訴。開寶六年（973年），落第舉人徐士廉擊鼓告宰相李昉主持科舉不公，太祖親詔下第者三百六十人復試，取一百九十五人。端拱元年（998 年），又有落第者擊鼓，太宗全復試，各科共取七百人。

作詩贖帖：又稱贖帖、讀帖。唐朝科舉考試的規定之一。唐進士科考試重詩賦，故應試者多不願死背經書。但進士考試科考試首場即試帖經，成為考生的一大難題。天寶初年，實行通融的辦法，除改首場為末場外，並允許以作詩替代帖經，從而使一些不願意讀經書者免除了死背硬記的痛苦。

圈不見點，尖不見直：清朝殿試評閱試卷的方法。殿試讀卷官標示有「○」「△」「、」「｜」「×」五種符號，讀作「圈」「尖」「點」「直」「叉」。其作為不同的等級。各讀卷官為防止標識懸差過大，一般第一人看過後。如果用圈，第二個閱卷者就不用點；如果第一人用尖而第二人則不用直，以此類推。其目的就是為了防止差距過人。故稱圈不見點，點不見直。

行香掛牌：舊時科舉考試的規定之一。明清各省的學政到任後要去文廟（孔子廟）敬香，並掛牌公告童試的時間、地點、條規，並宣布受理百姓對不法生員的指控。

三途並用：明清官吏選拔制度之一。即進士為一途；舉人、貢生為一途；吏員為一途。三條途徑同時使用。重要的官職如京官六部主事、中書、評事、

博士等由進士出身者選用。次要的官職如知州、推官、知縣、學官等從舉人、貢生中選用；雜職如外府、外衛、鹽運司首領官。中外雜職、入職未入流官由吏員、承差等選用。這是一種大概情況，其中還有些差異，後來有些變革。

大挑：挑，即挑選之意。清朝對科舉中未中第的考生的任用方法之一。乾隆後定制，六年一次。於會試後舉行。凡三科以上會試不中及因故未參加會試的舉人，挑選其中一等者任知縣或借補州府官，二等者充教職。辦法是遇大挑之年，取具同鄉京官之印結，呈請禮部造冊，注明年齡，諮送吏部，由大臣從中挑選。其原則是人文並選，身言兼試。先察形體容貌，再考應接對答。相傳有「同、田、貫、日、氣、甲、由、申」八字訣，合於前四字者為體貌合格。所謂「同」者，即長方形面容；「田」者則指方形面容；「貫」者指身材高大，「日」者體行勻稱。以言語詳明，通曉時務策治者為優。目的是拓寬舉人出身的出路，充分利用人才。數額則根據各省人數目，按比例而定。

（二）科舉考試中的作弊手段名稱辭彙

槍替：科舉時代，代人應考的人稱之為槍替。代考者謂之槍替手，簡稱為槍手。槍手大多都是有才識的人，他們或為金錢或為私情或為義氣而充當槍手。自有科卷，就有槍替。相傳唐始行科舉，不是真正靠自己的能力考試的已經占到十分之三四。宋中葉後，科場紀律日趨嚴厲，槍替較困難，一旦發現後處罰十分嚴重。劉鶚《二十年目睹之怪現狀》：「他到了考場時，是請人槍替做的，他卻情願代人家作西股去換。」

割卷：科舉考試中的作弊方法之一，又稱之為「活切頭」、「剝皮鬼」即割換考生的卷面，用私雕假印加驗，移甲卷為乙卷。這些都是彌封、閱卷等官受重金後而為之。在明清兩代均有發現。在每個朝代，一經發現查實後都會處以重刑。

冒籍：「冒」的意思是用假的充當真的，假託之意。籍為籍貫之意。明清時期，外地人假冒本地籍貫參加科舉考試，稱為冒籍。

冒牒：「冒」的意思是用假的充當真的，假託之意。牒，其小篆字形是「牒」在《說文解字》中的解釋為：「版，札也。」在古代小簡稱作牒；大簡稱作冊；薄者稱之為牒，厚者稱之為牘。本義為簡札。通常由官方頒發的證明某事的文件。冒牒是貢舉考試時的一種作弊名稱。貢舉考試，遇須避親別試的考生，皆牒送到別頭場考試。若假託親戚、宗族、門客或牒官，借牒送的名義公然受價以鬻，皆屬冒牒。

（三）防止考生與考官作弊的方法名稱辭彙

鎖廳換試：鎖，即關閉、鎖閉之意。鎖廳，關閉院廳。清·袁枚《隨園隨筆·鎖廳》：「宋現任官應進士試曰鎖廳，言鎖其官廳而往應試也。雖中，止遷官而不與科第，不中則停現任。」換試即轉換資格的考試。科舉考試中的一種考試的類型名稱。鎖廳換試簡稱「換試」，也稱為「試換」。為官員轉換資格的一種考試。北宋時，凡武臣更換文官資格，只要有三個官員舉薦就可以。宋紹興年間，才下令武官轉換為文官時，不僅要有兩個保薦的官員，還要參加鎖廳試。考試經義、詩賦。考試合格後就可以換取文官資格了。在這以後，國子監中的一些久考不中的學生，就先去從武舉，隨後再參加鎖廳試來考進士第。如果是以秉義郎或中翊郎等武官考取文官職位。考中後，就可以被授予京官，並且推恩一等。因此武士多棄弓箭，學習詩文、經義，專做文人舉子。宋紹熙元年（1190 年），這種制度被廢除。

別頭試：亦省稱為「別頭」、「別試」。科舉考試後，唐宋科舉考試規定之一，指的是考官親屬必須另設考場，由其他官員主持考試，以防徇私舞弊。唐開元二十四年（736 年）科舉考試移交禮部，由禮部侍郎主持科考。為了避嫌，考官親屬考試一律都另設考場考試。由吏部考功員外郎，吏部侍郎覆核，為之別頭試。《新唐書·選舉志上》：「初，禮部侍郎親故移試考功，謂之別頭……（元和）十三年，權知禮部侍郎庾承宣奏復考功別頭試。」經過各朝代的相沿襲，遂成為定制。宋代擴大了別頭試的範圍，除殿試外，凡禮部試、鄉試等，其發解官、主考官、地方長官子弟、親故乃至門客均行別頭試。《宋史·選舉志一》：「士有親戚仕本州島島，或為發解官，及侍親遠宦，距本州島島二千里，令轉運司類試，以十率之，取三人。於是諸路始有別頭試。」清朝也曾實行類似的規定，直至最後規定考官親屬一律迴避，不得應試。清·葉名澧《橋西雜記·迴避》：「趙氏翼《陔餘叢考》引《通考》：唐開元二十四年，設別頭試，為後世科場迴避親族之始。」

迴避：字面的意思是設法躲避之意。其為科舉考試中為防止考場內官員舞弊而規定的一種避親制度。這項制度開始於唐朝的別頭試制度。歷代相沿，清代最為嚴厲。凡鄉會試主考同考官的子弟不許入試場。雍正時，令簾官子弟等應迴避的考生，另在內閣考試。或另編字號，另派大臣閱卷。乾隆間仍命考官子弟實行迴避制度，不准應試。並推及監臨、監試、提調、受卷、彌

封、謄錄、對讀、收掌等考官官員。迴避範圍包括本族五服以內，及親姑、姐妹之夫與子，母、妻的親兄弟子侄等。大臣子弟應會試、殿試、朝考者，其父兄都不得充任閱卷官。

別試所：又稱別試院、別頭場、別院、小院。宋貢舉考試的機構和場所之一。是為舉行各級別頭試而設的場所。北宋禮部試的別試所。常設於國子監或太常寺。南宋後期則於大理寺西側專建別試院。

鎖院：字面意義為關閉在院內。科舉考試中為防止考試作弊方法的名稱。宋代為防止科舉考試中考官作弊而設。凡各級貢舉考試，考試前數日，考官必須一同進入貢院，鎖閉院門，在貢院內擬題目，收領試紙，排定座位圖。直到考試完畢，定出考試者的名次等第後，才開院門。限期一月，如因故沒有處理完的，可再拖延十天。

鎖宿：其義大致與鎖院相似。即把考官鎖在貢院內，以防請託之意。科舉考試中防止作弊的方法名稱。宋代為防止各類考試中考官舞弊而設立的防作弊的制度。與鎖院制度類似。宋朝淳化三年（992年），舉行禮部試，翰林學士蘇易簡奉旨主持科舉考試，為了迴避親友的請託，於是就將自己鎖在尚書省。大中祥符四年（1011年）始定禮部試，解試考官均須要選取差官員一起鎖入貢院。其後，凡是補太學生及四門學生、復考舉人試卷等學官或考官也須赴指定的地方鎖宿。

搜檢：字面意義是搜索檢查之意。在科舉考試中，為防止考生作弊，在考生進入考場前，有搜監懷挾官，對考生進行全身搜檢。解髮袒衣，連耳鼻都不放過。這種制度起源於唐朝，盛行於宋金明清。這種制度帶有一定的人格侮辱，使考生非常反感，有人甚至為此放棄考試。因此期間也有一些改進措施。〔註34〕

彌封：彌的意義為充滿，填滿之意。封的意思是密閉，使跟外面隔絕。後引申為用加蓋印章的紙條貼在門、箱或其他容器的口上以防開啟。在科舉考試過程中為了防止舞弊的一種方法規定。考生試卷寫姓名處，由彌封官反轉折迭，用紙釘固住，把名字糊上，加蓋官印，稱為彌封。此制度開始萌芽於唐代的武

〔註34〕最有特色的一個改進是金朝。如金大定二十九年（1189年），令考生進場前先沐浴，然後換上由政府發給的新衣，這樣既可以禮待考生，也可以防止其夾帶作弊，但這種做法並沒有得到延續。

則天時期，武則天認為吏部的選人不真實，就命令實行糊名，然後再定等級。宋真宗景德年間，彌封之法成為定制。清末廢除科舉以前，一直沿用。鄉試、會試的試卷都採用密封制度，用《千字文》編「紅號」。另有謄錄將試卷即墨卷用朱筆謄寫，稱為「朱卷」，送考官評閱，取中者的朱卷按「紅號」調取墨卷，拆卷唱名寫榜。

謄錄：「謄」的意思是照原稿抄寫清楚。在《說文解字》的意思是「謄，迻（yí）書也。從言，朕聲。」其字義就是轉錄，抄寫之意。錄的意思也是記載，抄寫之意。宋代科舉鄉試、會試的墨卷，必須用朱筆謄錄。宋真宗大中祥符八年（1015 年），設置謄錄院。鄉試、會試考生的試卷交彌封官封卷。宋仁宗時，為防止筆跡作弊，進一步規定試卷交謄錄所用朱筆謄寫，以謄錄的試卷交考評官評閱。歷代沿襲了這種制度。清代在方略館等機關內任繕寫者也稱謄錄。這些人是從會試落選的舉人中選取而錄用。

對讀：字面意思是校對之意。宋·吳自牧《夢粱錄·諸州府得解士人赴省闈》：「卻於每卷上打號頭，三場共一號，方發往謄錄所謄錄卷了，依字號書寫，對讀無差，方納入考試官各房考校。」其為科舉考試中的試卷的校對制度。宋代以後，為防止科場弊案，實行試卷謄錄批閱的辦法，鄉會試中試卷彌封、謄錄後送對讀所，由對讀生以應試者的墨卷校對謄錄後的朱卷，以杜絕訛誤草率，並經對讀無誤後，再由對讀生、對讀官分別於墨卷朱卷上簽名鈐記，以示負責。朱卷送考官批閱，墨卷送收掌所封存，對讀生多由優秀生員臨時充任，由對讀官負責其具體事務。

內簾：明清科舉考試中鄉試會試時，批閱試卷的場所及考官的名稱。貢院內至公堂，堂後有門，被稱為內龍門，供出入。鄉會試時，以簾隔之。簾外的稱之為外簾；簾內的稱之為內簾。內簾為主考或總裁及同考官、內提調、內監試、內收掌等內簾官保管、批閱試卷及居住的地方。考試前三日，內簾官入簾後，監臨官立即封門。封門後內外簾不得出入，公事於門前交接，直至發榜才解禁。

外簾：明清鄉會試時，主管考場事物的官員及場所的名稱。貢院到至公堂內簾門以外稱外簾。監臨、外提調、外監試、外收掌等在此辦公，並稱之為外簾官，由地方官員和監察御史充任。

胄牒：胄，小篆字形是「<!-- small seal glyph -->」，在《說文解字》中的解釋為：「胄，胤也。從肉，由聲。直又切（zhòu）」其義指古代帝王或貴族的後代。牒，其小篆字形是「<!-- small seal glyph -->」在《說文解字》中的解釋為：「牒，札也。」在古代小簡稱作牒；大簡稱作冊；薄者稱之為牒，厚者稱之為牘。本義為簡札，通常指官方頒發的證明某事的文件。胄牒是指科舉時期，科舉考試的憑證名稱，也稱為胄子牒。按宋朝制度，凡官員子弟親屬、門客須持牒，赴本治所外考場應試，故稱。

磨勘：其字面意義是查對，核實。唐宋官員考績升遷的制度。唐時文武官吏由州府和百司官長考核，分九等注入考狀，期滿根據考績決定升降，並經吏部和各道觀察使等復驗，稱「磨勘」。《舊五代史·唐書·莊宗紀五》：「戊午，詔應南郊行事官，並付三銓磨勘，優與處分。」宋代設審官院主持此事。宋·范仲淹《答手詔條陳十事》：「今文資三年一遷，武職五年一遷，謂之磨勘。」清代的鄉、會試後對考官、考試程序及考卷的覆查。清朝規定，在鄉會試以後，立即將中式舉人試卷限日送至朝廷。由朝廷派官員對試卷進行檢查，如有抄襲、文體不正、不必名諱、不遵傳注等情形則分別予以斥革、停止會試一至三科的處分。其主考、同考等官員也要受到罰俸、停職和革職處分。同治年間（1862～1874年）規定被罰停科舉人可以輸銀免罰。會試卷也由皇帝選派大臣按鄉試條例進行磨勘。清·陶福履《常談·磨勘》：「唐開元二十五年，禮部侍郎姚亦奏請應試進士等唱第訖，其所試雜文及策送中書門下詳覆。此磨勘所由昉也。國朝康熙四十一年壬午科，始磨勘鄉試朱墨卷。乾隆元年，戶部侍郎李紱奏請增派翰、詹、科、道官磨勘。」

磨勘試卷：清代科舉考試中覆查試卷的制度。清初規定此條例，各省鄉試揭曉後，按照程序把解試的試卷送到禮部磨勘。磨勘試卷的內容為：先查考官，如有出題錯誤，予以罰俸處分。次閱試卷，倘有文理悖謬、字體不正、朱墨不符、對非所問者，黜革除名。有不尊傳注、不避聖諱、以行革謄錄、四書文超過七百字的考生，罰停一科至三科不等。如一省斥革三名以上，該省的主考官革職查辦。如罰停科的卷數多，考官罰俸，降級或革職處分。磨勘官初以禮部及以禮科主之。康熙年間，開始欽派大臣專管這件事情。後解額漸廣、試卷日多，令九卿同勘。

避親：字面意義是迴避親屬之意。科舉考試中防止舞弊的方法名稱。宋代

制度，凡貢舉試官的遠近親屬及有聯姻關係者，遇科舉年，允許牒試。

避房法：學校的考試方法名稱。宋紹定五年（1232 年），以武學、宗學、補試，都在大院排定日期，依序引試。有親屬應試，考試官必須迴避，不得入內。

避親法：科舉考試中防止舞弊的方法名稱。宋代的制度，凡貢舉考試，如遇有親屬及姻家子弟應舉，考試官須迴避，至別試所另考，或牒試。

牒試：科舉考試中防止舞弊的制度名稱。也稱為胄試、胄舉、別試、牒試法。宋代制度，凡官員子弟、親屬、門課不得於其任職地應科舉考試，須牒送別處貢院考試，故稱。宋真宗即位後，開始遣官別試國子監、開封府。所供舉子中，與舉送官為親戚者。宋景德二年（1005 年），開始命文、武升朝官嫡親移送國子學考試。後逐漸稱為一種制度。凡地方諸州長官的門客，本治所內的同宗或異性親屬，考官的遠近親屬及聯姻之家離鄉一千里的隨侍同宗親屬等，皆牒送本路轉運司應試。本路帥司、監司長官的門課、親屬，則送鄰路轉運司應試。朝廷宰相、執政、侍從、在朝文武官員的子弟、親屬等，則牒送國子監考試。南宋紹興元年（1136 年），高宗詔令牒試應題者，有本司長官及州縣長官委保，有偽冒舞弊者須連坐。紹興七年（1143 年），始命國子監牒試委派詞賦、經義考官。乾道四年（1168 年），裁定牒試法：凡正員以外的文武官員除直系子孫外，臨安職事官除監察御史以上官員外，其餘子弟無須牒試。紹定四年（1231 年），罷除諸路轉司牒試。嘉熙元年（1237 年），廢除了牒試。

鎖廳試：科舉考試中防止在任官員參加科考作弊的一種考試的名稱。其簡稱為「鎖廳」。凡在任官員參加貢舉考試，須鎖其官廳而赴試，故而得名。宋初，凡官員應舉考試，其長官先呈報名籍，得旨後才解送。只有考試詞賦的考生才允許帶著《切韻》、《玉篇》。如果有攜帶其他與科考有關的書籍或者在考場內交頭接耳的考生，發現後就被罷黜。宋初，考試通過後，只能得到升遷而得不到授賜的科第。大中祥符五年（1012 年），下令，凡是符合鎖廳試條件的考生，地方州郡考官要先對他們進行考試，考試合格後才舉薦到禮部進行考試。如果考試不合格，不僅考生本人的官職被罷除地方考試官員和舉送官員也會被治罪。宋天聖四年（1026 年），又規定進行鎖廳考試的考生如果考試不合者免於責罰。

撤棘：撤，即為去掉之意。棘，果樹名，落葉灌木，有刺，其果實為酸棗。《說文》：「棘，小棗叢生者。」又泛指草木的刺或者帶刺的草木。撤棘又稱作

「徹棘」。科舉時代為了嚴密以防作弊，考試時，在試院圍牆上遍查棘枝，到發榜後才撤去。因此把考試結束稱為撤棘。《舊五代史·和凝傳》:「貢院舊例，發榜日，設荊棘於門及閉院門，以防下第不逞者。寧令徹棘啟門，是日寂無喧者，所收多才名之士，時議以為得人。」《清會典·禮部·貢舉》:「順治二年定闈中閱卷，須立呈限，計自分卷以至撤棘，約可半月，以八日完前場，以七日完後場。」

出恭：明朝國子監學規之一。每堂（約二十五至三十名）發給寫有「出恭入敬」四字的木牌一枚，監生有內急時，必須領此牌。以此防止監生擅離講堂。考試時，考場也備此牌，以防考生擅自離座。後因稱大便為「出恭」。

二、科舉考試中的師生稱謂辭彙

（一）科舉考試中學校老師的名稱辭彙

教習：教，教化，教育。《說文》:「教，上所施，下所效也。」。習，練習，學習。引申指使練習、使學習，即教習、訓練。字面的意思就是教練；教授之意。《管子·幼官》:「器成不守，經不知；教習不著，發不意。」《史記·李斯列傳》:「高受詔教習胡亥，使學以法事數年矣。」明清時期翰林院教官的名稱。掌教導、培養庶吉士的職責。多以學士侍郎等官兼任。清在翰林院設庶常館。專門培養庶吉士，以侍讀學士、侍講學士分教，俗稱小教習。清末興辦學堂，官學教師也通稱為教習。《儒林外史》第二十回:「賢契，目今朝廷考取教習，學生料理，包管賢契可以取中。」此外還有教師之意。清·孔尚任《桃花扇·傳歌》:「在下固始蘇昆生是也，自出阮衙，便投妓院，做這美人的教習。」

教官：又稱學官。在古代主管學政的官員和官學教師的統稱。如漢朝才開始設置的五經博士、博士祭酒。西晉設置的國子祭酒、博士、助教；隋唐以後的國子祭酒、司業、監丞；宋以後的提學、學政、教授、學正等。明清對各級學校教師規定有不同的名稱。府學稱教授，州學稱學正，縣學稱教諭，副職均稱訓導。

教授：授，傳授。《史記·仲尼弟子列傳》:「子夏居西河教授，為魏文侯師。」教授，即教化傳授之意。在科舉時代為學官名。宋慶曆年間於諸路、州、軍、監各置學校，開始設教授，以經術行義訓導學生，主持考試，執行校規，不兼他職。宗學、律學、武學、小學等也設立此職。太醫局九科各置一員，選

翰林醫官等充任。元朝諸路、散府及上中州學均設教授一員；京師國子學、太史院、司天監等也設立此職。明朝府學、都司、儒學、衛儒學、衛武學設置。清僅設於府學，有訓導佐之並聽於學政。又設四氏學教授，以教孔、孟、顏、曾四姓子弟，從孔子後裔中選用。

教諭：諭，告訴，使知道，使明白。《說文》：「諭，告也。」其意義為教導訓戒使之知道、明白。宋、元、明、清縣學學官名。宋朝於小學、武學、醫學及各州縣學中開始設置此職位。州學凡無教授，則以教諭主其事。明清為縣學學官，掌文廟祭祀、教誨、考核和管束生員。名額是一人，是正八品官。

博士：其字面意義是博通古今知識淵博的讀書人。古代教官名。開始於戰國。秦及漢初，博士掌通古今，或議政事，或各自諮詢。具有顧問官性質。明‧宋濂《送東陽馬生序》：「有司業、博士為之師。」漢武帝設五經博士，置博士弟子，自此始成教官。後世各朝皆設經學博士，或稱國子學博士、太學博士、四門學博士、廣文博士、蒙古國子學博士等。專科學校及其他專業也有設置，魏置律博士，北魏始置醫學博士。隋唐始置書學、算學、獸醫、占卜、漏刻、按摩等博士。宋增設武學、畫學等博士。遼朝為設於國子學、府州縣學的職名。道宗清寧（1055 年）設置。該年下詔設學養士，頒布《五經》傳疏。又歷代太常寺也設有太常博士，掌檢討禮儀。此外古代對茶坊夥計、手工藝者的尊稱，猶後世稱人為師傅

訓導：訓，教導，教誨。《詩經‧大雅‧抑》：「無競維人，四方其訓之。」導，引導。《墨子‧非儒下》：「其學不可以導眾。」字面意義是教導、引導。科舉制度中的一種學官名。明初設置，為府、州、縣、都、司、衛等儒學與副長官，協助主管課業品行。明初不具衣冠，不入流。洪武十五年（1382 年）準衣官服，後定位於雜職之上。清沿襲這一官職，府州縣學各設一員。清末罷科舉，於是就廢除掉了。

學長：長，指的是首領、長官之意。學官名。宋朝設置小學和縣學。選學生充任，掌傳授課業，糾察校紀。聚會時，按學生年齡、身份排列次序。崇寧五年（1106 年）改小學學長為小長。

學正：科舉時代學校學官名。宋朝開始設置，分設於國子監、太學、律學等學校，位次於博士、教授，高於學錄，職責是考校訓導，執行校規。宋代凡以朝廷命官充任者，稱為命官學正。元代除設於國子學、蒙古國子學外，路、

下州儒學諸路蒙古字學、書院等也設，任滿考試，合格升府或上、中州教授。明隸屬於國子監博士廳，與學錄共掌六堂〔註35〕訓導。明清延續了這種制度，明清也設於州學、為長官，講說經義文字，教誨生員，主持考試。

學師：即教師之意。對府、州、縣學儒學教官的尊稱。

學官：原來指的是學校的房舍。《漢書·循吏傳·文翁》：「又修起學官於成都市中。」顏師古注：「學官，學之官舍也。」也指學校。漢·桓寬《鹽鐵論·散不足》：「皇帝建學官，親近忠良，欲以絕怪惡之端。」《漢書·吾丘壽王傳》：「今陛下昭明德，建太平，舉俊才，興學官。」此外還指主管學政的官員和官學教師的統稱。如西漢開始設置的五經博士、博士祭酒；西晉開始設置國子祭酒、博士助教；宋以後的提學、學政、教授、學正等。明清對各級學校規定，府學稱教授、州府稱學正，縣學稱教諭，副職均稱訓導。學官又稱教官，尊稱學老師，別稱廣文。唐·張籍《書懷寄元郎中》詩：「重作學官閒盡日，一離江塢病多年。」

學錄：錄，統領，掌管之意。科舉時代學校學官名。宋代開始設置，設於國子監，太學即律學等學校，位次學正。其任務是幫助學正訓導生員，專職執行學規。凡以朝廷命官充任的官員，稱之為命官學錄，列入學官；凡選派學生充任的官員即為學校職事。元代於京師蒙古國子學、路儒中設此職，次於教授、學政。從任滿並經考試合格的直學中選充。延祐初，行科舉後，習慣以備榜舉人充任。泰定三年（1326 年），更積分為貢舉，集賢院院及憲臺官可於上齋舉年 30 以上，學行堪範者充任。至正八年（1384 年），在國子學積分生員中取副榜二十人，其中十二名漢人生員的第四至第七名可充任。任職於中原州縣的受禮部付身，任職於各省及宣慰司的生員，受行省即宣慰司箚付。任期滿後，經考試合格，升學正式或山長。各路醫學也設此此職。

學諭：科舉時代學校的學官名。宋代的太學屬官。掌以經傳教授諸生，主持每季終考校生員。慶曆年間開始設置。宋熙寧四年（1071 年）開始送上舍生充任，每經設兩員。崇寧元年（1102 年），太學外舍也設，後武學、宗學、算學、書畫學及州縣學也設置本官。

山長：唐、五代時對山居講學者的敬稱。如唐代刺史孫丘於閬州古台山置

〔註35〕指明清國子監所設之率性堂、修道堂、誠心堂、正義堂、崇志堂、廣業堂。

學舍，延尹恭初為山長；五代蔣維東隱居衡嶽，受業者稱蔣為山長。〔註36〕又稱山主，也指古代書院的主持人。初為私人講學授徒的人。後代各書院也都設置。南宋後，多以州學教授兼任。宋代景定中期，改由吏部選派，遂為朝廷命官。元代沿置，講學之外並總領院務。從學錄、教諭、下第舉人、國子監積分生員會試不第者中選拔充任山長。中原州縣禮部選派人員，各省山長各行省及宣慰司選派。要考試通過並經集賢院考校合格，升職充任散府或上、中等州的教授。明朝也有此稱謂。清朝乾隆間改稱為院長。清末復稱山長，多由博學之士充任，一般為該書院的主講。此外還有對隱者之稱。《宋史·雷簡夫傳》：「簡夫始起隱者，出入乘牛，冠鐵冠，自號『山長』。」

（二）科舉考試中的考生名稱辭彙

生員：生，儒生的簡稱，即指讀書的人，學習的人。員，在《說文解字》中的解釋為：「員，物數也。從貝，口聲。凡員之屬皆從員。徐鍇曰：『古以貝為貨，故數之。』王權切（yuán）。𪔕，籀文從鼎。」本義是物的數量，後指人員的數額，這裡指人員之意。唐朝國學及州縣學均定學生員名額，故稱生員。元朝的國子學、蒙古國子學、回回國子學及路、府、州學的學生，均稱之為生員。並由官府供給廩膳。至明清國子監學生則稱之為監生，而以生員專稱府州縣學等地方官學中的生員，故有稱之為諸生。凡經各級考試合格取入的府州縣學者均稱生員，俗稱秀才。生員又有廩膳生、增廣生、附學生之分。須接受地方儒學各級教官以及學政的教誨、管束及考核。考選合格可升入國子監就讀或參加鄉試。

生徒：唐代科舉考試中參加科舉考試的考生之一。即國子監所轄六種官學及廣文館、崇文館、弘文館及地方州縣學生。凡學業有成由學館上貢後，經考試合格者便可參加尚書省的省試。一般生徒與每年十月送尚書省，翌年正月進行考試。

生儒：科舉時代對儒學生員和一般讀書人的稱謂。

鄉貢：唐代參加科舉考試的考生的稱謂之一。隋煬帝大業二年（公元606年）設置進士科，〔註37〕以試策取士。應試者先由州郡考試，通過後就可以貢舉於朝廷。這種生員就稱之為鄉貢。唐代科舉考試出自學館的稱之為「生徒」，

〔註36〕事見宋·馬永易《實賓錄》卷十一。
〔註37〕關於進士科起始時間是有爭論的。

出自州縣的稱之為「鄉貢」。一般鄉貢人士於每年的十月二十五日到戶部報到，再到尚書省報到，第二年正月參加科考。同時，鄉貢也指州郡縣將合格士人進貢到朝廷的取士方法。隋代的科舉取士是出自於鄉貢。唐朝除鄉貢外，還有生徒。唐天寶十二年（753年），因鄉貢更加興盛，而國子學漸衰，一度罷除鄉貢的制度。唐天寶十四年（755年），又恢復這種鄉貢制度。後世也稱鄉試中式送去會試的考生也稱為鄉貢。如「才高轉不得科第，同時鄉貢良可哀。」〔註38〕中的「鄉貢」指的就是此意。

廩生（lǐn shēng）：廩，在《說文解字》中的解釋為「廩，賜穀也。」「廩生」是明清科舉考試中生員的名目之一。明朝洪武二年（1369年）令府州縣設置學校，其數額為府學生員四十人，州學生員三十人，縣學生員二十人，每人給米六斗，以補助其生活，額內者為廩膳生員，即廩生。清朝沿用了明朝的制度，但須經歲試、科考兩科考試後，成績靠前的考生才能得到廩生的名義，成為資歷較深的生員。其名額和待遇，視府州縣大小而異。廩生可依次升入國子監肄業，稱歲功。童生應試入學，須託廩生具保無身家不清或冒名頂替等情況成為廩保。

增生：增，《說文解字》中的解釋為「增，益也。」本義為增加，增多。科舉制度中生員的名目之一，又稱增廣生，增廣生員。明代按府州縣學規定的生員名額，每月給廩膳，於正額之外，再入學者為增廣生員，即增生。清朝的制度是生員在歲科在一等前列者，方能補為增生或廩生，名額有限。廩生有廩米，有具保童生入學的職責，而增生無，所以增生的地位次於廩生。

附生：附的意思是另外加上，隨帶著。附生的字面意思是附加，附帶的生員。科舉考試制度中生員名目之一。其為附學生員、附學生的簡稱。明清地方儒學生員名目之一。明英宗正統元年（1436年），又額外增取，附於諸生之末，叫做附學生員，簡稱附生。附生入學可以不經過招生考試。社學學生也可直接升補。附生可經歲、科兩試，依成績高下遞補增生或廩生。清朝沿襲了明朝的這種制度，並規定童生初入學，皆為附生。

貢生：科舉制度中，地方儒學生員經過考選升入京師的國子監讀書的稱為貢生。其為把人才貢獻給皇帝之意。明清兩代，貢生有不同的名目。明代有歲貢、選貢和例貢。生員自選為貢生之日起即不受地方儒學管束，謂之出貢。

〔註38〕出自清・方文《送姚彥昭還里兼懷陳二如都下》。

拔貢：又稱拔貢生。拔的意思是選拔，提拔。清代科舉制度中的貢生名目之一。為五種貢舉之一，與明朝的選貢類似。順治元年（1644 年），開始實行，開始定為六年一次選拔。乾隆年間，改為十二年一次，由各省學政於地方儒學中考選品學兼優的生員，貢入國子監為監生，稱為拔貢。其名額分配為順天府學六名，各省府學二名，州縣學一名。主要從科試一二等生員中選拔。乾隆年間設定了拔貢參加朝考的制度。即先赴京會考，擇其優者再行朝考。入選者一二等，引見錄用為官，三等入國子監肄業。更下者，罷除，謂之廢貢。

優貢：字面的意思是優秀、出類拔萃的貢生。清朝國子監貢生的一種，又稱之為優貢生，為五貢之一。近似拔貢，唯舉貢的次數多於拔貢。按照清朝的制度，各省學政三年任期滿，根據府州縣教官的推薦意見，選定文行都十分優秀的學生的名額上報，並會同總督、巡撫進行「三院會試」，按定額列名錄取優秀者入國子監學習，叫做優貢。但學政考取後，還要到京廷考試合格，才能被認可。其名額的分配狀況是大省五、六名，小省一、二名。雍正年間規定，由廩膳生、增廣生升監的生員，才准許作優貢生。而由附生、武生升監者只准作優監生。清朝同治間規定，優貢生經廷試合格，一等者可任知縣，二三等者可授教職。

副貢：副，副貳，位居第二，與「正」相對。《史記・留侯世家》：「良與客狙擊秦始皇博浪沙中。誤中副車。」在鄉試中，每錄取正榜五名，則取副榜。取中副榜者不算舉人，但可不經過考試，直接入國子監學習。明嘉靖年間鄉試才開始實行副榜。即在正取之外，另取若干名。正取的考生就稱為「舉人」有權進京考會試。而副榜錄取的考生，只准作貢生，被稱為副貢。不能和舉人同赴會試，但下科仍然可以應鄉試。清承明制，鄉試中除錄取正榜舉人外，也錄取副榜。副榜生員可以直接進入國子監肄業，叫做副貢。

五貢：明清科舉考試中的五種被舉薦或考試入國子監讀書生員的總稱。包括恩貢、拔貢、副貢、歲貢和優貢。五貢都算止途出身資格。五貢之外還有一種通過捐納而取得貢生名號的稱為例貢。

歲貢：字面意義是每年向朝廷進貢的貢生。明清時貢入國子監生員的方式稱謂之一。明清時期每年或二、三年從各府、州、縣學中，選送廩生升入國子監讀書，稱之為歲貢。剛開始實行歲貢的時候，只有長相、品德等端莊，文理優長的人才能充貢。以後就按年齡資歷升貢，因此被稱之為挨貢。明初令學者

歲貢一人，後定制府學歲貢二人，州學歲貢三年二人，縣學歲貢一人。清朝順治二年規定，府學每年一人，州學三年二人，縣學二年一人。貢生到京後，需要經過廷試，濫竽充數的是要被發回的。一省發回五人則該生的學政將會被罰俸。

恩貢：明清貢入國子監學習的一種生員的稱謂。明清科舉中規定凡遇到皇帝登基或其他慶典頒布的「恩詔」之年，除歲貢之外，加選一次稱謂恩貢。同時，明清時，特許「先賢」後人入國子監讀書的也叫做恩貢。

例貢：凡是廩生、增生、附生通過報捐方式而獲得貢生資格的稱之為例貢。因為沒有經過考試，所以不是正途，稱之為雜流。此外還指古代邊境官員及土司按規定舊例進貢。《清會典·兵部·車駕清吏司》：「凡馬之例貢者，抵其營馬之額。」

例生：又稱餉生。清朝生員的名稱之一。康熙時，因籌餉需要，特准以捐納錢穀而取得府州縣生員資格，謂之例生或餉生，沒有實行多長時間就被廢除掉了。

監生：監，指國子監。監生的意思是國子監中的學生。國子監中生員的名稱。在宋代，國子監所屬的國子學、太學、武學、律學等在校習業的生員，通稱為監生。明清則為國子監生員的通稱。明有舉監、貢監、蔭監、例監的分類，清朝分為恩監、蔭監、優監、例監。在明朝監生的來源主要是官生和民生。官生主要是指品官子弟、士官子弟和外國留學生等入監學習者。監生享有免除征役，領取國家廩餼〔註39〕，取得官吏資格的權利。

例監生：明清監生名目名稱之一。凡沒有諸生資格而需要入監者必須通過捐納來取得例監資格，稱為例監生。凡通過納捐來做官的必須先取得例監資格，例監生主要以庶民子弟為主，他們在繳納一定的錢糧後就可以入監讀書。享受監生的部分待遇。例監生在選官職時，京職只能擔任光祿寺、上林苑一類的散職位。地方只能擔任州縣佐貳及府首領官，雲貴、廣西等邊地可任軍衛有司首領及衛學、王府教授，終身為異途。清沿用明朝的制度，允許通過捐納取得監生資格，可以不必在監學習，是取得做官資格的一種途徑。

蔭生：蔭，本義是樹的陰涼。後指封建時代，因祖先有勳勞或官職而循例

〔註39〕指科舉時代由公家發給在學生員的膳食津貼。唐·杜牧《禮部尚書崔公行狀》：「復建立儒宮，置博士，設生徒，廩餼必具，頑惰必遷。」

受封、得官。國子監生員的名目名稱之一。科舉時代因前輩官品、功績而入國子監肄業的監生的總稱。明朝凡憑藉前輩官階品級讀書的稱官生。由皇帝特准入監者稱為恩生。因長輩功勳入監的稱為功生。清朝凡遇到國家慶典特准及因前輩現任高官援例入監者稱恩監。以前因公殉職而入監者稱難蔭。元老子孫由皇帝特准入監者稱特蔭。廕生入監，名為讀書實為取得做官的資格。廕生制度是漢朝任子制度的延續，歷朝均有，名目不一。

蔭監生：蔭，本義是樹的陰涼。後指封建時代，因祖先有勳勞或官職而循例受封、得官。明朝時期監生的一種。明初沿襲前代任子制度。文官一品至七品均可有一子襲爵祿。其後逐漸加以限制，規定在京三品以上的文官，滿任考核優異，方可請求蔭子，或者授予職位，或授國子監讀書。這種通過家族庇蔭而取得監生的資格的稱為官生。清朝順治二年（1645 年）規定，滿漢在京文官四品，在外三品以上，武官二品以上可送一子入國子監讀書。護軍統領、副都統、侍郎、學士之子為廕生，以下為蔭監。康熙五十二年（1713 年）規定宗室也可給蔭入監。順治三年（1646 年），規定對因公病故或立有軍功而死難的職官子弟也給入監資格，並予以一定的補助，稱難蔭。

貢監：科舉制度中監生的名目名稱之一。明朝府州縣學生員，經過考試選拔，作為貢生送國子監讀書者稱之為貢監。因為選送途徑不一樣，又有歲貢、選貢、恩貢、納貢之分。清朝延續了這種制度，並有恩貢、拔貢、歲貢、副貢、優貢、例貢等名目。但有貢生之制，無貢監之名。

佾生（yì shēng）：佾，古代樂舞的行列。八人為一行，叫一佾。六十四人為八行，叫八佾。佾生又稱佾舞生、樂舞生。古代孔廟中祭祀時擔任樂舞的人員，多由學政於童試落第的童生中選拔充任。文舞生執羽旄（máo）舞蹈，武舞生執干戚舞蹈。清朝各府、州、縣學設佾生三十六名，另有四名候補。

（三）科舉考試中的考官名稱辭彙

學道：明代提學道及清提督學道的簡稱。即學政（提督學政的簡稱）。又叫督學使者。清中葉以後，派往各省，按期至所屬各府、廳考試童生及生員。均從進士出身的官吏中簡派，三年一任。不問本人官階大小，在充任學政時，與督、撫平行。清·嚴有禧《漱華隨筆·採訪遺書》：「著各省督撫學政，留心採訪，不拘抄本刻本，隨時進呈。」清初規定，由翰林科道官充督學者為學院，由部屬官充督學者為學道。雍正四年（1726 年），各省督學俱改為學院，稱提

督某省學政。

　　學院：清朝學政的別稱，又稱督學，俗稱大宗師。清初沿明制度，各省設督學道，規定由翰林、科道官充任者為學院，四部屬官員充任者為學道。雍正四年（1726 年），各省督學俱改為學院，稱為提學督某省學政。《儒林外史》第三二回：「眼見得學院不日來考，又要尋少爺修理考棚。」指學校。唐·王建《贈田將軍》詩：「初從學院別先生，便領偏師得戰名。」指書房。唐·裴鉶《傳奇·崑崙奴》：「生歸達一品意，返學院，神迷意奪，語減容沮。」指學院衙門。清·李漁《憐香伴·冤褫》：「下官汪仲襄，昨日學院下馬，優劣文冊，俱已親投。」現在指高等學校的一種以某一專業教育為主。如工學院、音樂學院、師範學院等。

　　學政：提督學政的簡稱。又叫督學使者。清中葉以後，派往各省，按期至所屬各府、廳考試童生及生員。均從進士出身的官吏中簡派，三年一任。不問本人官階大小，在充任學政時，與督、撫平行。清·嚴有禧《漱華隨筆·採訪遺書》：「著各省督撫學政，留心採訪，不拘抄本刻本，隨時進呈。」也指教育工作。《周禮·春官·大司樂》：「大司樂掌成均之法，以治建國之學政。」

　　總裁：官職名。明清主持會試的官員。明·湯顯祖《邯鄲記·奪元》：「他的書中有路能分拍，則道俺眼內無珠做總裁。」彙總裁決其事。《宋史·呂蒙正傳》：「蒙正至洛，多引親舊歡宴，政尚寬靜，委任僚屬，事多總裁而已。」官職名。元、明、清官方修史的主管官。元時修宋、遼、金三史，以脫脫為都總裁，餘人為副總裁。清代有國史館總裁，掌修國史。元·張昱《輦下曲》之二一：「儒臣奉詔修三史，丞相銜兼領總裁。」官職名。明清中央編纂機構的主管官員。如清代武英殿、國史館、會典館、賢政院等均置總裁及副總裁。清·沉初《西清筆記·紀恩遇》：「上曰：『爾乃南巡所得士，在內廷又素知爾。』未幾，命為《四庫全書》處總裁。」現在指某些政黨的首領。某些企業或機關單位的主管人。如：銀行總裁；公司總裁。

　　房考官：明清參與科舉考試的官吏，又稱之為十八房。房官、簾官、房師、同考官等。在會試中，由二員總裁官、主考，考試官十八人分房分經評閱考生試卷，加評語後推薦給主考。在明代，十八房僅是概念，其房間數目時多時少，少時八房，多時二十房。房考官都是鄉試會試時臨時聘任，參用翰林教官。清承明制，在科舉考試中繼續沿設房考官。順天府（北京）此官由皇帝選定朝廷

中科甲出身中下級官吏擔任，外省由主考聘任科甲出身中下級官吏或舉人出身的教官擔任。雍正七年（1729 年）規定所聘用的官籍貫必須離考試地三百里，雍正十三年（1735 年）又命本省屬員中聘用進士、舉人出身的官員擔任。

考校官：科舉考試的官員名的名稱。也稱為考試官，簡稱考官。宋朝貢舉禮部試、殿試時，須選差現任官員充任編排官、彌封卷首官、點檢試卷官、對讀官、復考官、監試官等，統稱為考校官。

編排試卷官：科舉考試的中禮部貢院的屬官名。簡稱編排官，俗稱管號官。宋朝設置，為禮部貢院的屬官。以翰林學士、六步員外郎等充任。其主要任務是禮部試考完後彌封舉人試卷卷首並編排試卷字號和合格考生的名次。殿試唱名時，於御座前依名次對號拆封試卷，交中書侍郎。宋初，此官兼詳定官。天禧三年（1019 年），才不兼此職。

彌封官：科舉考試流程體制中的官名之一。宋代稱彌官。元改彌封官。會試中專門管理彌封卷首的官員。宋時工作場所稱彌封院，彌封稱彌封所。試卷糊封之後宋謄錄所謄錄。清順天府（今北京）鄉試由進士、舉人、五貢中選派，其他省在本省府州縣佐貳官〔註40〕中選用。雍正十年（1732 年）改為由鄰省進士、舉人中抽籤委用。雍正十三年又從本省進士、舉人出身的現任同知、通判中選用。

點檢官：點檢，字義是一個一個地查檢。明·馮夢龍《醒世恒言》：「點檢人數都在，單不見了張委、張霸二人。」宋禮部貢院點檢試卷官、點檢雷同官之統稱。

點檢試卷官：科舉考試中考試官名。宋代設置，屬禮部貢院。禮部試結束後，分科目考核舉人試卷，評定分數，初定等級。待知貢舉官複審待定後，再檢查試卷中有無雜犯事項。宋景德四年（1107 年）設點檢進士程文官和考核諸科程文官。天禧三年（1019 年），開始稱點檢試卷名。後各級考試均設置此官職。

點檢雷同官：科舉考試中考試官名。宋代設置，屬禮部貢院。禮部試結束後，檢查舉人試卷中有無抄襲，雷同的作品。凡試卷雷同即予黜落。宋理宗時設置。後多以貢院參詳官兼考校試卷，於是罷此官。

〔註40〕舊時指擔任副職的官吏。

點檢進士程文官：科舉考試官名。宋景德四年（1007 年）設置。屬禮部院。掌禮部試畢，考校進士科舉考生的試卷，評定分數，初定等級。且檢查試卷中有無雜犯事項。天禧三年（1019 年）改稱點檢試卷官。

對讀官：對讀，就是校對的意思。宋・吳自牧《夢粱錄・諸州府得解士人赴省闈》：「卻於每卷上打號頭，三場共一號，方發往謄錄所謄錄卷子，依字號書寫，對讀無差，方納入考試官各房考校。」對讀官是科舉考試中禮部貢院的官名。宋朝設置，多選差粗通文理的大小使臣充任。負責監督對讀吏人或對讀生，並核對考生試卷原本與謄錄副本，訂正脫誤後，將已校正的謄錄副本送交點檢試卷官評閱定等級。在明清科舉考試中對讀所的重要官員。在鄉會試中負責監督對讀生校讀墨卷和朱卷的工作。清順天府鄉試中由進士、舉人、五貢中選派。其他省份在本省府州縣佐貳官中選用。雍正二年（1732 年）改為在鄰省進士、舉人中抽籤委用。雍正十三年又以本省進士、舉人出身的現任同知、通判中調用。

復考官：復，再，重來的意思。在《說文解字》中的解釋為：「復，往來也。」字面的意思是再次審核試卷的官員。科舉考試體系中的官員名稱。宋朝設置，於貢舉殿試時選官充任。其任務是復審經初考官審校、定等的試卷，用墨筆再定等第。

監試官：科舉考試中的考試官名，又稱監試。宋朝設置，為禮部貢院屬官〔註41〕。宋嘉泰年間，改貢院參詳官名為監試。紹定元年（1228 年）京官中選出，內外簾各一人，清朝順天府由滿漢御史二人擔任，各省由按察使擔任，副監試由道員選派，雍正七年（1729 年）專以道員擔任。雍正十年，又命按察使參與辦理。乾隆元年（1736 年）增設內簾監試一員，由道員、知府、擔任。被稱為「董理重臣」。

貢院參詳官：科舉考試中的官名。宋代設置，屬禮部貢院。掌管禮部試後，覆查點檢試卷官所定的試卷的等級。宋熙寧九年（1076 年）年，開始設置四員，選差學官、秘書省官充任，內有一人須由監察御史選差。嘉泰年間，改稱監試。紹定元年（1228 年），恢復原有的稱謂。

監門官：科舉考試中的考試官名，簡稱監門。宋代設置，為貢院屬官。其

〔註41〕屬下的官吏。《韓非子・有度》：「屬官威民，退淫殆，止詐偽，莫如刑。」

職責為引導應試者入試場，對字號入座。且搜卷應試者有無挾帶書籍等違禁物品。雍正二年（985年）開始設置在禮部貢院，選差在任官員監門。其後，在禮部試及解試中多差有出身官員充任。

冷官：對地位不重要、事務不繁忙的官職的一種稱謂。唐‧張籍《早春閒遊》詩：「年長身多病，獨宜作冷官。」在宋朝對教官的別稱。

典試官：清代鄉試的考官名稱。順治二年（1645年）由巡案御史提請，五年（1648年）改令內院、吏部、禮部共同考選，八年（1651年）開始分省派官員擬定知舉官。此外還指科舉禮部試官名。也稱知貢舉，簡稱知舉，俗稱主司。宋制，凡禮部貢舉考試，朝廷則侍從近臣，兩省（中書省、門下省）臺諫〔註42〕中選派權知〔註43〕貢舉一員、同知〔註44〕貢舉二到三員，主持本屆考試，考定舉人成績高下及名次，統稱知舉官。

簾外官：科舉考試中考試官的名稱。為簾外點檢雷同官的簡稱。宋制，凡禮部試須於都堂門口掛簾，於簾外置案為試場，遂有簾內外官之分。簾外官掌考場事務，審查試卷有無抄襲雷同的弊端。簾內官掌審校試卷。初，簾內官遇到親屬子弟參加科舉考試，須避親。淳熙四年（1177年），令簾外官也實行避親法。宋度宗時期，罷除簾外官，以考詳官、點檢試卷官、監試兼管詳定雷同試卷。

同考官：即房考官，簡稱房官。明清時期鄉試、會試中協同主考官或總裁〔註45〕批閱試卷的考官。開始設置於唐後期。其職責是批閱本房試卷擇優向主考或總裁推薦。若所薦試卷與主考意見不一，可力陳己見，參與商討。與應試者能否取中，關係甚大，故考生取中後也上門拜謝，尊稱為房師。按規定一般

〔註42〕官職名稱。唐宋時以專司糾彈的御史為臺官，以職掌建言的給事中、諫議大夫等為諫官。兩者雖各有所司，而職責往往相混，故多以「臺諫」泛稱之。明初廢諫院，以給事中兼領監察與規諫，兩者開始合流。至清雍正元年，又使之同隸都察院，於是臺諫完全合二為一。宋‧李綱《上淵聖皇帝實言封事》：「立乎殿陛之間與天子爭是非者，臺諫也。」

〔註43〕謂暫代掌某官職。宋初官員，以朝廷臨時差派某地的名義治事，在官銜前常帶「知」字。「知」為主持之意。其暫時代者稱權知，以後遂被沿用，如「權知樞密院事」、「權知貢舉」、「權知某州事」等。又資歷淺者出任品級高的職務時也加「權」字。

〔註44〕官名。稱副職。宋代中央有同知閣門事、同知樞密院事，府州軍亦有同知府事、同知州軍事。元明因之。清代唯府州及鹽運使置同知，府同知即以同知為官稱，州同知稱州同，鹽同知稱鹽同。《文獻通考‧職官十二》：「淳化二年，王顯出鎮，張遜知樞密院事，始以溫仲舒、寇準同知院，同知之名，自此始也。」

〔註45〕清代稱中央編纂機構的主管官員和主持會試的大臣。

鄉試同考官為四人，會試為八人，嘉靖年間會試同考官增至十八人，號稱「十八房」。

闈官：古代科舉考試、會試中監督、管理考場的考官的統稱。因考場稱闈。考試期間，全體考官須按規定居於闈中，不得與外界接觸，因此稱作為闈官。一般多指主考官、同考官以外的與考官員。

初考官：宋代設置，掌管貢舉考試試卷初審定等之事。省試殿試中常設，為臨時委任。應試舉人試卷，經彌封、點數、謄錄後，送交初審官用朱筆品閱考檢，並擬定等第，再封送交復考所。

磨勘官：清代鄉會試後對試卷進行覆查的官員。磨勘官由禮部在鄉試揭榜前請旨派出。清初在禮部和禮科中選任。康熙四十年（1701 年）以後在九卿翰詹科道中選任。乾隆元年（1736 年）改令在都察科道五品以上科甲出身的官員和翰詹〔註46〕中贊〔註47〕以上官員中選任，乾隆二十五年（1861 年），增編修、檢討，定額四十名。同治十三年（1874 年）增為六十名。清初其官在磨勘、試卷時不署名。乾隆十一年（1747 年）命磨勘官在試卷上署名，以分清責任。

（四）科舉及第後的師生稱謂名稱辭彙

座主：又稱座師。指對官長或對他人的敬稱。科舉考試時代進士、舉人對其主考官的尊稱。這種稱謂始於唐，宋元明清也這樣稱呼。唐朝考中進士即須去主考官官邸拜謁，稱其為座主，自認為門生，以示感恩之意。及其本人任主考、同考官為座主時，也須率考中進士，拜謁己之座主、房師，以示同出一門。中唐後，此風益盛，座主、門生及同年多結為朋黨。唐會昌三年（843 年），要求停止這種禮儀。五代後唐長興元年（930 年），中書門下奏，不得呼主考為座主，舉子也不得自稱為門生。只是積習已深難以禁絕。宋朝稱為先生，明清稱為座師。

房師：科舉時代鄉試會試中式者對批閱試卷並推薦其試卷的房考官的尊稱。因分房閱卷，應試者能否取中，與房考官初選關係重大。故考生中式後，對其也是十分地感激。除尊稱為房師外，尚須登門拜謁，自認為門生。

老師：古為年老輩尊的傳授學術的人，泛稱傳授文化、技藝的人。明清時

〔註46〕清代對翰林和詹事的合稱。清・姚鼐《翰林論》：「且翰詹立班於科道上，謂其近臣也。」

〔註47〕即中丞。元・陳孚《安南即事》詩：「臺章中贊糾，邑賦大僚輸。」原注：「中贊，即中丞也。」

進士對座主和學官的尊稱。

門生：就是學生的意思。漢朝時稱親受業者為弟子，相傳受業者為門生。後世門生與弟子無別，甚至依附名勢者，也自稱門生。門生是科舉考試及第者在考官面前的自稱。本義為老師下的學生。唐朝舉子及第後，按照慣例須拜謁主考官，尊稱為座主、座師。而自稱為門生。因此漸成為一種特殊的關係，後世盛行此風，屢禁不止。宋太祖親自殿試，意在不許稱門生於私門。清朝規定及第者拜謁主考、房考官時所投拜的帖子只許書寫姓名稱受業，不准稱門生。

舉主與門生：漢代士人通過察舉和徵辟入仕做官，主持州郡察舉的列侯、刺史、郡守稱之為舉主；主持徵辟（公府辟士）的公卿，稱為府主；被辟的賢士便成為舉主，府主的門生故吏。後來科舉考試及對主考官也自稱門生。

天子門生：在宋朝，宋太祖開始實行殿試，及第者稱天子門生。門生，本為科舉考試及第者對考官的自稱。因殿試由皇帝親自主持，故有此稱。

門下晚生：科舉時代考中的生員在座主的座主、座主的父親或父親的座主的面前對自己的一種謙稱。考中的生員對上述諸位均須行師生禮，尊稱為太老師，自稱之為門下晚生，即門生之門生。每遇鄉試會試後，主考官率一榜中式者，各持門下晚生帖謁拜其座主，俗稱「傳衣缽〔註48〕」。

同門：科舉時代指同出一師門下的學生。

同年：科舉時代對同科考中的人的稱謂。漢代以同舉孝廉為同年。唐以同舉進士為同年。明清鄉會試同榜考中的舉人、進士及同榜的優貢、拔貢生等均稱為同年。

同科：科舉時代，鄉會試同榜中式的舉人、進士，稱同科。

同案：明清時，同一年考中進學的秀才稱同案。案即張榜公布的錄取名單。

先輩：唐朝應科舉考試者相互推敬的稱呼。明清科場稱先考中進士、先授官者為先輩，不論年齡長幼。

年兄：科舉時期同榜登科者之間相互敬稱為年兄。其家庭間相互稱為年家。互稱同年的父親為年翁、年伯，祖父為年太伯，自稱為年侄、年再侄。互稱同年之子稱為年家子。年子與父同年登科者，也稱年伯。

年誼：科舉時代同年登科者互稱為年家。其交誼稱為「年誼」。

年家子：科舉時代同年登科者互稱同年之子為年家子或年子。

〔註48〕衣缽原指佛教中師傅傳授給徒弟的袈裟和缽。借指傳授下來的思想、學術、技能等。

第四節 科舉考試成功後的學歷名稱與活動名稱辭彙

唐代詩人孟郊在《登科後》一書中寫道：「春風題意馬蹄疾，一日看盡長安花」。從這首詩中可以看出考試成功後溢於言表的喜悅心情。由此可見科舉考中是一件多麼榮耀的事情。按照明清科舉程序來說，院試成功後就可以獲得「秀才」的稱號；通過鄉試考試後就會獲得「舉人」的稱號，第一名被稱為「省元」或「解元」，各個時期的叫法不一樣；通過會試後被稱為「貢士」，第一名被稱為「會元」或「貢元」；殿試分為三甲，第一甲三名，第一名稱狀元，第二名稱為榜眼，第三名稱為探花，皆賜進士及第；第二甲若干名，賜進士出身；第三甲若干名賜同進士出身。殿試的狀元、榜眼、探花在考中後是可以立即授官的，即授予翰林院修撰和編修。其餘還要參加朝考。朝考的第一名叫做朝元。凡殿試二甲的第一名傳臚和朝考的第一名叫做朝元，也要到翰林院去任職。其餘的進士，成績好的可以入翰林院作庶吉士，成績次一些的被授予六部主事，內閣中書、御史及知州、知縣等官。

考試後的慶祝活動程序主要有以下幾點：第一是唱名賜第。唱名賜第均在皇宮大殿舉行。其儀式非常隆重；第二是設宴慶賀。唐代稱「曲江宴」，宋代稱為「聞喜宴」，又稱作「瓊林宴」，元明清以後稱為「恩榮宴」；第三是編登科錄；第四是刻石題名；第五是授官任職。

一、科舉考試成功後的學歷名稱辭彙

（一）科舉及第後學歷名稱與名次稱謂辭彙

秀才：「秀才」的「秀」小篆為「秀」，從其字形我們會感覺到這是穀物抽穗時的樣子。在段玉裁的《說文解字》中的解釋為：「秀，上諱。『上諱』二字許書原文。秀篆許本無，後人沾之。云：『上諱』，則不書其字宜矣。不書故義形聲皆不言。說詳一篇示部。伏侯《古今注》曰：諱秀之字曰茂。蓋許空其篆，而釋之曰：『上諱』。下文禾之秀實為稼，則本不作茂實也。許既不言，當補之曰：『不榮而實曰秀。』從禾從人。不榮而實曰秀者《釋草》《毛詩》文，按《釋草》云：『木謂之榮，草謂之華。』榮、華散文則一耳。榮而實謂之實，桃李是也。不榮而實謂之秀，禾黍是也。榮而不實謂之英，牡丹芍藥是也。凡禾黍之實皆有華，華瓣收即為秤而成實。不比華落而成實者，故謂之榮可，如黍稷方華是也；謂之不榮亦可，實發實秀是也。《論語》曰：『苗而不秀，秀而不實，

秀則已實矣。」又云實者，此實即《生民》之堅好也。秀與穗義相成，穗下曰：『禾成秀也。穗自其垂言之。秀自其挺延之，而非實不為之秀。非秀不謂之穗。』《夏小正》：『秀然後為崔葦』；《周禮注》：『荼茅秀也。』皆謂其穗而實引申之為俊秀、秀傑。從禾人者。人者米也，出於稃謂之米，結於稃內有人是曰秀。《玉篇》、《集韻》、《類篇》皆有秂字。欲結米也，而鄰切，本秀字也。隸書秀從乃。而秂別讀矣。息救切。」〔註49〕在《爾雅》中解釋為「榮而實者謂之秀。」〔註50〕《廣雅》中解釋為「秀，出也。」〔註51〕從上面的解釋中我們可以看出其本義為：穀類作物等抽穗開花。《詩經‧大雅‧生民》：「實發實秀，實堅實好。」引申為草木之花。《文選》中漢武帝的《秋風辭》：「蘭有秀兮菊有芳。」引申為美好、秀麗。《世說新語‧言語》：「千岩競秀，萬壑爭流。」引申為優秀，特異。《禮記‧禮運》：「故人者，天地之德，陰陽之交，鬼神之會，五行之秀氣者也。」

　　「秀才」的「才」〔註52〕的小篆是「才」從字形上是草木剛剛冒出地面之意。《說文解字》中解釋為：「才，草木之初也。從丨上貫一，將生枝葉；一，地也。凡才之屬皆從才。徐鍇曰：上一，初生歧枝也。下一，地也。昨哉切。」〔註53〕「才」的本義指的就是才能。所以「秀才」在開始的時候還是一個詞組，字面意思為優秀、優異的才能。如《管子‧小匡》「農之子常為農，樸野不慝，其秀才之能為士者，則足賴也。」尹知章注「農人之子，有秀異之材可為士者，即所謂生而知之，不習而成者也。」〔註54〕後來統治者用「秀才」這個詞組來作為察舉的科名。在科舉考試初期「秀才」也是科舉考試的一種科名。後來用「秀才」經過辭彙化後變為一個詞，被用來作為讀書人的稱謂。明清時期則作為通過科舉的初級考試童子試的府學、縣學生員的稱謂。

　　舉人：舉，其小篆為「舉」。在《說文解字》中解釋為：「對舉也。從手，與聲」舉的本義為雙手向上託物，引申為推薦、推舉、選用人才之意。原為選用人才之人之意。《左傳‧文公三年》：「君子是以知秦穆公之為者也，舉人之周

〔註49〕漢‧許慎、清‧段玉裁《說文解字注》上海古籍出版社，P320。
〔註50〕清‧郝懿行，爾雅義疏〔Z〕，上海：上海古籍出版社，2017年。
〔註51〕清‧王念孫，廣雅疏證〔Z〕，南京：江蘇古籍出版社，2000年。
〔註52〕才，財，材。三字是同源字。人有用叫做「才」，物有用叫做「財」，木有用叫做「材」。「才」有時和「材」通用指的是資質、品質之意。
〔註53〕許慎，說文解字〔Z〕，上海古籍出版社，2006年，第294頁。
〔註54〕出自《管子‧小匡》。

也。」漢代取士，令郡國守相薦舉，所以叫做舉人。《後漢書‧章帝紀》載漢章帝建初元年（76 年）詔：「每尋前世舉人貢士，或起畎畝，不繫閥閱。」以舉人為身份名稱，始於此。隋唐以來，必須貢上一定數量人才入京，參加科舉才稱作舉人。即各地入京應試者統稱為舉人。明清時期專稱鄉試登第者為舉人。

貢士：古代向朝廷薦舉人才的制度。《後漢書‧王符傳》：「其貢士者，不復依其質幹，準其才行，但虛造聲譽，妄生羽毛。」還指所薦舉的人。《陳書‧宣帝紀》：「辨方分職，旰食早衣；傍闕爭臣，下無貢士。」明清時期，會試考中的專指為貢士。貢士的源流演變如下：《禮記‧射義》「諸侯歲獻貢士於天子。」貢士的稱呼始於此。漢代也稱「舉孝廉」為貢士。《後漢書‧左雄傳》：「今之孝廉，古之貢士。」自唐以後稱由地方送赴省試者為貢士或鄉貢。在宋朝，凡州府轉運司解，漕試合格，及太學上舍生試中格，按解額送禮部殘念省試的舉人，稱為鄉貢進士、鄉貢學究或漕貢進士、監貢進士等名目，統稱貢士。崇寧三年（1104 年），罷諸州解試、漕試及禮部試，取士悉由學校升貢，每三年一殿試。凡由地方學校升貢，入京師太學或直赴殿試的士子，也稱為貢士。明清則稱會試考中的為貢士，殿試合格，定甲次賜出身，才可以稱進士。

進士：隋唐科舉考試設進士科，錄取後為進士。明清時稱殿試考取的人。進，小篆字形為「𨒫」，在《說文解字》中的解釋為：「進，登也」。進的本義為向前、向上移動。後引申為奉上、呈上進獻之意。士，小篆字形為「士」。在《說文解字》中的意思是：「士，事也。數始於一，終於十。從一從十。孔子曰：『推十合一為士。』凡士之屬皆從士。鉏里切」。「士」字的本義為男子的尊稱。後指對品德好、有學識、有技藝的人的美稱。由上可知進士的字面意思是向朝廷和天子進貢的優秀的人。進士一般指科舉考試中進士科考中的人。進士之稱，始見於《禮記‧王制》，本義為進貢於朝廷的優秀人才。隋代大業年間開始以進士為取士科目。唐朝繼承了這種制度。在唐代與明經科地位類同，以後進士科地位逐漸上升。進士在唐朝是對經鄉試後，解送到中央考試的考生的統稱，即鄉貢士人。應試者稱為舉進士，省試合格即稱為進士。但須經吏部試後才可以授官。宋代對考進士科的考生，都稱為進士。已經考中者自稱為前進士。宋熙寧四年（1071 年）罷貢舉的各科，只留進士一科。

進士科有國學、監貢、漕貢、鄉貢代省、免解、待補、武舉進士等名目。禮部考試結束，再經過殿試合格後，依成績高下，分五甲或五等各授進士及第、進士出身、同進士出身後，才稱得上為登科。元分為左右兩榜，蒙古、色目人為右榜，漢人、南人為左榜，各按三甲取士，一甲賜進士及第，二甲賜進士出身，三甲賜同進士出身。明清均以舉人經會試合格者為貢士，經殿試按三甲賜出身者為進士。唐宋以後進士為入仕的正途。

解元：解，指的是解試。元，小篆字形為「」。《說文解字》「元，始也。」本義頭。在這裡指第一，居首位。也稱為解首、舉首。解元，字面的意思就是解試中的第一名。唐代州縣試第一名。諸州縣選送舉子赴京應禮部試稱解，州縣試稱解試，故名。宋貢舉各類解試第一名之代稱。按照宋代的制度，凡禮部試前，舉人入宮拜謁皇帝，各路轉運司試、州試及國子監試第一名，另立一班，位居最前。後世鄉試第一名也稱解元。

貢元：也稱作會元。明清科舉考試中對會試第一名的別稱。因會試取中者雖也可稱為進士，但還未經過殿試決定甲第名次，因此貢士還得稱為貢元。也是對貢生的尊稱。明‧馮夢龍《古今小說‧陳御史巧勘金釵鈿》：「原來田氏是東村田貢元的女兒，到有十分顏色，又且通書達禮。」許政揚〔註55〕注：「貢元，對貢生的一種尊稱。」

省元：在唐宋時尚書省試的第一名。禮部屬尚書省，故稱。又稱省魁。即後世會試（禮部試）的會元。宋‧王銍《默記》卷中：「少年舉人，乃歐陽公（歐陽修）也，是榜為省元。」元以後各省考試對第一名的稱謂。明‧李東陽《魯編修鐸頒詔安南》詩：「命使炎邦帝選才，狀元剛去省元來。」

會元：科舉時代省試（尚書省舉行的考試）的第一名。每三年由尚書省的禮部舉行一次全國舉人參加的考試，稱為會試。因此稱會試第一名為會元也稱為會魁。會試中式者稱貢士，故又稱會元為貢元。經殿試考定甲第名次，才正式取得進士名銜。每科殿試後，刻進士題名碑，均以會元姓名居其首。其後方才按甲次列上及第考生的姓名。

〔註55〕許政揚（1925～1966），字照蘊。浙江海寧人。1945年考取光華大學中文系，1946年轉燕京大學中文系，後任天津南開大學中文系古典文學教員。1966年文革開始後，他被列入中文系的「反黨集團」中，遭到「鬥爭」，被罰在烈日下拔草「勞改」，被抄家。他在1966年8月投水自殺。當時41歲。骨灰沒有被保留。文革後為他舉行「骨灰安放儀式」的時候，骨灰盒子裏裝的是他校注的《古今小說》一書。

亞元：其字義為名列第二。宋‧楊萬里《二十四日曉起看海棠》詩：「除卻牡丹了，海棠當亞元。」明清鄉試發榜後，報消息的人對鄉試第一名以下眾舉人的恭維稱呼。因鄉試第一名稱解元，亞於解元者則美其名曰亞元。清‧吳敬梓《儒林外史》第三回：「捷報貴府老爺范諱進高中廣東鄉試第七名亞元。」

亞魁：明清鄉試取中正榜者為舉人，其第六名稱亞魁，自第七名以後皆稱為文魁。有時，也指科舉考試第二名的稱謂的名稱。如清‧蒲松齡《聊齋誌異‧阿霞》：「是科，景落第，亞魁果王氏昌名。」

狀元：元，小篆字形為「元」。《說文解字》「元，始也。」本義為頭，所以在唐代「狀元」又被稱為「狀頭」。科舉考試以名列第一名者為「元」。在唐朝，舉人赴京應禮部試考試都須投狀，士人及第後也是由奏狀報於朝廷。因而稱進士科及第的第一名為狀元，或者叫做狀頭。宋太祖開寶六年（973 年）以前常稱為榜首。宋開寶八年（975 年）復位禮部復試之制，才以殿試第一甲第一名為狀元，但有時也稱二、三名為狀元。明清會試以後，貢士須殿試，分三甲取士。一甲三名，第一名為狀元，第二名為榜眼，第三名為探花。狀元因此成了殿試一甲第一名的專稱。中狀元者號稱為「大魁天下」，為科名中的最高榮譽。又因其為殿試一甲第一名，故別稱為殿元。明清時因授翰林院修撰，又稱殿撰。

榜眼：榜指公開張貼的文書，告示，或特指公布應試者錄取名單的告示。在此指告示應試取錄者的名單。眼，小篆字形是「眼」，在《說文解字》中的解釋是：「眼，目也。」其本義為眼珠，後泛指眼睛。其非常形象地表達出科舉考試中第二名在榜上的位置，就如同於在眼睛在人臉的位置。科舉考試中殿試一甲第二名。其稱謂始於北宋初年，當時殿試第二、三名都稱為榜眼，意指榜中之眼。明清定制，專指殿試一甲第二名為榜眼。

探花：探，小篆字形為「探」，在《說文解字》中的解釋為：「探，遠取之也。」其本義為摸取。後有尋求、探求、尋找之意。探花的字面意義就是尋找花，採摘花的意思。「探花」為科舉考試中對殿試一甲第三名的稱謂。唐時進士在曲江杏園舉行「探花宴」，以少年俊秀者兩三人為探花使，又稱探花郎，遍遊名園，折取名花。南宋以後，專指殿試一甲的第三名為探花。

榜首：科舉時代對鄉試第一名的美稱，泛指第一名。宋代紹興八年（1148

年），因宋徽宗死於金朝，罷殿試，乃以省試第一名為榜首，補兩史職官。宋高宗特命為左丞侍郎，遂成定制。後來稱科舉考試考中第一名者。

鼎甲：鼎，古代器物名，常見者為三足兩耳，用於烹煮食物。或銘記功績。《說文》：「鼎，三足兩耳，和五味之寶器也。」甲，天干之首，用於紀年、月、日。引申為首位，第一位。《論衡・超奇》：「彼子長子雲，說論之徒，君山（桓談）為甲」鼎甲一詞傳達出的字面意思就是前三名之意。鼎甲是狀元、榜眼、探花的一種總稱。狀元、榜眼、探花三個名次類似於鼎的三足。狀元居鼎甲之首，因而別稱為鼎元。五代・王定保《唐摭言・聽響卜》：「韋甄及第年，事勢固萬全矣；然未知名第高下，志在鼎甲，未免撓懷。」還指豪族大姓。唐・薛廷珪《授韋韜光祿卿等制》：「鼎甲華宗，松筠茂行。」

傳臚（chuán lú）：傳，小篆字形是「𫝑」，在《說文解字》中的解釋是「傳，遞也。」其字為傳遞，傳送之意。臚，陳說，傳語，陳述。《漢書・禮樂志・郊祀歌・天門》：「殷勤此路臚所求。」科舉時代「傳臚」為殿試後，宣讀皇帝詔命，即唱名。其制始於宋代，宣唱名次之日，進士在集英殿，皇帝至殿宣唱，由合門〔註56〕傳接，傳於階下，衛士六七人皆齊聲傳名而高呼，稱為傳臚。清・王士禎《香祖筆記》卷二：「四月初四日殿試，初七口傳臚」。至明清，繼狀元、榜眼、探花之後的二甲第一名稱為傳臚。《明史・選舉志二》：「而士大夫又通以鄉試第一為解元，會試第一為會元，二、三甲第一為傳臚云。」

小傳臚：科舉考試殿試後，宣讀皇帝詔書及登科進士名次，稱傳臚。清朝規定，四月二十一日殿試，二十五日傳臚。殿試後由閱卷大臣進呈甲第名次，並於傳臚的前一日，即二十四日，將預選前十名進士引領進宮，按名引見，由皇帝過目後欽之狀元等名次，稱「小傳臚」。

朝元：朝，為朝考之意。元，為第一之意。「朝元」的字面意義為朝考中的第一名。清朝朝考第一名的稱謂。清朝科舉考試制度是傳臚後新進士除一甲前三名外都要到保和殿參加由皇帝親自命題的朝考，內容為論疏詩各一道。一、二、三等由閱卷大臣擬定進呈，前十名由皇帝親定。一等第一名稱朝元。

〔註56〕這裡指合門使（hé mén shǐ）：官名。唐末、五代有合門使，掌供奉乘輿，朝會遊幸，大宴引贊，引接親王宰相百僚藩國朝見，糾彈失儀。五代以來，多以處武臣。宋置東、西上合門使各三人，副使各二人。

翰林：意義之一為文章辭采薈萃之地。《晉書·陸雲傳》：「辭邁翰林，言敷其藻。」唐以後指皇帝的文學侍從官，明清兩代從進士中選拔。明清時對翰林院官員及庶吉士的俗稱。明清科舉殿試後，狀元專授翰林院修撰，榜眼、探花授翰林院編修。其餘二、三甲部分進士可經過考選，考為翰林院庶吉士，稱為「點翰林」。再深造三年，經考試散館後補授要職。明清翰林院為儲才之地。入翰林院者常可授高官。時有「非進士不入翰林，非翰林不入內閣」的說法。

翰林編修：「編修」一詞的字面意為編纂。編修也為古代史官之一，宋代設編修官修國史實錄、會要等。明清翰林院設編修，並無實質職務。翰林編修是翰林院的官名。元時，為翰林國史院屬官。置十人，秩正八品。明與翰林院修撰、編修稱史官。掌修國史，凡大政、詔敕皆記之，以備實錄。經筵〔註57〕時，充展卷官，鄉試充考試官，會試充同考官，殿試充考試官。會試充同考官，殿試充收捲官。清朝由新科進士中補授、欽點，非人品端正，學問純粹者，不能任。其任務是督查典籍、待詔、筆帖詩等官辦理翰林院的事務。

翰林修撰：「修撰」一詞的字面意義為撰寫，編纂。如《隋書·儒林傳·劉炫》：「馳騖墳典，釐改僻謬，修撰始畢，圖事適成，天違人願，途不我與。」同時，修撰也是一種官名。唐代史館有修撰，掌修國史。宋有集英殿、右文殿等修撰。至元時，翰林院始設修撰。明清沿襲了這種制度。一般殿試發榜後，一甲第一名進士（狀元）即授翰林院修撰。翰林修撰為官名。金為翰林學士院屬官。元翰林國史院屬官。置三人，蒙古翰林院置二人，秩從六品。明清由新科進士中補授欽點。

庶吉士：也稱為庶常。明、清時期的翰林院官名。明初，有六科庶吉士。洪武十八年使進士觀政於諸司，練習辦理各種事務。庶吉士之名來源於採《尚書·立政》「庶常吉士」之義〔註58〕，因此都改稱為庶吉士。三年後舉行考試，成績優良者分別授以編修、檢討等職；其餘則為給事中、御史，或出為州縣

〔註57〕漢唐以來帝王為講論經史而特設的御前講席。宋代始稱經筵，置講官以翰林學士或其他官員充任或兼任。宋代以每年二月至端午節、八月至冬至節為講期，逢單日入侍，輪流講讀。元、明、清三代沿襲此制。而明代尤為重視。除皇帝外，太子出閣後，亦有講筵之設。清代，經筵講官，為大臣兼銜，在仲秋、仲春之日進講。

〔註58〕《尚書·立政》：「太史、尹伯，庶常吉士。」周秉鈞《易解》：「庶，眾也。常，祥也。吉，善也。庶常吉士，言上列各官皆祥善也。」明置庶吉士，取義於此。清因以「庶常」為庶吉士的代稱。

官，謂之「散館」。明代重翰林，天順後非翰林不入閣。因而庶吉士始進翰林院之時，實為國家儲備的人才。清沿明制，於翰林院設庶常館，掌教習庶吉士事。庶吉士又通稱「庶常」。其歷史沿革為明洪武十八年（1385 年），朱元璋將取中的進士擇優派往翰林院，承敕監等衙門觀政，稱此名。永樂二年（1404年），選進士中文學書法優秀的進入翰林院深造，稱翰林院庶吉士，三年後考試授官。弘治四年（1491 年），此資格也要通過考試取得。至清，則進士選入翰林院者稱之，只是不再授職。

三元：解元、會元、狀元即鄉試、會試、殿試第一名的合稱。如果在科舉考試中連獲得解元、會元、狀元就稱為連中三元。連中三元者很少。明代也把殿試的前三名，即狀元、榜眼、探花合稱三元。

三頭：也稱「三元」。唐代科舉考試，稱縣州解送考試居首者為「解頭」，禮部試登科居首者為「狀頭」，制科博學宏詞科居首者為「敕頭」，合稱「三頭」。

五經魁：五經，「五經」，指儒家的五種經典書籍。即《周易》、《尚書》、《詩經》、《禮記》、《春秋》。魁，指首領。後來科舉考試稱第一名為魁。明代科舉分五經試士，每經所取第一名謂之經魁。鄉試中每科前五名必須分別是某一經的經魁，故稱五經魁。其後五經試士制雖廢，但習慣上仍稱鄉試所取前五名為五經魁。亦省稱「五魁」。第六名稱亞魁，其後均稱文魁。清・和邦額《夜譚隨錄・蘇仲芬》：「場事畢，仲芬文章佳甚，同人決其不出五魁。」

文魁：其字面義為文章魁首。明清科舉鄉試中式者第六名稱亞魁。其後者均稱文魁。清・鈕琇《觚賸續編・兩夢》：「壬子秋闈試後，盛某之弟夢一貴人，烏帽絳袍，鼓吹登堂，指揮胥役，上文魁匾額。」文星和魁星。俗謂主文之星。明・紀振綸《三桂記・降凡》：「今日良辰，不免遣鬼判同天曹玉女眾神送文魁二星下凡。」

南元：清朝科舉考試順天府鄉試，無論何省人士，均可應試但第一名例屬直隸籍人，第二名則必須南方各省籍人士，故稱南元。順天鄉試第二名。即南方省籍士子的第一名。

三鼎甲：科舉考試廷試一甲三名的總稱。即狀元、榜眼、探花。因鼎有三足，一甲三人，似鼎足而立。狀元又居三鼎甲之首，故又稱為鼎元。

（二）科舉出身與等級名稱稱謂辭彙

進士及第：指科舉考試考中，特指考中進士，明清兩代只用於殿試前三名。後成為名列優等進士的專稱，又稱甲科。宋太平興國八年（983 年），始按殿次成績分進士為三甲。成績最優者數名為一甲，賜進士及第名銜。宋景德四年（1007 年），改三甲為五等，一、二等均賜進士及第。乾道二年（1166 年），又改等級為甲。元以後均為三甲取士，一甲三名賜進士及第，第一名稱狀元，第二名稱榜眼，第三名稱探花。其而榮及授官均優於其他進士。

進士出身：出身，舊指入仕的最初資歷。科舉時代官吏出身有正途、異途之分。唐朝省試合格，即賜出身。宋朝殿試曾分進士為五等，一、二等為及第，三等為出身，四、五等為同進士出身。明清規定一甲賜進士及第，二甲賜進士出身，三甲賜同進士出身。舉人、監生等也為出身。一經考得出身，終身不能改變。出身是入仕的最初資歷，並直接影響仕途。進士出身是科舉考試殿試成績次於進士及第者的名銜。宋太平興國八年（983）殿試始分甲取士，二甲若干名，賜進士出身。宋景德四年（1007 年）改三甲為五等，名列三等者賜進士出身。乾道二年（1166 年）改等為甲，名列三四甲者均賜進士出身。元以後均改為三甲取士，名列二甲者若干名，均賜進士出身。其授官低於進士及第者而高於同進士出身者。

同進士出身：同的意思同樣，一樣，沒有差異之意。同進士出身的字面意義為和進士的資歷是一樣的。科舉時代殿試中式者的身份等次名稱。宋太平興國九年（984 年）殿試進士始分三甲，名列第三者，賜同進士出身。景德四年（1007 年），《親試進士條例》分進士為五等，四五等為同進士出身。乾道二年（1166）改等稱甲，第五甲為同進士出身。元左右兩榜第三甲賜同進士出身，初授正八品官，至正二十六年（1366）改授正七品，明清延續了這項制度。

一甲：科舉考試中最高一級考試殿試的第一等。宋太平興國八年（983 年）始分甲次，一甲僅取幾名。金朝科舉以成績高下分為甲乙丙三等，每等若干人，名列第一等者稱為第一甲。元明以來，數額定為三名，賜進士及第名銜。第一名稱狀元，授翰林院修撰，從六品。第二名稱榜眼，第三名稱探花，都授予翰林院編修，正七品。

甲第：科舉考試的等第名稱，即第一等。《新唐書·選舉制》：「凡進士試時務策五道，帖一大經。經策全通為甲第；策通四，帖過四以上，為乙第。」

乙第：科舉考試的等第名稱。乙等稱乙第。唐朝進士科試時務策五道，帖一大經。經策全通為甲第；策通四，帖過八以上為乙第。

兩榜：科舉考試舉人榜與進士榜之合稱。唐朝進士科考試按錄取等第，分為甲、乙兩科，時人為之兩榜。後世稱鄉試與會試，由舉人而考中進士為兩榜，即舉人與進士各為一榜，合為兩榜。

兩榜出身：科舉時代稱有舉人考中進士後就具有了舉人、進士兩種身份，兼具這兩種身份而為官的人就稱為「兩榜出身」。

及第：科舉考試成功的稱謂。漢代設科射策，有科第、高第之稱，以表示考試等第。隋唐科舉考試秀才、明經、進士等科，列榜也有甲、乙次第。因其考試達到一定的等第，故名。明清時，殿試一甲一、二、三名賜進士及第，二、三甲則稱進士出身、同進士出身，而不稱及第。又，也以「第」簡稱考試中式，以不第、未第、落第稱未「取中」。

上第：漢代取士考試或對官吏政績考核優秀者，稱上第。《後漢書·獻帝紀》「試儒生四十餘人，上第賜位郎中，次為太子會人，下第者罷之。」

落榜：科舉考試不中之意。即落第之意，又稱下第、不第、未第。

下第：科舉時代會試不中式稱下第，又稱落第、未第不登第等。元代下第舉人也可賜官延祐二年（1315 年）賜會試下第舉人。七十以上者為從七品流官；年六十以上者任府學教授，餘則授山長學政等。泰定元年（1324 年），賜下第舉人。蒙古色目人年三十以上並兩舉不第者任教授，以下任學正、山長。漢人、南人年五十以上並兩舉不第者以教授，以下任學正、山長，不願仕者令備國子員。至正三年（1343 年），以終場下第舉人充學正、山長，國子生會試不中者同。明清下第或授小的京職，或授府佐〔註 59〕及州縣官，或授教職，或入國子監讀書。乾隆後行大挑之法，選用下第舉人。

二、科舉考試成功後的慶祝活動名稱辭彙

（一）科舉考試成功後慶祝宴會名稱辭彙

曲江宴：曲江，又名曲江池，位於唐都長安城東南隅，以其水流彎曲得名，

〔註 59〕指高級官署中的佐治官吏。特指知府的佐貳官。清·孫承澤《天府廣記·鴻臚寺》：「府正官由南廊至前堂，以賓主禮見，由北廊出。府佐及州縣正官執報單由南甬道至露臺立。」

漢唐為遊樂勝境。唐進士及第的考生也常宴會於池中曲江亭，稱曲江會。曲江宴開始於唐。後世各朝，也有此宴，然名稱不一。

曲江會：唐代禮部發榜後，及第進士在曲江池中杏園舉行的遊宴又稱為杏園宴。這一天行市〔註60〕羅列，城內半空。及第進士逢花即飲，王公貴族也多在這一天選擇心儀的女婿。因曲江宴在關試〔註61〕之後又稱關宴。會後各有所去，也稱為離會。武宗時，一度禁會，大中元年又恢復了此種宴會。

曲江大會：唐朝新科進士及第後，在曲江舉行的遊園慶賀活動。曲江位於古長安城東南郊，為一風景秀麗的人工湖。蜿蜒曲折，因稱曲江池。傍水的有紫雲樓，芙蓉苑，杏園，慈恩寺等名勝。初由新科進士自費在此舉行慶賀酒宴，後由皇帝賜錢宴請新科進士，並有教坊演出樂舞，湖中泛舟等活動，充滿喜慶歡樂氣氛。長安人也傾城而出，來此遊玩，皇帝則駕臨池旁的紫雲樓，登臨觀賞，車水馬龍，熱鬧非凡。會後尚有許多歡慶活動。如杏園宴、櫻桃宴、月燈宴等。

杏園探花宴：杏園，園名。故址在今陝西省西安市郊大雁塔南。唐代新科進士賜宴之地。唐·賈島《下第》詩：「下第只空囊，如何住帝鄉。杏園啼百舌，誰醉在花傍？」杏園探花宴，唐朝曲江大會活動之一。在這一天，新科進士與座主，朝臣相聚於曲江池西邊的杏園，選兩名最年輕的進士充探花使，騎馬跑遍長安名園，採摘名花〔註62〕。如有其他人先得牡丹、芍藥，則此二位探花使將受罰。此曲江大會的高潮，新進士盡情歡樂，開懷暢飲，最為精彩。「昔日齷齪不足誇，今朝放蕩思無涯。春風得意馬蹄疾，一日看盡長安花。」〔註63〕這是唐朝著名詩人孟郊當年參加杏園探花宴時，留下的真實寫照。

月燈宴：唐朝新科進士登科後慶賀活動之一。清明節前後，新進士在長安月燈閣舉行馬球比賽，賽後齊登千佛閣赴宴，以示慶賀。這一天，權貴名流，平民百姓齊集球場觀看，熱鬧非凡。

聞喜宴：俗稱作瓊林宴。朝廷特賜科舉中新及第者的宴會名。宋承唐制，宋太宗於太平興國二年（977年），在開寶寺賜新及第進士和諸科及第者五百餘人聞喜宴。太平興國九年（984年），移賜宴於瓊林苑。宴會結束後，新及第者

〔註60〕 商店會集的所在。亦以稱臨時商店。五代王定保《唐摭言·散序》：「曲江之宴，行市羅列，長安幾於半空。」
〔註61〕 關試即禮部試又稱釋褐試。
〔註62〕 主要是採摘芍藥、牡丹。
〔註63〕 蕭滌非等著，唐詩鑒賞辭典〔Z〕，上海：上海辭書出版社，1983年，第731頁。

在貢院刻石題名。端拱元年（988年），定聞喜宴分為兩曰：一日宴進士；二日宴諸科及第者。南宋紹興十五年（1145年），改於禮部貢院賜聞喜宴。

恩榮宴：科舉考試發榜後，為慶賀新科進士登第，傳臚後三日，由禮部主辦的宴會。皇帝派遣親近大臣陪宴，參與考試事務的官員全部參加。因宋朝在太平興國八年（983年）於瓊林苑賜宴新進士，所以又稱瓊林宴。恩榮宴在清前期隆重，後期簡陋。

重宴瓊林：又名重赴瓊林宴。重，副詞，重新，再，再次。宴，以酒肉款待賓客，宴會。瓊林，瓊樹之林。古人常以形容佛國、仙境的瑰麗景象。晉・支遁《〈阿彌陀佛像贊〉序》：「閶闔無扇於瓊林，玉響天諧於簫管。」在宋代指宋代的皇家內苑。瓊林即宋皇家苑名。宋乾德二年置，在汴京（今河南省開封市）城西。宋政和二年前，曾於此賜宴新進士。宋・葉夢得《石林燕語》卷一：「瓊林苑，乾德中置，太平興國中，復鑿金明池於苑北……歲以二月開，命士庶縱觀，謂之開池。至上巳，車駕臨幸畢，即閉。歲賜二府從官燕及進士聞喜燕，皆在其間。」後泛指京都宴請新進士之所。清・袁枚《瓊林曲》：「幾隊霓裳行簇簇，瓊林苑里春波綠。」重宴瓊林，為清科舉中對考中進士滿60週年者的慶賀儀式。凡考中進士滿60週年之期，再逢該科會試，經禮部奏准，可與新科進士同赴瓊林宴，並以同年相互稱謂，謂之重宴瓊林。並受賜匾額、賞銜晉職。以慶賀其曾考中進士而享高壽。

重宴鹿鳴：又名重赴鹿鳴宴。重，副詞，重新，再，再次。宴，以酒肉款待賓客，宴會。鹿鳴，即鹿的鳴叫之聲。《詩・小雅・鹿鳴》：「呦呦鹿鳴，食野之苹。」毛傳：「呦呦然鳴而相呼，懇誠發乎中，以興嘉樂賓客，當有懇誠相招呼以成禮也。」後指鹿鳴宴。唐・元稹《桐花》詩：「君若傲賢雋，鹿鳴有食苓。」重宴鹿鳴，為清朝科舉制度中對考中舉人滿60週年者的慶賀儀式。凡舉人中式滿周甲之期，又逢該科鄉試，可應邀與新科舉人同赴鹿鳴宴，並以同年相稱，以慶賀其考中舉人而又享高壽。

重宴鷹揚：又名重赴鷹揚宴。重，副詞，重新，再，再次。宴，以酒肉款待賓客，宴會。鷹揚，即雄鷹展翅翱翔，即威武的樣子，威武之意。《詩・大雅・大明》：「維師尚父，時維鷹揚。」毛傳：「鷹揚，如鷹之飛揚也。」後來成了武事的代稱。清朝科舉制度中對考中武舉人滿六十周歲者的慶賀儀式。凡武舉人中式滿周甲之期又逢該科武鄉試，可應邀與新科武舉人同赴鷹揚宴並

受花紅表裏，加賜武銜，以慶賀其曾中武舉而又享高壽。

鹿鳴宴：古代地方長官為慶賀新科進士中式而舉行的宴會。這項制度是從唐代開始興起的。鄉舉考試結束，州縣長官以鄉飲酒禮宴請屬僚及新貢舉子。擺設俎和豆〔註 64〕、準備上管絃〔註 65〕，牲用少牢豬羊，歌《詩經·小雅·鹿鳴》，因此稱為鹿鳴宴。明清延續了這種做法，於鄉試發榜次日，宴請新科舉人及內外簾官等，歌鹿鳴之章，做魁星舞。並行新舉人謁見考官禮。

鷹揚宴：鷹揚，即雄鷹展翅翱翔，即威武的樣子，威武之意。《詩·大雅·大明》：「維師尚父，時維鷹揚。」毛傳：「鷹揚，如鷹之飛揚也。」後來成了武事的代稱。清朝為武科鄉試新舉人舉行的慶賀宴會。一般於武科鄉試發榜此日舉行，有考官及新科武舉人等參加。

會武宴：清朝武科殿試後，為新進士舉行的慶賀宴會。地點設於兵部，由欽派內大臣一人主持，護軍、統領一人管宴。新科進士、讀卷、執事等監考諸官及兵部大臣都參加此宴。並賜武狀元盔甲、腰刀、靴襪等裝束，賜武進士銀兩。

（二）科舉考試成功後的典禮儀式名稱辭彙

簪花禮：古代科舉考試後的一種慶祝活動。凡中進士者由皇帝賜金花兩朵。由金箔做成，插於帽子兩邊，謂之「簪花」，以示榮耀。按規定一甲三名遊街與進士同赴聞喜宴時，必須簪花。清朝規定，一甲三人由國子監祭酒、司業為之插花稱謂簪花。

雁塔題名：雁塔，唐·玄奘《大唐西域記·摩揭陀國下》：「有比丘經行，忽見羣雁飛翔，戲言曰：『今日眾僧中食不充，摩訶薩埵宜知是時。』言聲未絕，一雁退飛，當其僧前，投身自殞。比丘見已，具白眾僧，聞者悲感，咸相謂曰：『如來設法，導誘隨機，我等守愚，遵行漸教……此雁垂誡，誠為明導，宜旌厚德，傳記終古。』於是建窣（sū）堵波〔註 66〕，式昭遺烈，以彼死雁，瘞〔註 67〕（yì）其下焉。」後因指佛塔。在此雁塔指的是大雁塔。在今陝西省

〔註 64〕俎和豆，古代祭祀、宴會時盛肉類等食品的兩種器皿。

〔註 65〕指管樂器與絃樂器。這裡指管絃樂。《漢書·禮樂志》：「和親之說難形，則發之於詩歌詠言，鍾石管絃。」

〔註 66〕亦作「窣堵坡」。梵語 stūpa 的音譯。即佛塔。唐·黃滔《大唐福州報恩定光多寶塔碑記》：「釋之西天謂之窣堵波，中華謂之塔。塔制以層，增其敬也。」

〔註 67〕掩埋，埋葬之意。

西安市南慈恩寺中，稱大雁塔。其為唐高宗為追念其母而建。塔為七層。唐代新進士常題名於此。明·朱國禎《湧幢小品·雁塔》：「塔乃咸陽慈恩寺西浮圖院也。沙門玄奘先起五層。永徽中，武后與王公捨錢重加營造，至七層，四周有纏腰。唐新進士同榜，題名塔上，有行次之列。唐代韋、杜、裴、柳之家，兄弟同登，亦有雁行之列。故名『雁塔』」。後常用為中式高舉之典故。雁塔題名是在唐朝進士考中後的一種表彰儀式。武則天時期，新科進士與曲江宴之後，集於慈恩寺，推請同科進士中工於書法者，將一榜進士姓名書於大雁塔之上，為之「雁塔題名」。後世進士發榜後，也多例行此舉，然而多是刻碑立石，為之進士題名碑，也以此稱取中進士。

進士題名碑：科舉時代鐫刻每科進士姓名的甲次的碑石。開始於唐時的雁塔題名。元開始在國子監立碑。明清均立碑於國子監戟門外。明朝八十八科，清朝一百二十二科的題名碑，大多保存完好，現為重要的歷史文物資料。

重遊泮水：重，副詞，重新，再，再次。泮水，古代學宮前的水池，形狀如半月。《詩·魯頌·泮水》：「思樂泮水，薄采其芹。」毛傳：「泮水，泮宮之水也。」鄭玄箋：「泮之言半也。半水者，蓋東西門以南通水，北無也。」後多以指代學校。重遊泮水是指清朝科舉制度中對入學滿 60 年者的慶賀儀式。童生考入府州縣學才稱入學、入泮或遊泮。凡入學滿 60 週年時須再行入學典禮，一切如入泮的新科童生，以慶賀其曾考中生員（秀才）而又享高壽。

釋菜禮：又稱舍菜、舍菜禮。古代士子學官以蘋蘩之類東西祭祀先聖老師的一種典禮。《禮記·月令·仲春之月》：「命樂正習舞釋菜」《周禮·春官·大胥》：「春，入學，舍菜合舞」。釋菜不用牲牢幣帛，屬輕禮。歷代相沿，白士子入學至高中進士，均有此禮。明洪武十七年（1384 年），令滅月朔望，以祭酒以下行釋菜禮。

釋褐禮：科舉時代新進士人入朝謝恩後，尚須祭拜孔子並拜見國子監祭酒、司業，謂之釋褐禮，意即拜師禮。清朝慣例，祭酒、司業受拜後，要敬狀元、榜眼、探花一杯酒，並為之簪花，以示祝賀。

鹿鳴之章：即《詩經·小雅·鹿鳴》。唐朝每逢鄉考試結束，地方長官為慶賀新科舉子中式舉行的宴會，席間歌鹿鳴之詩稱鹿鳴之章。

刻石題名：元代御試結束後，朝廷為新科進士舉行的一種活動。在國子監為新進士立碑刻名，名下刻寫籍貫。

鬧五魁：鬧，嘈雜，喧鬧。唐・韓愈《潭州泊船呈諸公》：「夜寒眠半覺，鼓笛鬧嘈嘈」五魁，即五經魁。明代科舉分五經試士，每經所取第一名謂之經魁。鄉試中每科前五名必須分別是某一經的經魁，故稱五經魁。其後五經試士制雖廢，但習慣上仍稱鄉試所取前五名為五經魁。亦省稱「五魁」。清・和邦額《夜譚隨錄・蘇仲芬》：「場事畢，仲芬文章佳甚，同人決其不出五魁。」清代鄉試，取中者俱書於副榜、正榜。先寫第六名及其以後者，再倒寫第五名至第一名。此為「五經魁」。邊唱名邊寫，寫畢已至午夜，點燃巨花燭，分置於五經魁的房案前，吏役執事則爭奪紅燭，以求吉利。

第四章　科舉考試內容與書目名稱辭彙以及其他與科舉相關辭彙

隋唐以來，鄉試與會試考試內容大致相同。唐初，進士科僅試時務策，唐高宗時加試雜文、帖經。到唐中宗神龍元年（705 年）形成先帖經，然後試雜文及策的三場考試制度。所謂「雜文」，在唐中宗以前為箴、銘、論、表之類，到唐玄宗天寶年間，才開始專用詩賦。

宋初，繼承了唐及五代的制度，試詩、賦、論各一道，策五道，試《論語》十帖，對《春秋》或《禮記》墨義十條，主要以詩賦取士。宋神宗熙寧四年（1071 年），王安石改革貢舉，進士科罷詩賦、帖經、墨義改為四場：初本經大義五道，次《論語》、《孟子》大義各三道，次論一道，次時務策三道。南宋時，分經義進士與詩賦進士。詩賦進士，第一場詩賦各一道；第二場論一道；第三場策三道；經義進士，第一場本經大義三道，《論語》、《孟子》大義各一道。第二、第三場，與詩賦進士相同。

明代鄉試、會試分三場：第一場，試「四書」義三道，「五經」義四道；第二場，試論一道，判五條，詔誥表內科一道；第三場，試經、史、策五道。主要以「四書」義取士。清承明制，又屢有變更，至乾隆五十二年（1787 年）成為定制：第一場，試「四書」文三篇，五言八韻詩一首；第二場，試「五經」文五篇；第三場試經史，時務策五道。至光緒二十七年（1901 年），又改

為：第一場，試中國政治史事論五篇；第二場試各國政治藝學策五道；第三場試「四書」義兩篇，五經義一篇。僅僅實行三年，科舉制度就被廢除了。

至於殿試內容，北宋前期試賦詩論三題。宋神宗熙寧三年（1070年），改為試時務策一道。元、明、清一直沿用這種試題制度。

第一節　科舉考試內容名稱相關辭彙

科舉考試的內容比較多，歷史流變也比較大。文體是與考試內容緊密相連的。考試的文體影響著考試的內容。

一、科舉考試內容方式名稱辭彙

帖經：帖，黏，貼。《樂府詩集・木蘭詩》：「當窗理雲鬢，對鏡貼花黃。」經，指歷來被尊奉為典範的著作。帖經的字面意思就是把經典著作的部分內容遮蓋起來，讓考生將其補全。類似於今天的填空題。帖經，唐代科舉考試的一種主要考試內容。明經科主要以帖經取士，進士科也有帖經，方法是掩蓋所試經書前後部分，僅露中間一行，再用紙帖其中數字（通常為三字），應考者填上被帖之字，以填出被填之字數多少為通過標準。在唐代凡「明經」、「進士」、「明法」、「明字」、「明算」各科的經書科目多以帖經的方法來考試。《文獻通考・選舉二》：「凡舉司課士之法，帖經者，以所習之經，掩其兩端，中間惟開一行，裁紙為帖。」即主考者任擇經書中的一頁，遮蓋左右兩邊，中間只開一行。另裁紙為帖，帖蓋數字，令被試者讀出來，寫讀被帖蓋字句正確者為合格。唐開元十四年（728年），規定帖平文。唐天寶十一年（752年），又規定每帖前後各露一行，且不許帖斷絕疑似之言。進士科考生一度可以撰詩文或賦一篇替代帖經，進士帖《論語》十帖，九經帖書一百二十帖，五經貼書八十帖。《通典・選舉三》：「帖經者，以所習經，掩其兩端，中間開唯一行，裁紙為帖。凡帖三字，隨時增損，可否不一，或得四、得五、得六者為通。」宋寶元中，曾一度罷詩賦帖經。宋熙寧四年（1071年）再次廢除。

經義：字面意義是經籍的義理。如清・袁枚《祭妹文》「明經義諳雅故。」經義是科舉考試中的內容與文體之一。即以儒家經書中文句命題，令應試者作文闡述其義理，其開始於唐代，與詩賦並重。宋朝王安石改革科舉考試專以經義取士。宋哲宗時期，復與詩賦同為進士二科。明清科舉也以經義試士，文體

本無定式。明成化後定位排偶文體，即八股文，遂成定制，直至清末廢科舉。經義同時也是考試所用的文體之一，自宋代開始，以儒家經書文句為題，使考生論其意義，故稱為經義。明清論述經義時，必須依照朱熹的《四書集注》，並有一定的格式，形成八股文體。

經疑：元明科舉考試的內容。元朝專對漢人、南人（長江以南的中國人）舉行的科舉考試，出題範圍為朱熹的《四書章句集注》，限三百字以內。其主要目的是「設為疑事以問之，以觀其學識」。明初科舉也使用此試，洪武三年（1370 年）經史和各省試，初場均用《四書》疑。洪武十七年（1384）後廢止。

墨義：唐代科舉考試的一種方式。明經一科除口試經術大義之外，從唐德宗建中二年（781 年）起，規定所答內容，錄於紙上，「直書其意，不假文言」叫做「墨義」。墨義的方法，只是主考者提出很簡單的問題，而由應試者筆答，無須過多的思考，只需熟讀原文而已。《舊唐書·憲宗紀上》：「壬申，禮部舉人，罷試口義，試墨義十條，五經通五，明經通六，即放進士。」明經科須問大義十條，開元禮須問大義百條；三傳科須問大義十條，開元禮科需問《左傳》大義五十條，《公羊傳》、《穀梁傳》三十條，史料須問大義百條。僅秀才、進士兩科不問大義。墨義有據可查，能使取捨更公平，可補口義之失，但不及口義靈活。唐朝對口義，墨義孰優孰劣認識不一。故時用口義，時用墨義。《續資治通鑒·宋太宗太平興國八年》：「進士免貼經，只試墨義二十道，皆以經中正文大義為問題。」

口義：科舉考試方式之一。即口試，與墨義相對。通俗地說相當於今天社會中的面試。由主考官以經書為依據，當面向考生提問，考生按經書文注回答。較帖經稍難，優點是靈活。缺點是「復試無憑」，無據可查，優劣取捨，全由主考官評定。宋·王讜《唐語林·補遺四》：「後明經停墨策，試口義並時務策三道。」

口試：即口義，唐朝科舉考試的方式之一。通俗一些說就是今天的面試。明經科考試中，應試舉人須回答所問經大義十條，以答對六條以上者為通過。後改為墨義。

策問：察舉和科舉考試方式之一。字面意思為詢問對策。提出有相關經義或政事等問題，寫在簡策上，然後徵求對策，謂之策問。應試者針對問題，陳

述所見，謂之「對策」「策對」。始於漢代，後世科舉試也多採用。唐代時，科舉考試方式之一。較帖經墨義程度高而重要，各科的及格與否，全由最後策問的優劣而定。秀才科須試方略五道，明經科須試答時務策三道。進士科須試時務策五道，開元禮科、三傳科及史科須試策三道。答卷的文體，在唐初，大體多重駢體文，其後漸用散文，一般士子在應試以前，往往把過去的策卷編綴而熟讀，對古籍經典反而不為重視。

策論：文體和科舉考試方式之一。策即對策，論即議論。要求應試者，對所問經義或政事發表議論，陳述應對的方法策略。旨在考查應試者經學的知識與解決實際問題的水平。開始於北宋後期。科考時或重詩賦、八股，或重策論。該科是科舉與教育指導思想不同的反應。

策冒：清朝科舉考試，除重八股文外，還測試對策，對策的起首一段，謂之「策冒」。初本無定式，後被沿襲，逐漸成了定規。策冒一般為八行或十四行，並須有歌頌皇帝的內容。書寫時雙抬兩行，單抬一行。

試帖：科舉考試方式之一。即帖經。以帖經試士，須裁紙帖蓋所試經書文字，被試者即據以補上下文。故謂之試帖。《新唐書・選舉志上》：「乃詔自今明經試帖粗十得六以上，進士試雜文二篇，通文律者然後試策。」此外也指試帖詩。唐・孟棨《本事詩・徵咎》：「崔曙進士作《明堂火珠》詩試帖，曰：『夜來雙月滿，曙後一星孤。』」

試律：科舉考試的內容之一。科舉時代科舉考試以律義為內容出的試題，叫「試律」。《新唐書・選舉志上》：「凡明法，試律七條、令三條，全通為甲第，通八為乙第。」後也指試帖詩。嚴復《救亡決論》：「超俗之士，厭制藝則治古文詞；惡試律則為古今體。」

試策：科舉考試中，主考官就政事、經義等設問考試考生，謂之試策。唐・蘇鶚《蘇氏演義》卷上：「近代以諸科取士者甚多，武德四年，復置秀才、進士兩科，秀才試策，進士試詩賦，其後秀才合為進士一科。」

詩賦：即試詩與試賦的合稱，為科舉考試內容與文體之一。唐初考試以試策為主，唐高宗開耀元年（681年）因明經多抄義條，進士只是誦訟舊的對策，大都無實才，乃下詔加試雜文二篇。通文律者然後試策，所謂雜文及一詩一賦。詩多要求緊扣題意，一如試帖，故又稱試帖詩。詩賦之格律有定式，要求典雅富豔，不可隨意放遠，因稱律賦。宋時為科舉考試內容之一。宋初，凡進

士科，須試詩賦，改試經義。元祐四年（1089 年），專置詩賦科。清·顧炎武《〈音學五書〉序》：「下及唐代，以詩賦取士，其韻一以陸法言《切韻》為準。」此外也指雅樂。《楚辭·大招》：「二八接舞，投詩賦只。」王逸注：「詩賦，雅樂也。古者以琴瑟歌詩賦為雅樂，《關雎》、《鹿鳴》是也。言有美女十六人聯接而舞，發聲舉足與詩雅相合，且有節度也。」

詩賦論策：科舉考試內容之一。宋以詩賦論策考試考生。宋朝天聖前，進士科考詩、賦、論。制科考時務策。寶元年間，通考詩、賦、策、論。宋熙寧三年（1070）年殿試，專以策取士。熙寧四年（1071），省試、解試罷詩、賦、帖經、墨義，以經義論策取士。元祐四年（1089 年）分進士科為經義、詩賦二科，除詩賦進士考詩、賦、論、策，殿試則皆考策。

二、科舉考試的文體名稱辭彙

策：帝王對臣下封士、授爵或免官的文書。漢代試士，把問題寫在策上，令應舉者作答，稱「策問」，應舉者因所問旨意，陳述對政事、經義的見解，稱「對策」。「策問」「對策」「策試」又均簡稱「策」，後形成一種文體。試策也是科舉考試的重要方法與內容。

論：在《說文解字》中的解釋為：「論，議也。」其本義為評論，議論和說明事理。在社會的發展過程中，發展成為一種以議論為主的文體。論也是科舉考試的內容的名稱也是科舉考試的考試文體之一。論是一種說理文，劉勰認為論的得名是從《論語》開始的。〔註1〕但是，《論語》是孔子和他的一部分弟子言行的記錄，與後來的論有很大不同。戰國時期，由於政治鬥爭和思想鬥爭的需要，說理散文迅速發展。先秦諸子中的一些有代表性的篇章，都是邏輯謹嚴，結構嚴密，分析深入，文辭富贍的論文。到了漢代，這種體裁進一步發展，出現了像《過秦論》那樣的名篇。論，成為了文學上的一種體裁。科舉考試制度實行以後，唐高宗調露二年（680 年），劉思立為考功員外郎，以進士試第，多抄襲舊作，請帖經以觀其學，試雜學以觀其才。他的建議，得到了皇帝的採納。永隆二年（681 年）規定：進士試雜文二篇，通文律者才試策。不過，這裡的雜文，指的還是詩賦。唐德宗建中二年（781 年），趙贊請將進士科得考試內容改為時務策五篇，箴、論、表、贊各一篇。唐文宗太和三年（829 年）

〔註1〕劉勰，文心雕龍〔M〕，杭州：浙江古籍出版社，2001 年，第 96 頁。

考試的內容有了變化：先試帖經，後各問大義，取其精通者，再論論、義各一篇。後來又規定：第一場試詩賦；第二場試論；第三場試策；第四場試帖經。〔註2〕宋代的進士科，不論是王安石變法前還是變法後，都需要在第二場或第三場，試論一道。元代科舉，不再試論。到了明代，論又成為鄉、會試的內容之一。清初科舉，沿襲明制，於鄉、會試第二場試論一道。康熙時曾一度停試八股文，以策、論、表、判取士。不久，又恢復舊制，康熙二十九（1690年）以後，論題多出自《孝經》等倫理書籍，雍正、乾隆等朝雖有改動，但基本也是如此，戊戌變法時，光緒下詔將試四書文改為試策、論。但因變法失敗，成為泡影。慈禧太后在辛丑條約後，為形式所迫，實行新政，以中外政治史事命題的論，成為考論的一個內容。

表：表，文體名。奏章的一種，臣下給皇帝的奏章。在古代，臣民對君主有所陳請，成為上書。秦統一後，改書為奏。西漢初年，將奏分為四類：謝恩用章、彈劾用奏，陳請用表，辯駁用議。表成為一種獨立的文體。表是科舉考試要考的內容之一，始於唐代。唐德宗建中二年（781年）中書舍人趙贊知貢舉，請將進士科的考試改為時務策五篇，箴論表贊各一篇，以代替詩賦。其建議得到皇帝採納。宋代進士科，不再試表，表成為宏詞、拔萃、平判等制科考試的內容。宋哲宗紹聖元年（1094年），罷黜制科。三省認為詔、誥、章、表、箴、銘、賦、頌、赦敕、檄書、露布、誡諭等文體，皆朝廷官守日用不可闕，於是改設宏詞科。宋徽宗大觀四年（1110年），改宏詞科為詞學兼茂科，每年附貢士院試，錄取名額，不得超過三人。元代科舉不試表文。到了明代，才將表列為鄉、會試第二場的考試內容。清初科舉，沿襲明制，於鄉、會試第二場試表一道。康熙二年（1663年）停試八股文，仍試表一道。乾隆二十一年（1756年），令將鄉試第二場表文刪省，但是會試第二場要加試表文一道。乾隆二十二年（1757年）令將會試第二場表文改為五言八韻律詩一首。此後，科舉考試就不考表文了。

判：裁決訟獄的文書。其為科舉考試內容之一和一種議論文體。

判語：明清科舉考試內容和議論文體之一。指考生對「疑事」所下的斷語，簡稱判。明朝，鄉會試均考三場，第二場考試中有判五道。要求應試者根據考

〔註2〕《宋史》卷一百五十五《選舉志一》。

題對司法中的疑難案例，按法律條文作出判語。因其非科舉考試重要內容，所以不受考官及考生的重視，應試者只要熟記戶律或吏律中的五條，即可在考試中互換，從而達到考試要求。清乾隆二十一年（1756 年）在考試中被廢除。清·顧炎武《日知錄·經義論策》：「第二場：論一道，詔誥表內科一道，判語五條」。類似今天的判決書。宋·王讜《唐語林·補遺三》：「有大辟者，俾先示以判語，賜以酒食而付去。」

　　詔誥：詔，小篆字形為「詔」，在《說文解字》中的解釋為：「詔，告也。」，其本義為告訴，命令。秦漢以後專指詔書即帝王所發的文書命令。誥，小篆字形為「誥」，在《說文解字》中的解釋為：「誥，告也。」，清·段玉裁《說文解字注》：「以言告人，古用此字，今則用告字。以此誥為上告下之字。」清·朱駿聲《說文通訓定聲》：「上告下之義，古用誥，秦復造詔安當之。」其本義為告訴之意。還指告誡之文。《書經》有仲虺之誥、康誥。秦以前上下皆有誥，漢以後專用於帝王的文告。南朝·梁·蕭統《文選序》：「詔誥教令之流。」

　　詔誥都是以皇帝名義發布的官文書。戰國時期，君臣時代，君臣上下互相告誥都可稱詔，秦統一以後，詔就專指皇帝發布的命令了。誥的歷史，比詔的更早，《尚書》中就有《仲虺之誥》、《湯誥》、《大誥》、《康誥》、《酒誥》、《召誥》、《洛誥》等篇，這些文章的內容，都是君臣之間互相告誡。到了宋代，誥的內容發生了變化。任命或奉贈文武官員，由朝廷授予文書，這種文書就稱為誥。宋哲宗紹聖元年（1094 年）詔罷制科以後，三省建議應在進士科外設置新科時，雖然提到了詔誥。但是，紹聖二年（1095 年）設置的宏詞科，卻不以詔誥命題。宋徽宗大觀四年（1110 年）改宏詞科為詞學兼茂科，才增加了詔誥。宋高宗紹興三年（1133 年），改詞學兼茂科為博學宏詞科，詔誥都可以命題了。明代科舉，將詔誥列入文科考試的內容，鄉會試第二場，都須在詔、誥、表內選做一道。清初科舉，更進一步規定、鄉會試在第二場使詔、誥、表各一道。康熙二年（1663 年）停試八股文，以策論、表、判取士。康熙七年恢復。康熙二十年（1681 年）把詔誥從考試內容中刪除。乾隆二十一年（1756 年）以後，鄉試和會試都不在以詔誥命題。

　　律賦：格律化的賦，科舉考試的一種文體。與律詩一樣，它是唐代詩歌格律化的另一種文體。唐代進士科科舉考試命題作賦，除須遵守俳賦對仗聲律要

求外，還限定了表示立意要求的韻腳字，一般為四言兩句八字，即限八韻。宋代試賦沿襲唐制。後世便通稱這類限制立意和韻腳的命題賦為律賦。律賦起源於六朝，定型於唐宋，延及明清。南朝俳賦的對仗、聲韻有一定講究，但未形成格律。隋文帝時，科舉考試雜文，開始包括詩賦。唐代進士科試詩賦，使人必須熟悉對仗技巧和四聲八韻，掌握俳賦寫作技能以應付考試。唐代時，科舉制度盛行，試賦列入科舉考試科目，於是產生了考試專用的試律賦，叫做律賦。律賦可以說與律詩一樣，是唐代的獨創。律賦產生的唐代，正是唐代駢體文統治文壇時期。宋代是律賦的發展期，宋代科舉考詩賦，比唐更嚴格一些，尤其是用韻上要求更嚴，常有人因為一韻之失而不及格。到南宋後，做法越來越繁密，出現了許多律賦的選本或專講律賦格律做法的書籍。清代是律賦的高峰，無論從數量上還是從成就上都遠遠超越前代。律賦音韻和諧可以檢驗士子的才學。為了避免雷同抄襲，限定了題目，限定了韻腳，最終律賦大都成為了矯揉造作的作品，顯然已經失去了文學的真實生命。這種作為利祿之途的敲門磚，又有太多的頌聖意味，很難有什麼傳世的佳作。宋・陳鵠《耆舊續聞》卷四：「四聲分韻，始於沉約。至唐以來，乃以聲律取士，則今之律賦是也。」

書義：明清科舉考試中以《四書》文句命題，令考生以宋朱熹《四書集注》為準而闡述其義理的應試文，稱書義或書藝文。其體例源自宋代的經義文，本無定式。明成化後定為排偶文體，即八股文，遂成定制，直至清末廢除科舉。

五經文：五經是《詩經》、《尚書》、《周易》《禮記》、《春秋》等五部儒家經典的總稱。以五經命題的八股文稱為經文、經藝或五經文。明代和清代初年，鄉試、會試的第一場，均試《四書》三題，《五經》各題，考生專治一經。乾隆二十一年（1756 年），改鄉會試第一場停止考試《四書》中出的三題，《五經》中各出的四題，改為第二場。乾隆五十二年（1787 年），又做出決定，改變「向來止就本經按額取中」〔註3〕的舊例，從明年戊申科開始，按《詩經》、《尚書》、《周易》、《禮記》、《春秋》的順序，分年輪試。輪試完畢後，就把《四書》與《五經》出題並列。《五經》在科舉中的地位，名義上是與四書文並列，五經文實際上卻不如四書文在科舉中的地位。考官閱卷的時候，先閱第一場的四書文卷，選出清秀典雅的文章，再於其第二、三場的文章進行對比。如果四書文不合格，五經文就很難入選了。四書文於五經文，雖然同是

〔註3〕出自《欽定大清會典事例》卷三百三十一。

八股文體裁，但各有特色。

　　八股文：明清考試制度所規定的一種文體。也叫時文、制義、制藝、時藝、四書文、八比文。明代誕生這種文體，清朝這種文體達到鼎盛，光緒末年廢除。這種文體有一套固定的格式，規定由破題、承題、起講、入手、起股、中股、後股、束股八個部分組成，每一部分的句數、句型也都有一定的規定。「破題」共兩句，說破題目的意義。「承題」是三到四句承接破題的意義而加以說明。「起講」是概說全體，是議論的開始。「入手」為起講後入手的地方。「起股」、「中股」、「後股」、「束股」才是正式的議論，其中「中股」是全篇的中心。在這四個段落中，每一個段落又有兩股相排比對偶的文字，每股少則八句，多至二十句，共八股，所以稱為「八股文」、「八比文」。八股文分「正格」（排比對偶為八股者）或「變革」（排比對偶不是八股，而是大股或十六股、十八股者）兩類。每篇字數在三百字至七百字之間，八股文出題，都在《四書》、《五經》之中，故也叫「四書文」。八股文的內容，只許「代聖人立言」，不許考生自由發揮。不許超出《四書》、《五經》的範圍。對經文的解釋，也必須遵照官方規定的朱熹《四書集注》等書。無論內容還是形式，八股文毫無價值可言。她是選拔封建官吏的手段，只能起到束縛思想、摧殘人才的作用。

　　試帖詩：詩體名。科舉考試內容和文體之一，又稱詩律。其特點是按題作詩。源於唐代，受「帖經」、「試帖」影響而產生，為科舉考試所採用。其詩大都為五言六韻或八韻的排律，以古人詩句或成語為題，冠以「賦得」二字，並限韻腳。清代試帖詩，格式限制尤嚴，內容大多直接或間接歌頌皇帝功德，並須切題。郭沫若《李白與杜甫‧杜甫的門閥觀念》：「長達四十韻、四百字，故稱其『鯤鯨噴迢遞』（有如長鯨大鯤，噴出的水氣長遠）。這是唐人應試詩的新形式，後人稱為『試帖詩』」。試帖詩的歷史沿革是從唐代開始的。試題由考官不據出處，隨意出題，考生也可提問，稱為上請。宋朝中後期規定必須在經史和古人詩句中出題，並禁止考生上請。清朝命題範圍為經史子集和古人詩句。考生作詩時，須明白試題出處，才不會走題。以古人詩句或成語為題，要冠以「賦得」二字。它的體裁既非律也非絕，或五言或七言，或六韻或八韻。開頭的兩句見題，中間八句或十二句各相對，最後兩句作結。自宋熙寧後直至明代，科場中不試詩賦。清代科舉考試仍有「試帖詩」，排律格式限制尤嚴。唐朝詩律以六韻為主，少用四韻、八韻。清朝童試用五言八韻，歲考、科考、復試、朝

考用五言八韻，限用官韻一韻，並注於題旁。其結構和做法統於八股文，首聯稱破題，此聯稱承題，三聯稱起股，四五聯稱中股，六七聯稱後股，結聯稱束股。所謂「作八韻試律者必以八股法行之。」其內容緊急甚多，香溫柔膩，不莊不吉的文字均不得寫出，否則斥革，頌揚文字必須抬閣寫。

雜文：科舉考試內容與文體之一。即除經史之外的考試文體，一般是指詩賦。唐初科考只是策問。唐高宗時期才加試雜文二篇，即一詩一賦。置於首場；考生須先通文律，才可續考論策，帖經等場。一說唐時雜文是指箴、銘等各色文體，而不包括詩賦在內。

三、科舉考試試題類別名稱辭彙

四書題：四書，即儒家的四部經典的書籍，《大學》、《中庸》、《論語》、《孟子》。四書題就是以四書內容為問題的試題題型。明試初場，例出四書義三道。正統元年（1436 年）會試，出《大學》、《論語》、《中庸》中的題目，沒有涉及到《孟子》中的題目。以後的十年中的會試，出自《大學》、《中庸》、《孟子》中的題目，而沒有涉及到《論語》中的題目。明成化元年（1465 年），順天府鄉試，從《論語》中出題目二道，《孟子》中出題目一道。沒有在《大學》《中庸》中出題。其後定《大學》、《中庸》中出題一道，《論語》、《孟子》中各一道，遂成定制。

截搭題：明清科舉考試題型之一，又稱小題。明清時，因《四書》可做題目的整句已經出完，考官使在考試中將四書前句的末句與後句的前句相連在一起，稱為截搭題。其方式有長搭、短搭、有情搭、無情搭、隔章搭之分。清·王濬卿《冷眼觀》第二二回：「小雅君自是做截搭題的能手，不然，何以能把各種話都消納無形，聯合一氣呢？」

雙扇題：清朝科舉考試試題類型中的一種名目。因子百年以經義試士，已經出盡了《四書》中的可出的題目。為了避免抄襲成文，遂想出許多不合理的題目，定出各種名稱。後出兩句並立者，如「君子上達，小人下達」，即謂之雙扇題。此外還有三扇、四扇、五扇題等。

上截題：清朝科舉考試試題類型之一。是截搭題的一種。經數百年以經義取士，以出盡《四書》中的可出之題，為避免抄襲成文，遂想出許多不合理的題目，定出各種名稱。有把上文截去，僅出末句者，謂之上截題。

大題：明清科舉考試的題型之一。即在《四書》等經書中，任取一句、一節、一章或數章為八股的題目。語句、文義基本保持完整。其形式有連章題、數節題、單句題、扇題（扇為章節中的排句）等。鄉、會試多出大題。

小題：明清科舉考試題型之一，又稱為截搭題。即任意截取儒家經書中數字作為八股文的試題，而不顧原文的語句、文意。按不同截取方法，分為截上題、截下題、截上下題、承上題、冒下題等。

四、科舉試卷和應試方法的名稱辭彙

文卷：科舉考試中做有文章的試卷的名稱。宋代科舉在進士科中考試詩、賦、論各一道，策五道。其試卷就稱為文卷。另須試帖《論語》十帖，對《春秋》或《禮記》中考墨義十條。試卷稱義卷、帖由。元祐四年（1089 年）又分進士科為經義、詩賦兩科。凡詩賦進士，在初試經義後，還須試詩賦及律詩各一道，論一道，子、史、時務策二道，也稱文卷。宋·王讜《唐語林·自新》：「後太真為禮部侍郎，誼應舉，太真覽其文卷於包侍郎佶之家。」此外還泛指文章。明·胡應麟《少室山房筆叢·藝林學山八》：「楊以答孟簡書為答大顛書，又改『死款』二字為『死案』二字，不知前人文卷，亦曾否審詳耶？」還指公文案卷。《全元散曲·小令·紅錦袍》：「那老子彭澤縣懶坐衙，倦將文卷押。」

墨卷：科舉考試試卷名稱。參加科舉鄉會試的考生在答卷時用墨筆，稱墨卷。答完卷後，將墨卷交由專門的謄錄人員用紅筆抄襲成朱卷，以防考試作弊。《明史·選舉志二》：「考試者用墨，謂之墨卷；謄錄用朱，謂之朱卷。」宋代以來，稱取中士人的文章為程文。清代刻錄程文，試官往往按題自作一篇，亦稱程文，因而把刻錄的取中試卷改稱墨卷。清·顧炎武《日知錄·程文》：「至本朝，先亦用士子程文刻錄，後多主司所作，遂又分士子所作之文，別謂之墨卷。」

帖由：科舉考試試卷名。宋制，禮部貢舉所設進士科即諸科之九經，五經等科。所試均有帖經。其試卷稱帖由。

帖括：字面意義是總括帖經訣竅，即為應付科舉考試中帖經考試而概括之訣竅。唐以帖經試士，因應試者多，為別其高下，考官設法增加其難度，常不顧文意，孤經絕句、斷截疑似之處帖經貼題。考生為應付考試，便總括經文，編成歌訣數十篇，以便熟記，謂之帖括。自此考生無心誦讀經史，但求熟記帖

括,以應付考試。《新唐書‧選舉志上》:「進士科起於隋大業中,是時猶試策。唐高宗朝,劉思立加進士雜文,明經填帖,故為進士者皆誦當代之文,而不通經史,明經者但記帖括。」後世因稱科舉應試文章如八股文也為帖括。清‧蒲松齡《聊齋誌異‧金和尚》:「金又買異姓兒,私子之。延儒師,教帖括業。」因其須依經而作,明末有所謂帖括派,即專門研習科舉應試文之訣竅。後來也比喻迂腐不切時用之言。《明史‧熊廷弼傳》:「疆場事,當聽疆場自為之,何用拾帖括語,徒亂人意,一不從,輒怫然怒哉!」

策學:科舉時代供考生應付考試而編選的短文匯編。隋唐開始實行科舉後,為應投機取巧之需,策學即應運而生。唐朝也多有搜求歷科考試中試者的策文,熟讀強記以應付測試者。《新唐書‧薛登傳》:「煬帝始置進士等科,後生復相馳競,赴速趨時,緝綴小文,名曰策學,不以指實為本,而以浮虛為貴。」

策括:科舉時代為應付策試將經史及時務等主要內容進行編纂而成的問答大綱。即搜求經史、政事的策試題目,分類編纂,概要解答,即謂之策括。應試者熟記策括之文,考試時稍加變動,加以套用即可。這樣常使不學無術之徒魚目混珠。宋‧蘇軾《議學校貢舉狀》:「近世士人纂類經史,綴緝時務,謂之策括。待問條目,搜抉畧盡,臨時剽竊,竄易首尾,以眩有司,有司莫能辨也。」

闈墨:科舉時代每科鄉、會試後,由禮部刊刻的中式考生作品的選編。因試院稱闈,考生答卷用墨,故名。又稱試錄、程文,用以進呈。也常由民間私房刊行,多由名家圈點評析,專供試者揣摩練習之用。清朝康熙九年(1670)曾嚴禁坊間私刻,以後有時禁止,也有時會放鬆、鬆弛。康熙三十二年(1693)規定刊刻闈墨時,必須是照著原卷的原樣進行刊刻,如果有改動而進行刊刻,就會受到嚴處。

房稿:明清進士中式者文章的合集,又稱房書、十八房〔註4〕刻。房稿約起於明朝弘治年間(1488～1505年),盛行於萬曆年間(1573～1619年)由於進士試卷是揣摩主考官出卷範圍和錄取標準的主要模板,因此為當時考生所重視。

〔註4〕明清會試及鄉試,十八名同考官分房批閱五經試卷,故稱「十八房」。清‧顧炎武《日知錄‧十八房》:「今制會試用考試官二員總裁,同考試官十八員,分閱五經,謂之十八房。」借指闈墨、試錄,因其由十八房編刻而成,故稱。清‧顧炎武《日知錄‧十八房》:「十八房之刻,自萬曆壬辰,《鈞元錄》始……而坊刻有四種,曰程墨,則三場主司及士子之文;曰房稿,則十八房進士之作。」

第二節　科舉考試書目名稱相關辭彙

　　科舉考試是以學識為基礎的一種考試。學識來源於讀書。在古代學生從私塾就開始了讀書生涯。讀書使得當時下層人民有朝一日蟾宮折桂，登上天子堂。讀書考科舉求顯達，是下層百姓躋身上層社會的唯一途徑，也是科舉時代非常盛行的思想。科舉時代，整個教育系統無不為這種求顯達的思想所籠罩。讀書的前提是書本，不管是私塾的識字啟蒙書本還是科舉考試中出考試內容的書本，在科舉時代都是為考生科考服務的課本書目。我們下面解釋一下，在科舉時代，與科舉相關的書目名稱辭彙。

一、文舉考試書目名稱辭彙

（一）科舉考試的四書書目名稱辭彙

　　四書章句集注：簡稱為《四書》。南宋朱熹編著。包括《大學章句》一卷，《孟子集注》七卷，《中庸章句》一卷，《論語集注》十卷。其為四書的重要的注本。朱熹將五經之一的《禮記》中的《大學》、《中庸》抽出，將其與《論語》、《孟子》並列。《大學》、《中庸》中的注解稱為「章句」，《論語》、《孟子》中的注解因為結合了眾人說法，所以稱為「集注」。《四書章句集注》一書，上承經典，下啟群學。其重塑了孔孟形象，整理和規範了儒家的思想，宣揚和貫徹了儒家的精神。宋以後，元、明、清三朝都以《四書集注》為學官教科書。其成為了官定的必讀注本和科舉考試的科舉考試的標準答案。可以說《四書章句集注》是儒家文化史上的一個里程牌。

　　四書：指的是《大學》、《中庸》、《論語》、《孟子》四部儒家經典的合稱。宋朝將《孟子》升經，又以《禮記》中的《大學》、《中庸》兩篇與《論語》、《孟子》相配合。淳熙年間，朱熹撰《四書章句集注》才有「四書」之名。自後成為歷代封建政府科舉取士的初級讀本。

　　四書大全：明朝官定舉業讀本之一。胡廣〔註5〕等奉敕撰，成書於明永樂十

〔註5〕胡廣：江西吉安人。生卒年月是 1369 年～1418 年 6 月 11 日。字光大，明朝書法家、大學士。建文二年考取狀元，永樂五年至十六年（1407 年～1418 年）任內閣首輔。胡廣行事謹慎，任內閣首輔十一年間，兩次隨成祖朱棣北征，隨其左右，深得朱棣信任。其阻止了成祖封禪的意圖，並進言停止在民間追查建文帝舊臣及家眷，平息諸多冤獄。其關注百姓疾苦，成為永樂盛世的重要締造者之一。胡廣於永樂十六年五月卒，終年四十九歲。贈禮部尚書，諡文穆。其成為明朝首位獲封諡號的文臣。

三年（1415年），三十六卷，乃為四書做通疏、集疏之作。書成後頒布為科舉考試的專業書籍。其為明朝士大夫學習的根底書，影響頗大。

　　大學：《大學》原為《禮記》的一篇。宋朝程顥、程頤兄弟把它從《禮記》中抽出，進行注釋編成章句。《大學》篇在此以後成為儒家的經典著作。《大學》中展現的儒家思想是豐富多彩的。首先提出明明德、親民、止於至善三個綱領。其次提出了格物、致知、誠意、正心、修身、齊家、治國、平天下八個條目。其中修身是最根本的。文中認為自天子以至於庶人皆以修身為本。科舉時代的考生都是由《大學》登堂入室來學習這種儒家思想的。

　　孟子：《孟子》是中國儒家的經典典籍，同時也是科舉時代的科舉書目「四書」之一。該書的作者是孟子和其弟子。書中闡述的思想也是豐富多彩的。首先孟子倡導民本思想。孟子認為民為貴，社稷次之，君為輕。孟子在書中提出了仁政學說即仁政是德治觀念的核心。孟子的道德論的核心思想是仁義。孟子提倡性善論並提出要靠修養及發揮善性的工夫，以培養出浩然之氣。孟子在書中提出的教育主張是得天下英才而教育之。同時孟子提出為民制產的主張，也成為歷代統治者尋求國泰民安的最高理想。

　　中庸：《中庸》是戴聖的《小戴禮記》中的一篇。其為「四書」之一。南宋的朱熹把它從《小戴禮記》中抽出來，進行編輯和注釋編為《中庸章句》，並把《中庸》和《大學》、《論語》、《孟子》並列稱為「四書」。宋朝末年及元代，陸續地把《中庸》作為學校官定的教科書和科舉考試的必讀書。中庸之道是《中庸》的中心思想，當然也是儒家學說中的核心思想之一。《中庸》的主要目的在於讓人們修養人性。其提出的學習的方式有博學、審問、慎思、明辨、篤行等。《中庸》所追求的修養的最高境界是至誠至德。

　　論語：《論語》是儒家學派的經典著作之一，也是科舉時代的「四書」之一。《論語》體現了孔子和其門人的政治主張、道德觀念及教育方法等。《論語》中的思想豐富並且對後世的影響很深遠。在做人上，孔子提出要正直磊落，要重視「仁德」。在學習上，孔子要求學生要愛學習，要追求道義真理並且要把學習和思考相結合要學以致用。在教育上，孔子主張有教無類和因材施教。同時孔子在《論語》中也強調要嚴於律己、要講究信用、要愛護人民等思想。

（二）科舉考試的五經書目辭彙

五經：五部儒家經典的總稱。五經的稱謂是從漢武帝時期，包括《詩》、《書》、《禮》、《易》、《春秋》。其中保存古代歷史資料極為豐富。科舉考試中作為考試出題內容的書籍。唐為明經科之一。金朝為考試科目，海陵王時定，在五經、三史中命題。

五經正義：五經指五部儒家經典著作。唐朝所頒布的儒學經書的標準書籍，是一部官書。即《詩經》、《尚書》、《禮記》、《周易》、《春秋》。其為官學統一教材和科舉考試的標準答案。漢武帝時，朝廷正式將這五部書宣布為經典，故稱「五經[註6]」。由於儒家典籍散佚，文理不通，章句混亂。為了適應科舉取士和維護全國政治統一的需要，唐代的《五經正義》出來後，結束了儒學宗派的紛爭，對於儒學的發展是很重要的。唐代的孔穎達等奉唐太宗李世民之命進行編訂該書，一百八十卷，書籍內容兼容並蓄，成就很高。《五經正義》現存《十三經注疏》中，其中最好的是影印阮刻《十三經注疏》。

五經大全：明永樂年間頒布的官定科舉考試的讀本之一。胡廣等奉命編定，一百五十四卷。《周易大全》用宋朝程熙、朱熹注，宋朝董楷、元朝胡一桂、胡炳文、董真卿疏。《書傳大全》用宋朝蔡沈等注、元朝陳櫟、陳師凱等疏。《詩經大全》用宋朝朱熹注、劉瑾疏。《禮記大全》用元朝陳澔注、雜採諸家為疏。《春秋》用宋朝胡安國注、元朝汪克寬疏。指導思想是程朱理學。

詩經：我國第一部詩歌總集，又稱「詩三百」。其全面地展示了中國周代至春秋戰國時期的社會生活的方方面面。《詩經》現存三百零五篇。分為「風」、「雅」、「頌」三個部分。《詩經》主要有賦、比、興三種表現手法。十五篇「國風」，主要是各地的民歌。「雅」分為「大雅」和「小雅」兩部分，其多為宮廷樂歌。「頌」是為宗廟祭祀之詩歌。

尚書：又稱謂《書》、《書經》。其為上古歷史檔案和部分追述古代事蹟著作的多體裁的文獻彙編，也是我國最古的皇室文集。《尚書》分為四個部分，即《虞書》、《夏書》、《商書》、《周書》。現存的《尚書》是真偽《尚書》的彙編。儒家五經之一。《尚書》中的文體主要是誓、命、訓、誥等。文字艱澀難懂。其中也有少數文字比較形象、朗暢。內容豐富，主要是講述明君治民和賢臣事君之道。

［註6］在漢代時，「五經」指的是《詩經》、《尚書》、《儀禮》、《周易》、《春秋》。其中的「禮」並不是後代的《禮記》而是《儀禮》。這一點從熹平石經中就可以看出來。《禮記》是對《儀禮》進行解釋的著作。唐代以後才取代了《儀禮》的位置，成為五經之一。

禮記：《禮記》分為戴德的《大戴禮記》和戴聖的《小戴禮記》。《小戴禮記》是在刪減《大戴禮記》形成的。其為中國古代一部描寫禮儀典章制度的書籍。《禮記》主要記載了中國古代的禮儀和禮儀制度。該書體現了中國古代儒家在政治、哲學和倫理上的一些思想。

周易：《周易》是「五經」之一。該書價值很高，可以說是是華夏人民智慧的結晶。《周易》中的陰陽觀念體現出了中國古代樸素的辯證法思想。其意義和價影響是相當的深遠的。在《周易》中主要包括了「經」和「傳」兩個部分。「經」部分是卦爻辭和卦形符號。「傳」的部分是對經的部分的解釋。《周易》的思想文化價值巨大，從某種意義上，可以說是華夏文化的根基。書中展現出的陰陽觀念、剛柔觀念、自強不息和厚德載物的觀念，仍然為今天的文人津津樂道。《周易》可以說是中華文化體系的源頭之一。《周易》中的思想對華夏民族文化和性格形成起了至關重要的作用。

春秋：《春秋》儒家典籍之一，相傳為孔子所著。同時也是儒家的「五經」之一。《春秋》是魯國的編年史。其體例是編年體，也是我國第一部編年體史書。書中的記載的歷史是從魯隱公元年（前 722 年）到魯哀公十四年（前 481年）的歷史。其文字簡練，並成為後世寫史的典範。同時，文字過分簡單，不容易為後人理解，所以出現「春秋三傳」對《春秋》進行解釋。《春秋》對後世史學、文學研究的價值很大。

毛詩：《毛詩》是對《詩經》注釋版本之一。作者為魯國毛亨和趙國毛萇。現在我們看到的《詩經》版本就是該版本。《毛詩》的特點是每一篇文章後面都有介紹性的文字，這部分文字稱作小序。其主要是介紹該篇的內容和意旨。其中只有一篇例外，那就是第一篇《關雎》的序言，後世人稱為「詩大序」。該序意義重大，其為古代詩論的第一篇專著。後來的鄭玄還為「毛傳」作了解釋，被稱作「箋」。唐代的孔穎達作了《毛詩正義》。《毛詩》對後世文學史學等研究意義重大，被後世人特別推崇。

孝經：《孝經》是中國第一部關於孝道的倫理書籍。最初寫成於秦漢時期。後世對其注釋者很多。其中最出名的是唐玄宗李隆基注釋的版本。《孝經》的內容主要是介紹「孝」的文化倫理概念。儒家的一些文化倫理觀念在其中得到了很好地體現。其認為孝是天經地義的並且是人類最基本的行為之一。書中還強調「孝」是諸德之本，人類其他行為都不能勝過「孝」這一行為。同時，該書

也認為「孝」的作用是巨大的，國君可以用它來治理國家，普通的臣民也可以用它來管制家庭。同時，書中把「孝」與「忠」這一文化概念聯繫起來，認為忠是孝的擴大和發展，其認為凡孝之人，必忠於君。《孝經》是中國古代的倫理思想史翻不過去的一頁，其意義和價值都是十分巨大的。

（三）科舉考試的其他經籍書目

正經：唐朝的中央官學把儒家經典分為正經與旁經兩大類。正經包括九種三類。其中把《禮記》、《左傳》分為大經，各學習三年時間；其中把《詩經》、《周禮》和《儀禮》分為中經，各經分別學習兩年時間；其中把《易》、《尚書》、《公羊傳》、《穀梁傳》分為小經，各經分別學習一年半的時間。旁經包括兩種。即《孝經》和《論語》，兩本書共學習一年的時間。在古代有時也通稱儒家經典為「正經」，一般指的是十三經。

儀禮：其別稱分別為《禮》、《士禮》、《禮經》等。《儀禮》的內容主要是記載各種古代的禮儀的，主要以記載士大夫級別的禮儀為主。禮是儒家學說中佔有重要的地位。先秦時期，人們就開始注重講究禮。在漢代立有五經博士。五經中的禮就是指的《儀禮》。以後的唐代的三禮也是有《儀禮》的。宋代的十三經更是把《儀禮》包括在內。禮在中國古代社會尤其是科舉時代中都到了足夠的重視，其已經成為了古代知識分子學習文化知識的一部分，也成了人們在生活中的一部分。

三經義：宋王安石撰。《毛詩義》、《尚書義》、《周官新義》合稱《三經義》，又稱《三經新義》。

三禮：《儀禮》、《禮記》、《周禮》。

周禮：「三禮」之一。儒家的經典著作。相傳作者是西周的周公旦。《周禮》當中包括了極為豐富的內容。國家的建制、政治、法律、文化、教育、禮樂制度、稅收、醫藥等等。這對於後世研究當時的歷史文化有著很大的幫助。

三傳：指的是《左氏傳》、《公羊傳》、《穀梁傳》三部解釋《春秋》的書。

左氏傳：是儒家重要經典之一。也是「十三經」之一。別名《左氏春秋》。在漢代的時候被人們稱作《春秋左氏傳》並簡稱為《左傳》。這一稱謂一直沿用至今。該書的注釋者相傳是左丘明。《左傳》是對《春秋》的注釋本之一。其記載的歷史與《春秋》記載的歷史一致。都是從魯隱公元年（前 722 年）到魯哀公十四年（前 453 年）。其特點是用為《春秋》書中大綱，補充了詳細的史實。

其文學特色十分突出。其中的一些寫史的方法已經成為後世寫史和文學創作的一些基本方法。

公羊傳：是儒家重要的經典著作之一。也是十三經之一。別名《春秋公羊傳》、《公羊春秋》。是解釋《春秋》的著作之一。其記載的時間與《春秋》記載的時間相同。從魯隱公元年開始，到魯哀公十四年結束。其作者相傳為戰國時齊人公羊高，公羊高相傳為子夏的弟子。西漢漢景帝時期，公羊高的玄孫公羊壽與胡毋生把民間口頭流傳的《春秋》在竹帛上進行記錄和寫作。《公羊傳》的注解本很多。東漢·何休著有《春秋公羊解詁》，唐·徐彥著有《公羊傳疏》，清·陳立著有《公羊義疏》。

穀梁傳：是儒家重要的經典著作之一。也是十三經之一。別名為《穀梁春秋》、《春秋穀梁傳》。相傳是穀梁赤受到子夏的口頭傳授並將它記錄下來寫成書的。《穀梁傳》的文體是語錄體，主要以對話文體為主。其記載的時間與《春秋》記載的時間一致。《穀梁傳》中體現出的思想是儒家思想，注重禮義教化、宗法感情，有利於統治者的統治。因此，統治者十分重視此書。其也是研究秦漢間及西漢初年儒家思想文化的非常重要的數據之一。

開成石經：即唐代刻於石頭之上的十二種儒家經典並立於大學講論堂兩廊以供學生和世人學習。在唐文宗太和七年（833 年）石經開始刻，在開成二年（837 年）完成。其內容主要是《周易》、《尚書》、《毛詩》、《三禮》、《三傳》、《孝經》、《論語》、《爾雅》十二經的內容。石經的刊刻，有利於儒學的發展及規範化，對於科舉考試的順利舉行也是十分的有利。

爾雅：儒家的經典之一，十三經之一。《爾雅》是最早的一部訓詁學著作。是一本解釋詞義的書，可以看作是中國古代最早的一部按義類編排的綜合性詞典。由於其記載內容豐富，我們也可以稱之為一本百科全書。「爾」的意思是近或者接近的意思。「雅」即「雅言」之意，即古代的官方的語言。因此「爾雅」一詞的意思就是「使人們的語言接近標準語」。《爾雅》對於後世人讀古書考證古詞語來說都是一本十分有利的參考書和工具書。

七經：是儒家七部經典著作的合稱。不同的時代「七經」所包含的內容和種類是不一樣的。漢朝以《論語》、《孝經》、《詩經》、《尚書》、《禮記》、《周易》《春秋》作為七經。宋朝的「七經」是《尚書》、《毛詩》、《周禮》、《儀禮》、《禮

記》、《公羊傳》、《論語》。清朝的「七經」是《易》、《書》、《詩》、《春秋》、《周禮》、《儀禮》、《禮記》。

（四）科舉考試的史籍書目辭彙

四史：指的是前四史的總稱。即《史記》、《漢書》、《後漢書》、《三國志》。清·王鳴盛《十七史商榷·三國志四·三史》：「直至唐宋以來，學者恒言，乃皆曰『五經』『三史』，則專指馬班范矣。愚竊以為宜更益以陳壽，稱『四史』，以配『五經』，良可無愧。其餘各史，皆出其下。」此外四史也指黃帝的四個史官。即沮誦、倉頡、隸首、孔甲。晉·王嘉《拾遺記·黃帝》：「置四史，以主圖籍。」

史記：《史記》是二十四史的第一史。也是我國第一部紀傳體通史。作者是西漢的司馬遷。其記載的內容是從傳說中黃帝時代到漢武帝元狩元年間，3000 多年的歷史事實的內容。全書一共有一百三十篇。包括十二本紀、十表、八書、三十世家、七十列傳。一共五十二萬六千五百一十五字。本紀、列傳是該書內容的主題。「本紀」是記述帝王的言行政績。「列傳」是記述次於帝王的各方面代表人物的事蹟和少數民族的傳記。《史記》在史學和文學史上都有重要的地位，被魯迅譽為「史家之絕唱，無韻之《離騷》」。

漢書：是「二十四史」之一，別名是《前漢書》。《漢書》和《史記》、《後漢書》、《三國志》並稱為「前四史」。作者是東漢的史學家班固。其為中國第一部紀傳體斷代史。《漢書》記述歷史時期是從西漢的漢高祖元年（公元前 206 年）開始，到新朝王莽地皇四年（公元 23 年）結束，共 230 年的歷史史實。《漢書》包括紀十二、表八、志十、傳七十，總共一百篇內容。總共為一百二十卷，八十萬字。《漢書》在史學史上的價值是很高的，對後世史書的撰寫也起了指導作用。

後漢書：「二十四史」之一，也是「前四史」之一。作者為南朝劉宋時期的史學家范曄。其體例為紀傳體史書。《後漢書》的內容是從東漢的漢光武帝建武元年（公元 25 年）開始的，下到漢獻帝建安二十五年（公元 220 年）結束，共195 年的歷史史實。其敘事簡明周詳、生動，這是《後漢書》的特點之一。

三國志：「二十四史」之一，也是「前四史」之一。作者是西晉的陳壽。《三國志》主要記載了魏、蜀、吳三國鼎立時期的歷史。體裁是紀傳體的國別史。其內容記載了從魏文帝黃初元年（220）開始到晉武帝太康元年（280）結

束，六十年的歷史。《三國志》全書共六十五卷。其中《魏書》三十卷，《蜀書》十五卷，《吳書》二十卷。該書受到了後人的推崇。

十七史：宋代科舉考試內容之一。宋英宗時期，把之前十七位史家所撰寫十七部史籍刊刻裝訂成書。這十七本史籍是「前四史」和《晉書》、《宋書》、《南齊書》、《梁書》、《陳書》、《魏書》、《北齊書》、《周書》、《南史》、《北史》、《隋書》、《唐書》、《五代史》。宋紹興二年（1132年）舉薦賢良方正能直言極諫科，被舉薦者要將自己所著的策、論五十篇上交，由兩省侍從參考和評判，分為三等。級別在次優以上的舉薦者，才可以去尚書省參加考試，考試內容為考試論六首。所出的考題，就包含十七史的內容。金朝的科舉府試也考試十七史。

晉書：二十四史之一。其共一百三十卷。其分為帝紀十卷，志二十卷，列傳七十卷，載記〔註7〕三十卷。其內容是從司馬懿開始記載的到晉恭帝元熙二年（420年）記載就結束。其中包含了西晉和東晉的歷史。同時也敘述了十六國割據政權的興亡。該書的編者共二十一人。〔註8〕

宋書：二十四史之一。作者是梁·沈約。《宋書》是一部紀傳體史書。其內容是記述了南朝劉宋一代的歷史。其分為本紀十卷、志三十卷、列傳六十卷，共一百卷。《宋書》保存了當時大量的原始史料，即收錄許多當時的詔令、奏議、書札、文章等文獻，這有利於後代的研究。

南齊書：二十四史之一。作者是南朝·梁·蕭子顯。其中記述了南朝齊高帝建元元年（479年）開始至齊和帝中興二年（502年）結束的二十三年的封建割據政權的歷史史實。全書原本共六十卷，現在只存五十九卷。《南齊書》缺點是宣揚神秘思想，同時也過分地講究華麗的辭藻。其優點是敘事完備，文筆流暢，文字比較簡潔。

梁書：二十四史之一。作者是唐朝的姚察、姚思廉父子。該書分為本紀六卷、列傳五十卷，沒有表和志。該書內容是主要記述南朝五十餘年的歷史。主

〔註7〕舊史為曾立名號而非正統者所作的傳記，以別於本紀和列傳。《後漢書·班固傳上》：「固又撰功臣、平林、新市、公孫述事，作列傳、載記二十八篇，奏之。」唐·劉知幾《史通·題目》：「唯《東觀》以平林、下江諸人列為載記。顧後來作者，莫之遵效。」
〔註8〕其中監修三人為房玄齡、褚遂良、許敬宗；天文、律曆、五行等三志的作者為李淳風；擬訂修史體例為敬播；其他十六人為令狐德棻、來濟、陸元仕、劉子翼、盧承基、李義府、薛元超、上官儀、崔行功、辛丘馭、劉胤之、楊仁卿、李延壽、張文恭、李安期和李懷儼。

要是蕭齊末年和蕭梁皇朝（502～557 年）的政治歷史狀況。該書有一個特點是除引用文以外，其他部分都是以散文來書寫。

陳書：二十四史之一。作者是唐代的姚思廉。該書的體裁是紀傳體斷代史。該書記載了陳三十三年間的歷史史實。其時間是從陳武帝開始至陳後主亡國的這一段時間。共三十六卷，本紀六卷，列傳三十卷，沒有表和志兩種體裁。

魏書：二十四史之一。作者是北齊的魏收。該書是一本紀傳體史書。該書的內容記載了公元 4 世紀末開始至 6 世紀中葉結束的北魏王朝的歷史。該書共一百二十四卷。其中本紀十二卷，列傳九十二卷，志二十卷。由於有些本紀、列傳和志篇幅過長，又分為上、下，或上、中、下三卷，實共一百三十卷。

北齊書：二十四史之一。作者是唐代的李百藥。《北齊書》記述了是從高歡起兵開始到北齊滅亡前後的約八十年的歷史史實。《北齊書》的內容主要記載了東魏、北齊王朝的盛衰興亡的歷史史實。到南宋時，《北齊書》遺失掉很多。期內容大多數是後人補注的。《北齊書》的原名為《齊書》，為區別就改為《北齊書》。《北齊書》共有五十卷，包括本紀八卷和列傳四十二卷。

周書：二十四史之一。作者是唐代的令狐德棻等人。其共五十卷，包括本紀八卷、列傳四十二卷。本書的體裁是紀傳體。其記載了北朝宇文氏建立的周朝的歷史史實，同時也兼顧了同時代的東魏、北齊、梁與陳等四朝的重大史事。該書文筆簡潔。其對於社會歷史中的大事件都有詳細的記載。

南史：二十四史之一。作者是唐朝的李延壽。《南史》的體裁是紀傳體體裁。該書共八十卷，包括本紀十卷，列傳七十卷。該書所記載的歷史時間是從宋武帝劉裕永初元年（420 年）開始，到陳後主陳叔寶禎明三年（589 年）結束，記載了南朝宋、齊、梁、陳四國一百七十年的歷史史事。

北史：二十四史之一。該書的作者是李大師和李延壽。該書的體裁是紀傳體，共一百卷，包括魏本紀五卷、齊本紀三卷、周本紀二卷、隋本紀二卷、列傳八十八卷。該書的內容主要是記述了從北魏登國元年（386）開始到隋義寧二年（618）結束，共二百三十三年的歷史史實。《北史》在後代頗受重視，因為其體例完整、材料充實、文字簡練。其他史書不全者都以《北史》為本加以補充。

隋書：二十四史之一。該書共八十五卷，包含帝紀五卷，列傳五十卷，志三十卷。該書主要記載了隋朝一朝的歷史。《隋書》是現存最早的隋史專著，也

是《二十五史》中修史水平較高的史籍之一。

唐書：二十四之一。唐書被分為《舊唐書》和《新唐書》兩種。五代後晉時官修的《舊唐書》原名《唐書》。由於後代歐陽修等人編寫了一部《新唐書》。為了進行區別，就有了新舊《唐書》之別。《唐書》是紀傳體史書。其記載了唐朝一朝的歷史。該書共二百卷，包括內帝紀二十卷，志三十卷，列傳一百五十卷。其記載的歷史時間是從唐朝自高祖武德元年（618）開始到哀帝天祐四年（907）年結束的二百九十年的歷史。新唐書，也為二十四史之一。其作者是宋代歐陽修、宋祁等人。其共二百二十五卷，包括本紀十卷，志五十卷，表十五卷，列傳一百五十卷。《新唐書》增加了以前各史所沒有的《儀衛志》和《兵志》，其他幾個志也各增補了新數據，編寫水平高於《舊唐書》。

五代史：二十四史之一。作者是薛居正等。《五代史》分為《舊五代史》和《新五代史》。《舊五代史》，原先被稱為《五代史》，也稱《梁唐晉漢周書》。後人為區別於歐陽修的《新五代史》，便習稱《舊五代史》。本書是由宋太祖下令編纂的史書。《舊五代史》主要記載的就是「五代十國」的歷史。新五代史，二十四史之一。原先被稱為《五代史記》。該書是一部私修正史。作者為歐陽修。歐陽修重新編寫《五代史》的目是為了抨擊他所認為的沒有「廉恥」的現象。歐陽修死後，其家人把該書上貢於朝廷。

（五）科舉啟蒙讀物書目及相關書目名稱辭彙

朱子語類：又被稱作《朱子語錄》。南宋黎靖德編輯，共一百四十卷。內容是記載朱熹及門人問答的語錄，書中全面記載了朱熹的思想學說。該書體現出了朱熹的「有理有氣，以理為本，理在氣先」的哲學體系。書中內容涉及到哲學、政治、史學、自然、科學等各門學科，是研究朱熹思想的重要參考資料。

千字文：是古代社會的啟蒙教育課本。南朝・梁・周興嗣編輯。這本書從王羲之的遺書中的選取了一千個不同的字，編寫成了四言韻語。書中敘述了社會、歷史、倫理、教育等方面的知識。該書在隋朝就開始流行。歷代有很多的續編本和改編本，例如宋代胡寅的《敘古千字文》、侍其瑋的《續千字文》，元代許衡的《稽古千文》，明代有周履靖的《廣易千文》，清代有何桂珍的《訓蒙千文》，龔聰的《續千字文》，唐代還有高僧義淨的《梵語千字文》。

百家姓：中國古代社會流傳的啟蒙教育課本。該書是四言韻語，為尊宋代

「國姓」，固以「趙」居首。因誦讀方便，所以廣為流行，稱為舊時最為普遍的識字課本。

三字經：科舉時代流行的啟蒙教育課本。編者有兩種說法。一種是南宋的王應麟，另一說是區適子；明清時期的學者陸續補充。1928 年章炳麟重加修訂，並為之作了序，稱其為「先舉方名類，次及經史諸子……觀其分別部居，不相雜廁，以較兩人所輯《千字文》，雖字有重複，辭無藻類，其啟人知識過之。」〔註9〕

幼學瓊林：科舉時代的啟蒙教育讀本。清代程允升著。原名《幼學須知》。清嘉慶年間，鄒聖脈增補，改名為《幼學瓊林》，一般簡稱為《幼學》，共四卷。其博採自然、社會、歷史、倫理等方面的各種歷史典故，編為駢語。朗朗上口，十分便於記憶。

朱子家訓：科舉時代的啟蒙教材。別名《朱子治家格言》、《朱柏廬治家格言》，是以家庭倫理道德為主的啟蒙教材。作者為清初朱用純（號柏廬）著。該書的主要內容是勸人勤儉治家，安分守己。該書也用作私塾課本。

聖諭廣訓：該書是清朝政府頒布的用於規範和約束生員思想言行的皇帝訓文。該書在康熙年間頒布，又稱作「聖諭十六條」。到雍正時，又重新頒布，改名為「聖諭廣訓」。其內容主要有以下十六條：一、敦孝悌重人倫；二、篤宗族以昭雍睦；三、和鄉黨以息爭訟；四、重農粟以足衣食；五、尚節儉以惜財用；六、隆學校以端士習；七、黜異端以崇正學；八、講法律以儆頑愚；九、明禮讓以厚風俗；十、務本業以定民志；十一、訓子弟以禁非為；十二、息誣告以全良善；十三、戒窩逃以免株連；十四、完錢糧以省催科；十五、聯保甲以彌盜賊；十六、解仇忿以重生命。從以上條目中我們可以看出政府要求生員以忠孝節義為宗旨。在清朝的科舉考試中，每屆歲科試時生員必須默寫一道；在清朝，每逢節令，地方官員必須對軍民宣講一次，以此來表達重視之情。

二、科舉考試的工具書書目名稱辭彙

切韻：韻書的名稱。作者為隋代陸法言。該書成於隋文帝仁壽元年（601）。共 5 卷，收 1.15 萬字。分為 193 韻：平聲 54 韻，上聲 51 韻，去聲 56 韻，入聲 32 韻。唐代初期十分重視此書，定其為官韻並作為科舉考試指定書目。

〔註9〕章炳麟《復位三字經題辭》。

考生在考場上作詩所用之韻，一切以《切韻》為準。此書是由陸法言執筆，把劉臻、顏之推、盧思道、李若、蕭該、辛德源、薛道衡、魏彥淵此八位著名學者討論商定的審音原則記下來，並成書於隋文帝仁壽元年（公元 601 年）。《切韻》所創造的韻書體例，具有開創性。其為後代韻書所模仿。《切韻》歸納的語音體系，經《廣韻》等後世韻書的增補，一直都是官方所認可的正統字音。《切韻》的原本已經亡佚。現存最完整的增訂本有兩個：一為唐寫本王仁昫《刊謬補缺切韻》；一為北宋陳彭年等編的《大宋重修廣韻》。

廣韻：韻書的名稱。該書全稱《大宋重修廣韻》，共五卷。北宋時期的一部官修韻書。宋真宗大中祥符元年（1008 年），由陳彭年、丘雍等奉旨在前代韻書《切韻》的基礎上編修而成。《廣韻》共收字二萬六千一百九十四個，注文共十九萬一千六百九十二字。所收之字按平、上、去、入分類，平聲因字多分上、下兩卷，上、去、入各一卷。全書分二百零六韻。該書是我國歷史上完整保存且廣為流傳的一部重要的韻書。該書是為增廣《切韻》而成的，其中除了增字加注外，韻部也有增訂。

干祿字書：中國古代的字書之一。唐代科舉考試特別重視考生的文字書寫規範。該書是唐代一本具有規範化性質的字書。顏元孫撰寫，共一卷。此書共整理漢字 804 組，共 1656 字。〔註10〕顏元孫寫《干祿字書》的原因就是能使科舉考試中的文字能夠得以規範和統一，以突出「正字」這一重要概念，所有考生必須依照其書應考，規範其書寫。顏元孫在該書中訂定俗通正三體並在書中指出了各種字體所適用的範圍，即不同場合各有其約定俗成之用字標準，分組整理異體字。這對當時文字的規範，並提倡使用正字有著十分積極地意義。《干祿字書》所收正字皆有憑據，多為後世相傳。〔註11〕

玉篇：中國古代的一部字書。其主要是按漢字形體分部編排。作者是南朝·梁·黃門侍郎兼太學博士顧野王。在唐上元元年（760 年）孫強對其補充增字，在宋大中祥符六年（1013 年）陳彭年、吳銳、丘雍等人對《玉篇》進行過重修。

〔註10〕詳見劉中富，干祿字書字類研究〔M〕，濟南：齊魯書社，2004 年。

〔註11〕在唐代宗大曆九年（774 年），顏元孫之姪顏真卿出任湖州刺史時，書錄《干祿字書》並刻於石上，立於湖州刺史院東廳。由於描摹者甚多，導致了碑石破敗不堪。唐文宗開成四年（839 年），楊漢公認為刻石損壞嚴重，資助顏真卿之姪顏頵依早年拓本重刻。宋高宗紹興壬戌（1142 年）八月，《干祿字書》再度刻石，由潼州府宇文公主持，成都梓學教授勾詠操刀。

所以現存的《大廣益會玉篇》已經不是顧野王的原本。其作為一部字典，《玉篇》與《說文解字》相比改進了很多。第一，先出反切，使讀者見到一個字後就可以知道或瞭解它的讀音；第二，引用《說文》的解釋；第三，盡可能舉例，這是字典的血肉；第四，對例子做必要的解釋；第五，注意到一些一詞多義的現象。《玉篇》主要是說明字義，但其不限於本義，而是把一個字的多種意義都羅列出來。其開創了後代字典的先河，這也是《玉篇》的對後世的價值之所在。

類篇：中國古代的一部字書。其編排體例主要是按部首編排。王洙、胡宿、張次立等人在宋仁宗寶元二年（1039）相繼修纂，但是到了宋英宗治平三年（1066）開始由司馬光進行主持編纂，宋治平四年（1067 年）編寫成功，上貢於朝廷。《類篇》在以前的時候人們一直以為是司馬光編著，但實際上只是由司馬光主持整理成書而已。《類篇》共 15 篇，每篇又各分上、中、下，合為 45 卷。全書共 540 部首，收字 31319 字。其體例是每字下先列反切，後面訓解字義。如果字音和字義不同，就分別指出。書中收了不少唐宋之間所產生的字，為後世文字學家研究文字發展提供了重要的參考資料。

字彙：中國古代的字書名稱。本書共 14 卷。作者是明代的梅膺祚。該書是按照楷體字形把《說文解字》中的部首簡化為 214 部。並用子、丑等地支把該書分為 12 集。部首和各部首中的字按筆劃的多少進行排列。一共收字 33179 字。除了古籍中的常用字外，另外還收集了許多俗字，但是收集的僻字不多。先列反切注音，後直音注音。解釋字義十分地通俗易懂。該書中的偏旁分部檢字法，被後世《康熙字典》等遵循和繼承。因此偏旁分部檢字法成為中國字典或者是詞典的主要編排方式之一。該書在《康熙字典》出來之前也成為明代至清初最為科舉士子們喜歡的一部字典。

正字通：中國古代的字書之一。作者是明末的張自烈。該書共 12 卷，收字超過三萬餘字，並按照十二地支進行排列。部首的選擇與編排方法與梅膺祚《字彙》一樣，都是 214 部。該書收字 33549 字。注解資料豐富詳實，其中大量引用了佛道、醫藥、方技等方面的數據。甚至有的引用奇聞異事。在《四庫全書總目》卷四三《正字通》中對該書有過評價「徵引繁蕪，頗多舛駁。又喜排斥許慎《說文》，尤不免穿鑿附會，非善本也。」該書在《康熙字典》以前被科舉士子們廣泛的使用。書中記錄的方言俗語，對後世的方言學研究有一定的價值。

康熙字典：清朝時期非常出名的一部字典。在清朝康熙年間《康熙字典》是由文華殿大學士兼戶部尚書張玉書和經筵講官、文淵閣大學士兼吏部尚書陳廷敬授康熙之命擔任主編召集人才進行編纂的。該是主要是參考了明代的《字彙》、《正字通》兩書，該書在康熙五十五年（1716 年）成書。該書是一部非常詳細的解釋漢語漢字的字典。《康熙字典》的優點主要有以下幾點：第一，收字相當豐富。第二，用二百一十四個部首分類，用反切注音，釋義舉例時要標明出處等。每一個字的不同讀音和不同字義在該書中都羅列的很清楚，應用者可以十分方便地進行查詢。第三，幾乎在每字的字義下面，都舉出與該字字義相同的字義。這些例子幾乎都是引用古書。

三、武舉考試書目名稱辭彙

七書：武科考試的七本書目。北宋武科科舉考試的武學教材名稱和考試書目名目。七書分別指的是《孫子》、《吳子》、《六韜》、《司馬法》、《黃石三略》、《尉繚子》、《李衛公問對》等七部兵書的名稱。宋朝從熙寧五年（1072 年）開始設置武學，就用七書作為科舉考試的教材和考試內容。以後雖然有增減，但是基本上都是在七書的範圍之內。在南宋建炎三年（1129 年），就明文規定武舉別場附試必須要考七書。

孫子：武科科舉考試的「武經七書」之一。中國古代著名兵書之一。全稱為《孫子兵法》。別名為《孫武兵法》、《吳孫子兵法》、《孫子兵書》、《孫武兵書》等。該書共十三篇，分為上卷、中卷、下卷，分別介紹了古代的軍事思想。該書內容博大精深，思想精邃富贍，邏輯縝密嚴謹。該書是中國古典軍事文化中的精品之作。該書是世界三大兵書之一〔註 12〕。該書歷來備受到推崇，後代研習者很多。

吳子：武科科舉考試的「武經七書」之一。中國古代著名兵書之一。全稱為《吳子兵法》。該書是我國古代優秀的兵書之一。該書所反映軍事理論和思想都是一個時代智慧的結晶。該書的主導思想是把政治和軍事緊密結合起來，即內修文德，外治武備〔註 13〕。該書中表現出對戰爭的敬畏的態度，即對戰爭要謹慎，不在萬不得已的情況下，不要窮兵黷武。

〔註12〕另外兩部是：《戰爭論》（克勞塞維茨），《五輪書》（宮本武藏）。
〔註13〕《續古逸叢書》影宋本。以下幾句帶引號的話都是出自此書。

　　六韜：武科科舉考試的「武經七書」之一。中國古代著名兵書之一。別名《太公六韜》、《太公兵法》、《素書》。全書以語錄體的形式編撰而成。該書中的軍事思想集中體現了先秦軍事思想特色，是先秦軍事思想的沉積之作。該書對後代的軍事書籍中的思想產生了很大的影響。史學家司馬遷曾在《史記・齊太公世家》中稱《六韜》為：「後世之言兵及周之陰權。皆宗太公為本謀。」在北宋神宗元豐年間就被列為「武經七書」之一，為武學和武舉中考取功名的必讀之書。

　　司馬法：武科科舉考試的「武經七書」之一。我國古代著名的兵書之一。《司馬法》到現在並不是一本全本，僅僅剩下五篇。從剩下的五篇殘篇中，我們還是可以看出其內容是記載了從周朝到戰國時期的一些軍事思想和作戰的方法原則。這剩餘的五篇，對於我們研究當時的軍事思想還是意義重大的。《司馬法》很早就被作為軍事教材，來考選和培養國家的軍事人才。在漢武帝時，就用該書來選取軍事人才〔註14〕史學家司馬遷在《史記》中稱《司馬法》為「閎廓深遠，雖三代征伐，未能竟其義，如其文也。」〔註15〕宋代十分重視此書，把該書作為「武經七書」之一，及將其作為武科的必讀書目之一。

　　黃石三略：武科科舉考試的「武經七書」之一。中國古代的著名兵書之一。簡稱《三略》。該書的主要內容是闡明政治策略和治國用兵之間的道理並闡述了戰爭的策略。該書分上略、中略、下略3個部分，共3800餘字。北宋神宗元豐年間被選為《武經七書》之一，成為科舉考試的書目之一。該書側重於探討戰略問題。同時，該書也吸取了其他兵書的思想來豐富完善自己。

　　尉繚子：「武經七書」之一。中國古代著名的兵書之一。北宋神宗元豐年間被選為《武經七書》之一，成為科舉考試的書目之一。該書共分五卷。在第一卷中主要是闡述了政治經濟與軍事的關係，攻城作戰的原則等。在第二卷中闡述了述戰爭的性質和作用以及守城的原則等。在第三卷中闡述了軍隊作戰的原則、紀律以及獎懲等內容。在第四卷中闡述了戰場上的軍隊紀律、編組及行軍序列等。在第五卷中闡述了軍隊的訓練和取勝方法等。

　　李衛公問對：武科科舉考試的「武經七書」之一。中國古代的著名兵書之一。北宋神宗元豐年間被選為《武經七書》之一，成為科舉考試的書目之一。

〔註14〕見苟悅《申鑒・時事篇》。
〔註15〕見《史記・司馬穰苴列傳》。

別名《唐太宗李衛公問對》、《李靖問對》、《唐李問對》、《問對》。該書的體例是語錄體。其內容主要是記載了唐太宗李世民與李靖討論軍事問題的言論。從現存的版本看，本書共三卷，分為上、中、下三部分，字數在一萬餘字。該書的主要內容有：第一，闡述了掌握戰場上要掌握主動權，要在戰場上牽制敵人而不是被敵人牽制。第二，闡述「奇正」〔註16〕的軍事思想思想。

第三節　與科舉相關的其他辭彙

科舉考試制度在中國人的文化生活中，影響是深遠的，科舉辭彙也異常豐富。除去上面一些關於科舉本身的專名、專業辭彙外，還有一些辭彙與科舉考試緊密相連。它們或是對一些科舉名詞術語的不同稱謂或是從科舉中演變而來的成語典故。總之，它們與科舉有著千絲萬縷的關係。

一、與科舉相關詞語的別稱與俗稱

攀桂：攀，牽挽，抓牢之意。桂，指桂樹。在此取其諧音。即「桂」與「貴」諧音。「攀桂」就是抓牢貴即科舉考試考中之意。又稱為折桂。考中舉人就稱作折桂。因為「桂」與「貴」同音，考中舉人就有了出身，就與平常人有了距離，平常人要稱呼為「老爺」，這就成了「貴人」了。科舉鄉試例在八月舉行，正當桂花飄香之時，所以考中的舉人就雅稱為「攀桂」。有時也指鄉試或參加鄉試之意。

相公：在古代稱宰相為相公。顧炎武《日知錄》卷二十四：「前代拜相者必封公，故稱之曰相公。」明清時，民間對秀才及一般讀書人和富家子弟的尊稱。

桂榜：明清考試定於秋天舉行，發榜之日正是桂花開放的季節，所以鄉試中式者的榜就稱之為桂榜。

杏榜：科舉考試中會試揭曉榜之別稱。明清會試例於春三月舉行，發榜之時正值杏花怒放之際，故有此稱。

甲榜：科舉考試中考中進士的別稱，又稱兩榜。榜為考試後揭曉錄取名次的公告，甲榜即會試中考取進士的公告，以舉人、進士各為一榜，合而言之兩榜。

〔註16〕古代兵書上的兵法術語。古代戰爭中以對陣交鋒為正，設伏掩襲等為奇。《孫子·勢》：「三軍之眾，可使必受敵而無敗者，奇正是也。」

乙榜：科舉考試中考中舉人的別稱。又稱一榜。榜為考試後揭曉錄取名次的公告，乙榜即鄉試中考取舉人的公告。乙與甲相對而言，故舉人稱為乙榜。

會魁：科舉時代會試第一名的別稱。意即會試的魁首。也稱作五經魁。明清時期的科舉制度規定考生於五經試題裏各認考一經。錄取時，取各經之第一名合為前五名，稱五經魁〔註17〕。明·馮夢龍《警世通言·鈍秀才一朝交泰》：「來春又中了第十名會魁，殿試二甲，考選庶吉士。」

大魁：科舉時代殿試第一名，即狀元的別稱。

殿元：即狀元。又稱為鼎元。殿試第一名之意。

殿撰：狀元的別稱之一。明清進士一甲第一名，因狀元授翰林院修撰。因此稱狀元為殿撰。又，宋代翰林院有集賢殿修撰，掌修國史，簡稱殿撰。

天生仙：翰林院的別稱。進士考試中一甲三人皆授翰林官，其職位清閒，優游自在，俗稱天生仙，又稱玉仙。

未第：科舉考試沒有考中的意思。又稱下第、落第、落榜。

落第：科舉考試不中式，沒考過，就稱為「落第」。又稱不第、下第、未第、落榜等。

不第：科舉考試不中稱不第，即不中式之意。又稱下第、未第、落第、落榜等。

玉堂仙：又稱天生仙。明清時期對翰林官的雅稱。漢時待詔於玉堂殿。唐時待詔於翰林院。宋以後遂以玉堂殿為翰林院的別稱。且民間慣以玉堂為神仙所居住之處，翰林官員職位清閒，悠閒自在，令人羨慕，因有此稱。

省魁：唐宋科舉考試省試第一名，即省元。相當於明清會試的會元、會魁。宋時中省魁者，殿試時有升甲恩例。宋·俞文豹《吹劍四錄》：「紹興戊辰，王佐為狀元；慶元丙辰諒陰榜，莫子純以省魁為狀元，皆越人。」

采芹：明清新秀才進入府州縣學學習的別稱。因《詩·魯頌·泮水》有「思樂泮水，博采其芹」毛傳：「泮水，泮宮之水也。」鄭玄箋：「芹，水菜也。」古時學宮有泮水，入學則可採水中之芹以為菜，故稱入學為「采芹」、「入泮」。後亦指考中秀才，成了縣學生員。清·鈕琇《觚賸續編·紅娘子》：「發其緘，寒暄外，唯惓惓問紅娘子無恙，且言紅有假子，頗能文，已令采芹於泮否？」

〔註17〕因分房關係，實際不止五名。

大考：清代科舉考試後的一種制度。翰林出身，翰林院侍讀學士以下，每十年左右，要集中考試，不得迴避請假，謂之大考。乾隆後規定，考試結果分四等：一等超擢，往往由七品超昇四品；二等酌量升階或遇缺提奏；三等降級錄用或罰俸；四等降調，休致。大考有時也作鄉試的別稱。

文闈：科舉考試中文科鄉試、會試的別稱。相對武闈而言。

不可：明清時期對狀元的稱呼，不可的意義即是難以企及。

登科：又稱「登第」，指科舉時代考中進士。王任裕《開元天寶遺事·泥金帖子》：「新進士才及第，以泥金書帖子，附家書中，用報登科之喜。」隋唐科舉考試發榜又分甲乙等科，故稱。又特指進士及第。

棘闈：指科舉時代的考場。唐、五代試士，以棘圍試院以防弊端，故稱。明清貢院的別稱。因為貢院的四周圍牆，遍插荊棘，所以得此稱謂。清·鈕琇《觚剩·洪廟神夢》：「謂掇科第如拾芥，而久困棘圍，年將四十，始舉於鄉。」

登龍門：唐進士登科的俗稱。進士科仕途最優。大者登臺閣，小者任郡縣，最為士人所重，故有些俗稱喻其難而榮耀。李白《與韓荊州書》：「一登龍門，則聲譽十倍」，後世也稱會試中式為登龍門。

坐紅椅子：清代科舉考試在知縣的主持下進行四場或五場的考試，考試完畢，將全部被錄取的考生姓名，依名次橫向排列書寫，在最後一名之下用朱筆劃一鉤，以示截止。故對最後一名戲稱「坐紅椅子」。

文宗：本義為廣受景仰的文人，如一代文宗、海內文宗等。明清時是對各省學政的尊稱，有時也稱考官為文案。

文科：也稱文舉。即以選拔文官為主要目標的科舉考試。文科是相對武科而言的。專以經學、詩文考試取士。清康熙時，通融文武兩科，即文舉人可以試武場，武舉人可以試文場，中式者注入新冊，但未付諸實施。有時也用來稱呼鄉試中式的舉人。

大比：實行科舉考試以後對科舉考試的泛稱。明清時多指鄉試。明清的科舉每三年舉行一次，鄉試（省試）的定義每逢子午卯酉的年份，此稱作大比之年。

大場：鄉試考場的俗稱，有時也作鄉試的代稱。

大爺：清代對舉人、貢生等的一種尊稱。

大金榜：科舉考試後揭曉名次的排行榜。清科舉考試中的殿試後由中書四人填寫中式考生名次，榜用黃紙裱成。分大小兩種。大金榜由內閣學士在乾清門蓋「皇帝之寶」印後，於傳臚日張掛。

折桂：又稱攀桂，對考中舉人稱號的雅稱。折：摘取；桂：桂樹。因桂樹葉碧綠油潤，我國古代把奪冠登科比喻成折桂。元明清科舉鄉試都是在秋天八月舉行。此時，正是桂花飄香的季節。因此，考中舉人就稱作折桂。因為「桂」與「貴」同音，考中舉人就有了出身，就與平常人有了距離，平常人要稱呼為「老爺」，這就成了「貴人」了。「折桂」一詞源於《晉書‧郤詵傳》：「武帝於東堂會送，問詵曰：『卿自以為何如』詵對曰：『臣舉賢良對策，為天下第一，猶桂林之一枝，崑山之片玉。』」後因以「折桂」謂科舉及第。

二、與科舉相關的典故性詞語

（一）一般典故性科舉詞語

四科：孔子評論人物時，對人物的分類。《論語先進》：「德行，顏淵、閔子騫、冉伯牛、仲弓；言語，宰我、子貢；政事，冉有、季路；文學，子游、子夏。」隋時，崔頤著《八代四科志》即以四科為人物分類，因此，後世有四科之稱。

桂林杏園：其為對鄉試、會試的比喻。鄉試例於八月舉行，正值桂花飄香，考中者稱為攀桂或折桂，會試例於三月舉行，正值杏花怒放的時候，所以考中者稱為探杏。

探花使：也稱探花郎。唐進士科發榜後，及第者宴於杏園，選取少年英俊者二人為探花使，與同年及第進士遍遊名園，折取名花。若他人先得，此二人會受罰。故杏園宴也稱為探花宴。

七十二賢榜：即金初真定進士榜。太宗天會五年（1127 年）八月，以河北、河東郡縣職員多缺，下詔開貢取士以安新民。以遼降官侍中劉霄為考官，拘真定境內進士在安國寺考試，策題為「宋上皇無道，少帝失信」。除宋進士儲承亮拒絕應試外，其餘七十二賢人皆放第，第一名許授郎官。

奎星閣：「奎星」俗稱作魁星。原為中國古代天文學家中二十八星宿之一。其是中國古代神話中的神。有「奎主文章」之說，為士人所崇祀。後世於是建魁星閣以示崇敬，並供士子進行禮拜。一般縣以上者治所均建有此閣。

豎旗杆：明清科舉考試俗規。明清貢生、舉人、進士有權在家門前、宗祠前豎旗杆以示榮耀。

野翰林：野，粗野，不合禮儀。野翰林指的就是未經過或者朝廷開恩授予的翰林官。清朝康熙、乾隆年間為拉攏知識分子，緩和民族對立情緒，曾開設了「博學宏詞科」，及第者待遇甚高。有些可直接充任翰林官，引起士人的嫉妒和輕視，稱之為「野翰林」。意思是非由進士正途所得的翰林官。

定名筆：唐朝有些投機商人，揣摩應試舉人的心理，製作所謂的「定名筆」，高價出售給考生，聲稱使用此筆，就有中式的希望。應試者為圖吉利，往往就會購買。

謝筆錢：唐朝有些投機的商人在出售所謂的「定名筆」時，記下應試者的姓名、住址，待進士榜揭曉後，如購筆者名列其中，即登門討取「謝筆錢」，意思是「定名筆」給應試者帶來好運。

魁星：原名奎星，為二十八星宿之一的奎宿。又說為北斗七星中的第一顆星或說北斗七星的前四顆斗星。古人認為奎星主管文章，並尊為神，並為之建閣塑像。魁又表示第一。科舉中式，就稱作中魁。古代學校供奉奎星，學子按時祭祀，祈求文運亨通。

魁星舞：科舉時代，在鹿鳴宴上表演的一種舞蹈。魁星是「奎星」的俗稱。其為古神話當中的神，主宰文章興衰和文人的命運，所以為士人、文人所崇敬並祭祀。

束脩（shù xiū）：束在《說文解字》：「束，縛也。」「修」在《說文解字》中的解釋為：「乾肉也。」束脩的字面意思就是綁在一起的肉乾。在古代這種東西從孔子開始就成為教學的酬金或者說是上學的學費。據考證大約是十條肉乾。古代學生和老師初見面時，必先贈送禮物，表示敬意，名曰「束脩」。早在孔子的時代就已經實行，唐代學校中仍採用束脩之禮，並由國家明確規定，不過禮物的輕重，隨學校的性質而有所差別。教師在接受此項禮物時，還須奉行相應的禮節。表明學生對老師的尊敬。

曹鼐不可：明朝科舉考試中的典故。明宣宗時期，曹鼐〔註18〕在江西泰和縣

〔註18〕曹鼐，生卒：1402 年～1449 年，字萬鍾，諡文忠。明朝北平承宣布政使司真定府寧晉縣（今河北省邢臺市寧晉縣東王里村）人。明朝政治家，正統年間內閣首輔。明宣宗宣德八年（1433）癸丑科狀元，初授修撰，累官至吏部左侍郎兼翰林學士。

任典史，面對女色不為所動，大書「曹鼐不可」四字。明宣德八年（1433 年）參加殿試時，文思不暢，突然飄來一張紙，上面大書：「曹鼐不可」四個大字。「不可」為狀元的代名詞，其為考取狀元，難以企及。曹鼐見紙後文思泉湧，一揮而就，成為本科狀元。

叢桂蟾窟：叢，眾多之意。也指叢生的樹木。叢桂指的就是桂樹很多，桂樹叢生。蟾窟：指的是蟾宮，即月亮、月宮，神話月中有蟾蜍，故用「蟾蜍」或「蟾」代表月亮。此四字的寓意就是蟾宮折桂，人才輩出。唐以來稱科舉考試考中為蟾宮折桂。金朝渾源（今山西渾源縣），劉氏家族的美稱。自太宗天會元年（1123 年），詞賦狀元劉撝以來，其子劉誧、劉汲、劉潛。其孫劉仞、劉似、劉儼與曾孫劉從益先後八人及第。劉儼求趙秉文為書：「八桂堂」，趙秉文稱：「君家豈止八桂而已耶？」乃為書「叢桂蟾窟」四字。

足登青樓：青樓，古代妓院的代稱。唐代科進士金榜題名後，縱情歡樂，紛紛至長安平康里縱酒狎妓，流連風月，甚至放縱奢靡。宋代也繼承了這種風俗。徐遯詩：「平康過盡無人問，留得宮花醒後看。」〔註 19〕

龍虎榜：唐貞元八年（792 年），歐陽詹、韓愈、李觀、李絳、崔群、王涯、馮宿、庾承宣等應進十科，同榜及第，皆俊傑之士，時稱龍虎榜。金衛紹王崇慶二年（1212 年），科舉取士得人，有康錫、雷淵、宋九喜、冀禹錫等名士。時人比之唐朝的龍虎榜。後以稱一時名士同登榜為龍虎榜。

文昌星：即文曲星，星座名。共六星，在斗魁之前，形成半月形狀。後被神話，漢代時人們就認為其能主宰文運科名。晉代四川梓潼縣官員張惡子為國戰死，該地立廟祭祀他。唐代時，唐玄宗、唐僖宗避亂於蜀，常得「梓潼帝顯靈保祐」，遂不斷加封，成為了文昌帝君。元代延祐三年（1316 年），被封為「輔元開化文昌司祿宏仁帝君」，成科舉者頂禮膜拜的神靈。清・袁枚《續新齊諧・牟尼泥》：「生死隸束嶽，功名隸文昌。」

芳林十哲：指唐懿宗咸通年間，靠巴結宦官而取得功名的十個朋頭〔註 20〕。芳林是唐朝皇宮中，通往內宮之門的門名。時人以此諷刺其趨利棄義。「十哲」中的秦韜玉多次考試不中，就因結識宦官田令孜，未經考試即被賜予進士。

正統十一年七月至十四年八月（1446 年～1449 年）任當朝首輔。
〔註 19〕張邦基《墨莊漫錄》卷九。
〔註 20〕即中國古代社會中朋黨的首領。

大雁塔：又稱慈恩寺塔。位於今陝西省西安市慈恩寺內。佛教有菩薩化身為雁，捨身布施的故事，因此名塔。唐貞觀二年（648年）太子李治（唐高宗）為追念母文德皇后而建寺。玄奘曾經在此譯經。永徽三年（652年）為藏經請建塔，並親自設計督造。唐五代數次修整，後唐長興年間修繕後遺存至今。後進士及第有雁塔題名盛會。後亦作進士的代稱。

五老榜：唐朝天復元年（901年）曹松，王希羽、劉象、柯崇、鄭希顏等五人同榜及第，年皆逾六十，時稱「五老榜」。五代・王定保《唐摭言・放老》：「（唐）天復元年，杜德祥牓放曹松、王希羽、劉象、柯崇、鄭希顏等及第……松、希羽甲子皆七十餘。象，京兆人；崇、希顏，閩中人；皆以詩卷及第，亦皆年逾耳順矣。時謂五老榜。」

（二）與科舉相關的典故性成語辭彙

金榜題名：金榜，原指金字或金漆製作的匾額。較為華貴，後專指科舉考試殿試後揭曉名次的榜。後專指科舉考試揭曉之榜。題名：寫上名字。指科舉得中。金榜題名意即考中進士。

朱衣暗點：又稱作朱衣點頭。其義就是指被主考官欣賞看重。典故出自明・陳耀文《天中記》卷三十八引《侯鯖錄》：「歐陽修知貢舉日，每遇考試卷，坐後常覺一朱衣人時復點頭，然後其文入格。……因語其事於同列，為之三歎。嘗有句云：『唯願朱衣一點頭。』」宋朝的大文學家歐陽修，十分重視培養後進，曾擔任過翰林學士。傳說，歐陽修任翰林學士、主持貢院舉試時，每次拿起朱筆批閱考卷，總覺得有一個穿著朱色服裝的人站在他後面，嚴肅地注視著他手中的朱筆。起初，歐陽修以為是侍從站在他身後，但回頭看時，又無一人。這朱衣人頭一點，他批閱著的文章便是合格的；否則，就不合格。因此，歐陽修覺得非常奇怪。後來，歐陽修把這件事告訴給同僚，同僚們無不感到驚異。朱衣人在歐陽修身後點頭的這件事傳開後，那些參加考試的人，心裏常常暗暗禱念：「唯願朱衣一點頭」就是希望自己的考卷合格，被錄取。

竇氏五龍：五代時期，有一個叫竇禹鈞〔註21〕的人。他有五個兒子，家教十

〔註21〕竇燕山，因他居住在燕山，故稱竇燕山。竇燕山出身於富庶的商人家庭。但他最初為人心術不正，以勢壓人。貧民百姓痛恨他的為富不仁，卻沒有力量主持公道。竇燕山昧良心、滅天理的行為激怒了上天，他三十歲了還膝下無子。在一個夜晚，他做夢。夢到他去世的父親對他說：「你心術不好。品行不端，惡名已經被天帝知道。以後你命中無子，並且短壽。你要趕快悔過從善，大積陰德，廣行方便於勞苦大眾，

分嚴格。竇禹鈞建造書房四十餘間，買書數千卷，聘請文學之士為師授業。四方有志學者，聽到後，就來為其五個兒子上課。五個兒子聰穎早慧，文行並優，均先後中進士。時人贊為「竇氏五龍」，又稱燕山五龍。

五子登科：與竇氏五龍一樣，出自同一典故。典故出自《宋史·竇儀傳》。其中記載宋代的竇燕山教子有方，他的五個兒子在科舉考試中都高中。後來被人們稱謂「五子登科」〔註22〕。後來人們一般用五子登科的故事來形容教子有方，兒女有出息的事情。

沆瀣一氣（hàng xiè yī qì）：沆瀣，連綿詞。北方夜半的之氣。沆瀣一氣在現代的意義是比喻臭味相投的人結合在一起。出自宋·錢易《南部新書·戊集》：「又乾符二年，崔沆放崔瀣，譚者稱座主門生，沆瀣一氣。」〔註23〕在此「沆瀣」指的就是唐時的崔沆、崔瀣。唐科舉考試中，考官崔沆錄取了一名叫崔瀣的考生，

才能挽回天意、改過呈祥。」竇燕山醒來，歷歷在目，於是決定重新做人。有一天，竇燕山路宿客棧，偶然撿到一袋銀子。他為了能讓銀子物歸原主，在客棧等了一天，終於等到了失主，將銀子完璧歸趙。失主感激萬分，要以部分銀子相贈，他卻堅持分文不收。他家鄉有不少窮人，娶不起媳婦，女兒因為沒有錢買嫁妝而嫁不出去，竇燕山就把自己的銀兩送給他們幫助他們。竇燕山還在家鄉設立學堂，請有學問的老師來教課。把附近因貧窮而不能上學的孩子招來免費上學。竇燕山如此周濟貧寒，克己禮人，因此隨之積了大陰德。此後一個晚上，竇燕山又夢見自己的父親。老人告訴他：「你現在陰功浩大，美名遠揚，天帝已經知道了。以後你會有五個兒子，個個能金榜提名，你自己也能活到八、九十歲。」當他醒來，發現也是一個夢。但從此更加修身養性，廣做善事，毫不怠慢。後來，他果然有五個兒子。由於自己重禮儀、德行好，且教子有方、家庭和睦，竇家終於發達。

〔註22〕 五代後周時期，燕山府有個叫竇禹鈞的人，記取祖訓，教導兒子們仰慕聖賢，刻苦學習，為人處世，不愧不作。結果，他的五個兒子都品學兼優，先後登科及第。長子名儀，任禮部尚書；次子名儼，任禮部侍郎，兩個人均被任命為翰林院學士。三子名侃，任補闕；四子名偁，任諫議大夫；五子名僖，任起居郎。竇禹鈞本人也享受八十二歲高壽，無疾而終。《三字經》也以「竇燕山，有義方，教五子，名俱揚」的句子，歌頌此事；又逐漸演化為「五子登科」的吉祥圖案，寄託了一般人家期望子弟都能像竇家五子那樣連袂獲取功名。

〔註23〕 隋唐時，讀書人要做官，都要經過科舉考試。唐僖宗當政期間，在京城長安舉行了一次考試，各地已經取得　定資格的讀書人，來到長安應考。在眾多的考生中，有個叫崔瀣的很有才學，考下來自己感覺也不錯，就等著發榜了。主持這次考試的官員名崔沆。他批閱到崔瀣的卷子，越看越覺得好，就把他錄取了。發榜那天，崔瀣見自己榜上有名，非常高興。按照當時的習俗，考試及第的人，都算是主考官的門生，而主考官就是考試及第的人的座主，大家都尊稱他為恩師。發榜後，門生要去拜訪恩師。崔瀣自然也不例外。崔沆作為座主，見到崔瀣這位與自己同姓的門生；顯得格外高興。也真是巧合，「沆」「瀣」二字合起來是一個詞。表示夜間的水氣、霧露、於是，愛湊趣的人把這兩個字合在一起編成兩句話：「座主門生，沆瀣一氣。」意思是，他們師生兩人像是夜間的水氣、霧露連在一起。

有人嘲笑並認為座主和門生，沆瀣一氣。後比喻意趣投合的人勾結在一起。

連中三元：指的是接連在鄉試、會試、殿試中獲得第一名。在古代的科舉考試中稱鄉試、會試、殿試的第一名為解元、會元、狀元，合稱三元。明・凌蒙初《二刻拍案驚奇》卷一：「（王曾）後來連中三元，官封沂國公。」

獨佔鰲頭（dú zhàn áo tóu）：科舉時代，力壓群雄考中狀元就被稱作獨佔鰲頭。皇宮殿前石階上刻有巨鰲，據說只有考中狀元時才能夠踏上巨鰲，站在此來迎榜。後來比喻占首位或第一名。元・無名氏《元曲選・陳州糶米》：「殿前獸獻升平策，獨佔鰲頭第一名。」清・洪亮吉《北江詩話》卷三：「又俗語謂狀元獨佔鰲頭，語非盡無稽。臚傳畢，贊禮官引東班狀元、西班榜眼二人，前趨至殿陛下，迎殿試榜。抵陛，則狀元稍前，進立中陛石上，石正中鐫升龍及巨鰲蓋警蹕出入所由，即古所謂螭頭矣。俗語所本以此。」

名落孫山：指的是指科舉考試中沒有錄取。在現代社會中指的是在考試或選拔中沒有錄取。出自宋・范公偁《過庭錄》：「吳人孫山，滑稽才子也。赴舉他郡，鄉人託以子偕往。鄉人子失意，山綴榜末，先歸。鄉人問其子得失，山曰：『解名盡處是孫山，賢郎更在孫山外。』」〔註24〕

三、與科舉相關的其他辭彙

朋：朋，本義為古代貨幣單位。在古代大約五貝為一朋。有的也說五貝為一系，兩系為一朋。後引申為結黨，朋黨之意。原為唐代戲劇表演的一種名稱。在科舉考試中，各地鄉貢舉人組織集團，稱為朋，進行場外活動，拉攏權貴宦官，以影響知貢舉官的錄取。中堂後漸成風氣，各地考生結為幫派，由朋頭打通關節，投靠豪門。使得科場風氣敗壞。

朋友：《周禮・地官・大司徒》「五曰聯朋友」鄭玄注：「同師曰朋，同志曰友。」明朝有科名的人對儒學生員的稱呼。《儒林外史》第二回：「原來明朝士大夫稱儒學生員叫做朋友，稱童生是小友。」此外還指幕友。明・凌蒙初《二刻拍案驚奇》：「我那裡左右要請朋友，你就可以揀一個合式的事情，代我辦辦。」朋友之意在現在已經引申了除情人或親屬之外彼此有交情的人。清・劉

〔註24〕其意思為：宋朝有一個叫孫山的滑稽才子。孫山去省城參加科舉，同鄉人託付兒子與孫山一同前往。同鄉人的兒子未中，孫山的名字雖然被列在榜文的倒數第一名，但仍然是榜上有名，孫山先回到家裏。同鄉便來問他兒子有沒有考取。孫山說：「解名盡處是孫山，賢郎更在孫山以外。」即未考中之意。

開《孟塗文集》:「朋友之交,至於勸善規過足矣……。」

朋頭:唐朝時期的科舉考試的試卷是不糊名,且盛行通榜公薦。鄉貢舉人為提高知名度,除四處奔走外拜謁行卷外,還交朋結友,拉幫結派,形成「朋」或稱「棚」,並推選有聲望,能與權貴拉關係者為朋頭。其作用是打通關節,爭取權貴垂青,為本「朋」鄉貢舉人造輿論,對考官施加影響,撈取好處。其使得科場風氣大壞。

小友:明清時期有科名者,對未有功名的童生的稱呼。而對有功名的儒學生員則稱之為朋友。

文廟:即孔廟,又稱夫子廟。唐開元年二十七年(739年)封孔子為文宣王。因稱孔子廟為文宣王廟,宋景祐元年於南京文廟舊址建夫子廟。元大德年間在北京建孔廟。明以後多稱文廟。舊時縣以上的治所多有文廟,並於每年春、秋二季舉行丁祭。

元燈:明清時八股文家認為,科舉考試者能否考中高第,可由文章預決。如其文章具有足以承前啟後的規範,即可中高第。此規範即謂之元燈。也指宗派,淵源。清·吳敬梓《儒林外史》第十八回:「文章是代聖賢立言,有個一定的規矩……洪永有洪永的法則,成弘有成弘的法則,都是一脈流傳,有個元燈。」

金花帖子:又稱「泥金帖子」,亦稱「金花」。即唐宋以來科舉考試登第者的榜帖。宋承唐制,知舉用黃花箋,約長五寸,寬二寸半,書中式人姓名,花押天下,外套大帖,復書姓名與貼面,稱榜帖。唱名發榜時制實行後,此法遂被廢除。宋·趙彥衛《雲麓漫鈔》卷二:「國初,循唐制,進士登第者,主文以黃花箋,長五寸許,闊半之,書其姓名,花押其下,護以大帖,又書姓名於帖面,而謂之牓帖,當時稱為金花帖子。」

金花榜子:榜子:名帖,名片。宋·無名氏《張協狀元》戲文第三五齣:「狀元萬福!且息怒,奴家不具榜子參賀。」清·俞樾《茶香室續鈔·宋人書帖猶用竹簡》:「紹興初,百官相見,用榜子,直書銜及姓名,今手本式是也。」金花榜子是宋朝的一種榜帖,仿唐金花帖子式樣,以木製成,高一尺半,寬六寸,綠地金花緣邊,解試揭榜,考官書合格人姓名、鄉貫、三代姓名於其上,由報榜人向合格的考生報捷,作為中式及第的通知。

藍榜:明清鄉試共試三場,考生溫卷如不和程序,或有損污,即被取消次

一場考試資格。宣布此中處分的名單，用藍筆書寫，稱藍榜或藍單。

文會：文士飲酒賦詩或切磋學問的聚會。南朝·梁·劉勰《文心雕龍·時序》：「逮明帝秉哲，雅好文會。」科舉時代，地方儒學生員（秀才）為準備參加鄉試，自動組織起來研習、討論八股文的一種集會。文會中所寫文章稱「會文」。後來指文人結合的團體。鄭觀應《盛世危言·學校》：「更有文會、夜學、印書會、新聞館，別有大書院九處。」

文柄：科舉時期以文章取士的權柄。清·趙翼《胡豫堂視學江南相見話舊》詩：「迴翔散地無營競，十年偏屢持文柄。」「執文柄」積極執掌以文取士的權柄。評定文章的權威。清·王士禛《古詩選·五言詩凡例》：「固知此道真賞，論定不誣，非可以東陽（沈約）、零陵（范雲），身參佐命，遂堪劫持一代文柄也。」

文衡：科舉時期以文章試士的權衡取捨，即判定文章高下以取士的權力。「掌文衡」即掌據以文取士的權衡取捨的權力，意即主考官。宋·洪邁《容齋五筆·門生門下見門生》：「裴歡宴永日，書一絕云：宦途最重是文衡，天與愚夫作盛名，三主禮闈今八十，門生門下見門生。」此外文衡還指古代車轅前端雕花的橫木。《詩·小雅·采芑》：「約軧錯衡」毛傳：「錯衡，文衡也。」

文字不便：科舉考試時，如果考題中有與父、祖父名字相同的字，即不能答卷，名之曰：「文字不便」。應試者尚須託病請假迴避。

正途：科舉時代官吏出身有正途與異途之分。進士、舉人出身者稱之科甲，與恩貢、歲貢、拔貢、副貢、優貢、廕生出身而入仕者，稱之為正途。因其均要經過各種考選。不經過考試選拔而援例以捐納取得監生資格的例監、例貢及經保舉的議敘取得官者，則謂之異途或雜途出身。

二相廟：二相，指孔子學生子游、子夏，二人官運較好，被後世儒生奉為神明，稱之為相，並立廟祭祀。宋朝科考時，求聖賢神靈保祐之風盛行，應禮部試者，考前均去二相廟焚香跪拜，祈求保祐。

丁祭：古代祭日用干支，逢丁之日稱「丁日」。每年春秋兩次祭祀孔子之日例在丁日，因稱「丁祭」。

公交車：猶官車。漢代開始用公家的車馬接送進京應舉之人。以後被歷代相沿用。舉人入京應會試，均可乘用官車。因稱舉人應會試為赴公交車。在漢代是一種官署名。《後漢書·張衡傳》：「安帝雅聞衡善術學，公交車特徵拜郎中，

再遷我太史令。」

　　團案：科舉時代縣試初試合格者的名單排寫成圓圈，以示不分次第，叫團案。復試正式入選的，名單按名次先後排列，叫長案。清・吳敬梓《儒林外史》第十六回：「匡超人買卷子去應考。考過了，發出團案來，取了。」

　　長案：明清時期童生試考中秀才的名單均按名次排為一列，稱長案。與團案相對而言。清・吳敬梓《儒林外史》第十六回：「復試過兩次，出了長案，竟取了第一名案首，報到鄉里去。」

　　孔目：原指檔案目錄，後即把做管理文書的官吏稱之為孔目。明清翰林院設置此職位，專掌文移。明初為正八品，洪武十四年（1381 年）改為未入流，定額一人。清朝沿用了明朝的制度，但略微有改動，即改為滿漢各一人，滿族官員為從九品，漢族官員為未入流。

　　田假：唐代學校中的一種假期，於每年五月放假十五天，供返籍省親或做農務。住二百里以外者，另給路程假。逾期不歸者將受處分。

　　犯諱：指考生作答試卷上犯的一種錯誤名稱。如試卷行文中使用了當今皇帝以及先帝、孔子等名字相同的字眼，則不予批閱，甚至治罪。

　　襴衫：古代士人之服。因其於衫下施橫襴為裳，故稱。其制始於北周，後世沿襲，明清時為秀才舉人的公服。《說郛》卷十引後蜀馬鑒《續事始・襴衫》：「唐馬周上議曰：『臣尋究《禮經》無衫服之文，三代以布為深衣。今請於深衣之下添襴及裙名曰襴衫，以為上士之服，其開袴者名曰舒袴衫，庶人服之。』詔從之。今之公服蓋取襴衫之制。」《宋史・輿服志五》：「襴衫，以白細布為之，圓領大袖，下施橫襴為裳，腰間有辟積。進士及國子生、州縣生服之。」

　　青衫：清道光年間規定新中第的舉人，必須穿著青衫進行朝見。不能穿襴衫，這是為了與歲貢生及考試不第送國子監者區別開來，因為這些人仍然要穿襴衫。

　　臥碑文：科舉時代，最高統治者為各級學校制定的校規禁例。明朝洪武十五年（1382 年），明太祖朱元璋害怕生員不學習而荒廢學業，就頒布禁例八條，於全國各級學校，並刻勒「臥碑」置於明倫堂之左。令師生務必遵循，違者以違制論處。清代延續了明朝的這種做法，但比明朝的條例更加嚴格。更加名確的指出學生要上報國家的恩典，自身要注重人品的修養，不能夠結社結盟，也不能私自刊刻文字。這樣的目的就是嚴格的控制文人的思想。後代稱入了學的

人稱為「臥碑中人」。

拜榜：字面的意思就是朝著中式榜朝拜之意。清朝會試後，發榜前必須將中式榜放在案上，考官身穿朝服向榜行拜禮。此稱之為拜榜。

落卷：科舉考試中落選或閱卷時被淘汰的試卷。

落籍：又稱削籍、除籍。即開除削籍之意。宋代學校對學生的一種處罰措施。如太學生屢試不入等、逾假不歸、違反道德及禁令者，均予以落第之罰。

期集費：貢舉的費用名。為宋代新及第舉人期集宴飲的費用。根據宋代制度，凡是及第舉人唱名、授官後，擇日聚集，由狀元等主持。後數日及第舉人共同赴朝謝恩，赴聞喜宴，於禮部貢院立題名石刻。宋初，本費用由新及第舉人按甲次高下，自行湊齊。宋熙寧三年（1070 年），由朝廷賜新及第進士三千貫，諸科七百貫。熙寧九年（1076 年），罷除這項制度。元祐三年（1088 年）後，定賜一千七百貫為期集費。

謝恩：字面意思是對別人的恩惠用禮節表示感謝。《漢書・張禹傳》:「上親拜禹床下，禹頓首謝恩。」唐朝進士揭榜後的重要活動之一。又稱為拜座主。新科進士由狀元帶領，前往知貢舉官私宅感謝座主的舉拔之恩。集體施禮後，逐個自報家門，出生年月，並按長幼順序謝恩。此外在古代還用謝恩指代一種文體的名稱。南朝・梁・劉勰《文心雕龍・奏啟》:「陳言政事，既奏之異條；讓爵謝恩，亦表之別幹。」姚華《論文後編・目錄上第二》:「別有謝恩，有封事，有讓表，有駁議，亦四品之屬也。」

謝恩表：在宋朝改新進士拜座主、拜謁宰相為入朝謝恩。先以皇帝名義頒賞。清朝除賞銀外，並賞賜朝廷官服一套。新進士換上官服後，由狀元帶領入朝、並進獻謝恩表。謝恩表須由上一科狀元代寫，以示尊敬前輩之意。

謝恩銀：科舉殿試中的一種制度名稱。宋代的制度是，進士殿試時入宮，須呈獻銀百兩，以示謝恩，故名。熙寧三年（1070 年），此制度被廢除。

棚規：明清時，各省提督學政定期到所屬的州縣主持院試，州縣要贈送規費，因為貢院俗稱考棚。因此所贈送的規費就稱為棚規。

貢舉考略：有關明清兩代科舉始末材料的輯錄書籍名稱。黃崇蘭、趙學增、陸熊祥輯。明清兩代科舉，凡歷科典試官、官階、籍員、首場科目；鄉、會試中式第一名，殿試一甲三名，無不備錄。黃崇蘭所輯，自洪武三年（1370 年）

迄崇禎十六年（1643年），又自清順治帝二年（1645年）至乾隆十六年（1751年）止。趙學增所輯，自嘉慶元年（1796年）至同治十三年（1894年），陸熊祥所輯，自光緒元年（1875）年至三十年（1904年）止。

第五章　科舉辭彙的文化闡微

第一節　科舉辭彙中蘊含的尊崇教育和知識的文化觀念

　　「教」字在《說文解字》中的解釋為：「教者，上所施下所效也」。「教」，小篆字體是「𤔲」，從其古字形看其為一個會意字，從攴（pū），從孝，孝亦聲。「攴」字的篆體像手裏拿著鞭或杖，這是說明長者在拿著教鞭或杖在教育小孩，讓其改正和學習。所以教字的本義就是教育，指導之意。人類生養繁衍都離不開對後代的教育，教育在社會文化當中佔有很大的一塊天地。科舉制度是一種選拔人才的考試制度，自然就與教育緊密相連。所以我們從科舉辭彙中也會看到到很多與尊崇教育與知識的相關文化觀念。

一、科舉辭彙中蘊含的尊崇教育的文化觀念

　　在原始社會，人們就懂得利用言語教育下一代如何生存。後來文字出現，文字就承擔起了記錄人類智慧和文明的重任，在有了文字後，人們的教育理念也悄然發生了變化。人們在教育後代時，除了用口耳的言語教育外，還有學習漢字所記載的文化知識的教育。在這種新的學習方式產生後，伴隨著這種新的學習方式，一種新的事物的就應運而生了，這就是學校。作為傳授文化知識的學校，相傳在夏朝就已經萌生了。在甲骨文中也有了「教」、「學」的記載，這說明，在很早人們就認識到了知識的重要性，看到了對下一代的教育的重要性。

在西周時期，學校就已經有國學和鄉學之分了。不過這都是為貴族子弟設立的官學。在當時底層老百姓的孩子是沒有受教育權利的。春秋時期，在私學的創立者孔子的「有教無類」〔註1〕教育思想下，才開始出現了私學。底層平民子弟才擁有了接受教育的權利。以後，學校制度更加成熟，逐漸了建立了一套中央和地方、公立和私立的學校制度。

在科舉時代實行文官取士的考試制度，人們更加感覺到文字所承載的知識的神秘魅力。在科舉考試制度下，科舉與學校緊密地結合，學校得到了空前地發展。在科舉時代，學校教育就成為了科舉生活中不可或缺的一部分，也就成為了讀書人汲取知識走向官場的重要地方。我們從科舉辭彙中就可以發現，學校種類的劃分是十分細密的。足見當時學校的建設已經十分的成熟和完善。

統治者為了維護自己的統治權威，把學校等級劃分的十分清楚。官學就分為中央官學和地方官學。中央官學分為太學、國子學、四門學、宗學、武學及律學、書學、算學、畫學、醫學等專設的學校。地方官學就分為縣學、府學、州學等，後來書院也成為地方官學的一種。

下面我們通過科舉時代的學校名稱辭彙來瞭解一下當時的學校和學校文化是怎樣的一種情況。

太學：國家教育官家子弟的學府。漢武帝開始設置太學。隋代，建立了國子監，國子監作為管理全國的學校而設立的機構。該機構下設立了太學等五學。在唐代，太學是國子監下屬的六學之一，學生都是當時五品以上官員的子弟。在太學裏設置了博士3人，助教3人，學生500人。宋初設國子監招收少數七品官員子弟入學。宋仁宗時開始設立太學，招收的生源是八品以下官員的子弟以及優秀的平民子弟。宋神宗時，在太學中實行三舍法，把學生分為上舍、內舍、外舍三種等級。太學生一般由官府供給飲食，其教材為儒家經典，通過考試評定等級。優秀的上舍生，可以不用參加科舉考試直接授給官職。明代的時候，把國子監稱為太學，學生是由各地官員推薦的優秀學生。清沿襲了明代的制度，在國子監內部設定「率性」「修道」、「誠心」、「正義」、「崇志」、「廣業」六學，為講學之所。國子監裏面的子官有國子學祭酒、司業、監丞、博士、助教、學政、學宗、典薄、典籍、掌饌等。主要學習「四書」、「五經」，以應

〔註1〕出自《論語·衛靈公》。

科舉考試。

　　國子學：其為官員子弟受教育學習的地方。其為中國封建社會的最高學府。晉武帝咸寧二年（276 年），在太學之外設立國子學，以教授五品以上官員子弟。南北朝時，或設國子學、或設太學，或者同設。北齊改名為國子寺，隋改名為國子監。唐代國子學為國子監下屬中央太學之首，其生徒為三品以上高級官員子弟，定額 300 名，宋初以國子監為最高學府，招收七品以上官員子弟為學生，公元 989 年，改為國子學，不久後又改為國子監。元代時沒有國子學，蒙古國子學、回回國子學，也分別稱為國子監。明朝洪武十五年（1382 年），在南京雞鳴山下設立國子監，明成祖永樂元年（1304 年）又設北京國子監；明代遂有京師國子監與南京國子監之別。明清時國子監具有國子學教書育人的功能，所以也稱為「國學」，國子監以外未另設國子學，同時又有管理教育機構的功能。

　　宗學：古代皇室子弟的學校。西漢平帝時置宗師，教育宗室子弟。北魏武帝時設置皇宗學。唐高宗為宗室及功臣子孫設立小學。至宋代，宗學分為小學和大學兩級，學生初期只限於「南宮北室」的皇室子孫，後來與宗室疏遠者也可以入學。《宋史·選舉志三》：「（紹興）十四年，始建宗學於臨安，生員額百人：大學生五十人，小學生四十人，職事各五人。置諸王宮大、小學教授一員。在學者皆南宮、北宅子孫」。明代規定《四書》、《五經》、《史鑒》、《性理》、《皇明祖訓》、《孝順事實》及《為善陰騭》等書作教材。清代沿襲明代的做法，也設立宗學。雍正二年（1724 年），訂立宗學制度，凡王、貝勒貝子、公、將軍及閒散宗室的子弟，在十八歲以下者都可入宗學讀書。學習滿漢文字、經史文藝，並重騎射。

　　以上是皇族或官員子弟的專門學校，即便有平民子弟，數量也相當的少。這是統治者接受教育的一種特權。此外，統治者為了自己的需要還設置了一些專門的職業學校。如武學、律學、書學、算學、畫學·醫學等學校。這些學校裏面的學生不一定都是皇族和高官的子弟，有的高官子弟不屑於去學習這些專門的技能知識。裏面大部分都是職位低下的官員子弟或者是平民的後代而擅長於此者。通過這些舉例的詞語我們可以看出學校的知識教育具有一定的不平等性和特權性。但是，正是這種不平等性和特權性的教育，充分說明了教育對於人們是多麼的重要；人們對於接受教育是多麼的渴望。

　　科舉時代，州縣也都設立了學校。隋唐以後的宋朝慶曆年間，下詔允許地方單位路、州、軍、監設立學校。從京師到州縣的官學學校都設立了教授一職，作為學官。宋徽宗時期，實施了三舍法，州縣學的教育十分興盛。明朝也十分重視學校的建設，設立太學後，朱元璋就下令建立縣學。明初民間俊秀及官員子弟，年及15歲以上的，讀完四書五經的官宦子弟都可以入官學讀書。後來逐漸演變為，只有通過知縣、知府、提學官分別主持的縣試、府試、院試即童子試，考核合格後才能入官學。

　　下面我們舉幾個地方官學的辭彙的例子來說明地方官學在科舉時代興盛的狀況。

　　縣學：縣學是科舉時代的地方官學之一。在隋朝時，隋煬帝又恢復了縣學，唐朝時每縣都設置縣學，學生名額的分配狀況是：京縣50人，上縣40人，中縣、中下縣各35人，下縣20人。縣學畢業生經州試合格後，就可以送尚書省參加科舉考試。唐玄宗開源七年（719年），唐玄宗下令從州縣中選拔優秀的生員入四門學。縣學教授的內容與國子監類似，但程度較低；管理程序也是按照國子監管理模式來管理學生。後來各朝均沿襲了這種制度。宋代仁宗時期，在州縣廣泛設置學校，講授經學。後來又規定學生的名額，大縣50人，中縣40人，小縣30人。官府把一些田地作為學田，學田中的收入就作為辦學的固定經費。設置教授給學生講課。元代以後，縣學教官稱教諭，清代時期派舉人充任教官，別設訓導輔佐舉人辦學，訓導大多是由歲貢來充任。教學內容類同於國子監。每月舉行月考，另有提學官進行歲考和科考。學規非常嚴。

　　府學：府學是科舉時代的地方官學之一。其辦學方針和理念都是模仿國子監的。唐代在府級行政單位建立，五代沿襲。宋代崇寧五年（1106年）在開封建立府學，有貢士名額50人。金代世宗大定十六年（1176年）設立府學，由提舉學校學官主持，每處設教授一員。元明清三朝，在地方均設有府學。

　　州學：州學是科舉時代的地方官學之一。隋朝時稱作郡學。唐朝時政府在州上都設立了學校。學生名額的分配是上州學生60人，中州50人，下州40人。每年十一月時，諸州送合格畢業生員往尚書省參加科舉考試。宋朝仁宗時期，在兗州設置學田，以作為州辦學之資。慶曆四年（1044年），下令各州、縣、郡建立官學，設兩人作為學官，講授儒學。宋神宗時，重視經學，州學生

員每月、每季、每年都有考試，根據其考試成績分等級。宋元符二年（1099年），下令諸州實行三舍法，升補考程序和方法都是仿照太學。元明清都沿襲了州學制度，在各州設立州學。

社學：中國古代建在鄉里的學校，是地方基層學校之一。據說宋代已有社學。由政府明令建立的社學，是從元世祖至元七年（1270年）開始的。元代規定，每五十家為一社，每社設立學校一所，選取通曉經書的人為教師。令其社中子弟在農閒時期入學。開始以《孝經》為讀本，以後可以讀《大學》、《論語》、《孟子》等。元朝世祖以後，社學制度遭到破壞。社學也就逐漸消失。明朝洪武八年（1375年）朝廷下令府州縣都置社學，教育15歲以下的兒童，主要講授《三字經》、《百家姓》、《千字文》及「四書」、「五經」等，同時還學習本朝的律令和婚喪、祭祀等禮儀。清朝沿襲了明朝的制度，清朝初期規定各省的府州縣每鄉設置社學一所，選擇品學兼優的為教師，免除差役，供給廩食。只要是本鄉及鄰近子弟達到十二歲的就可入學。

在以上的官學中，學校是把學生分為廩膳、增廣、附學生員三個等級。科舉時代的法律規定，成為官學的生員後可以免除本人及家中二人的差役，廩生還可以享受大小不等的國家補助。平時學校中的老師會對學生實行季考等考試，到了年底參加由提學政主持的歲考。考試後按照成績把學生分等級，並且進行獎罰。地方官學擔負著為國家培養和輸送治國人才的重任，所以地方官學的設立，是統治者知識教化的一種措施。這樣有利於人盡其才，有利於國家的統治。

通過官學辭彙的解釋，我們會發現，地方官學也不具有平民色彩。一般的貧民進不了官學。明清的官學與科舉綁定後，平民子弟是要通過嚴格的考試才能進入學校，其難度非常大。但是地方官學的興盛以及官學之中嚴格而又周密的考核制度，體現出人們對教育的重視程度。教育的重要性在地方官學的嚴格規章中就可以看出了。學校的興盛以及與科舉綁在一起，從中就可以體會出人們對於教育重視和尊崇程度。

同時，官學大多數不具有蒙學的性質。蒙學的重任大都落到了私學上面。私學就是在古代由民間創辦的私人學校。漢代以後得到了很大的發展，大部分都是啟蒙性質的學館。還有傳授經學的精舍，還有世傳家學。科舉考試實行後，私學更加興盛，私學的名目也比較繁多。如家塾、私塾、村塾、社學、

經館、精舍、蒙學、義學、冬學等，這些辭彙都是科舉考試辭彙中不可缺少的辭彙。一個人要想考取功名，必須先由私學開始讀書學字。如果沒有私學，恐怕再聰明的考生，也不可能登堂入室摘取桂冠。北宋王安石寫的《傷仲永》文中的仲永就是一例。

下面我們再舉幾個私學名稱辭彙的例子，來讓大家瞭解科舉時代的私學的興盛狀況。

私塾：私塾為中國古代私人設立的一種啟蒙性質的小學，是私學的名稱之一。私塾主要是塾師在自己家中授徒講學。有地主或商人聘請老師教授子弟的家塾，也有村民集資設立的村塾。每一所私塾，一般只有一個塾師。規模一般不大，少則幾人，多則十幾人、幾十人，採用個別教學的方法，教材及學習年限不定，其性質大多是識字教育為主的蒙學。

義學：義學是中國古代一種免費的學校名稱。資金來源為地方公益金或私人籌資。古代社會基層學校之一，也稱作「義塾」。其為古代官員或鄉紳以公款或捐資興辦的免費教育本族或鄉里子弟的一種私學。清代地方官府所建立的免費招收貧寒子弟的學校也稱作「義學」。如康熙四十一年（1702 年），批准在崇文門外設立義學，並賜給康熙親自書寫的「廣育群才」的匾額，所需費用，由縣府按月供給。

通過上面舉的幾個私學辭彙，我們可以看到私學的重要性。在舊中國的一些農村都是在用私塾的形式教育孩子讀書識字。私塾圓了中國大多人的求知識字的夢想，是知識普及教育的重要的一級。

通過對科舉時代學校名詞的解釋，我們會認識到不管在何時，知識傳承下的人才教育都是人類文明不斷發展的動力。從上面的官學和私學所舉出的代表性的名詞來看，知識教育的重要性，在科舉時代人們認識的都是十分清楚的。科舉考試，更是給人們普及知識教育後代帶來了動力。因為底層的人們，看到了在學校接受知識教育，後能夠給他們帶來功名利祿，會讓他們改變在社會中的地位。統治者也用此來引導人們接受知識和知識教育，並且積極修建官學，鼓勵地方興辦私學。這樣就可以讓其統治的國家人才輩出，以利於國家的長治久安。因為一個沒有文化，沒有知識傳承和教育文化觀念的民族或國家是一個愚昧的沒有發展前景的國家。這個國家是沒有發展潛力和動力的。而在中國古代的統治者，早就看到了這種缺陷所帶來的問題，所以在歷朝歷代都十分

重視學校的建設和學校的教育。這種知識傳承、教育的文化在中國有著悠久的歷史。看一下學校的名稱辭彙，我們就會感受到這種文化觀念的悠久歷史和深入人心的狀態。

二、科舉辭彙中蘊含的尊崇知識的文化觀念

科舉社會有著一千三百多年的歷史，其把中國古代教育推向了高潮。在科舉制度下，學校把知識與權力有效地結合起來，使得學校教育更加光彩奪目。「教育」、「知識」、「文字」等與權力相關的字眼，人們對此崇拜不已。學校辭彙的豐富，說明學校的多樣性和當時的人們對教育的重視。關於知識在科舉時代的作用，以下這句話就進行了很好的說明：「在科舉時代，知識貴族不是以『身份』世襲，而是憑藉承載『知識』這一資源來區別於其他階層，也正是依託對知識的執掌而取得與皇族集團分子國家政治、經濟資源的資格。『知識本位』的理念，已經深入骨髓。」〔註2〕

亞里士多德曾經說過：「求知是人類的本性」〔註3〕同樣在科舉社會知識與權力的結合，使得知識更加釋放出迷人的光彩。社會對知識文人的崇拜，更使得下層百姓把「知識」奉為神靈。此時的人們對承載知識的漢字也有一種迷信式的崇拜。所以當民間社會出現「敬惜字紙」這樣的習俗就不稀奇了。

如果說對於知識的尊崇，是由於對權力的尊崇，雖然有一定的道理，但並不是十分的正確。知識散發出的能量使得社會不斷地向前發展，這是從遠古社會就證明了的一個真理。不管是遠古社會的言語教授知識，還是文字和學校出現後，用文字教授後代知識，這些都充分證明了人們有一種趨向知識的本能或者說是一種特性。正是這種本能，人類社會才不斷在發展進步。

科舉社會是一個知識競爭的社會。人們通過學校獲得知識後，在科舉的考場上一決高下，人們會把知識的高低等同於能力的高低，並且用好多有趣的辭彙表現出來。例如人們會給出「狀元」、「榜眼」、「探化」、「進士及第」、「進士出身」、「同進士出身」等辭彙來把人們的知識能力分為三六九等，然後按知識高低分等授予官職。知識能力強的授予的官位就高，知識能力弱的授予的官位

〔註2〕李承，宋新夫，中國古代科舉制度價值研究〔M〕，北京：軍事科學出版社，2010年，第135頁。

〔註3〕古希臘·亞里士多德，形而上學〔M〕，北京：商務印書館，1992年，第1頁。

就低。

我們拿「狀元」這一詞做例子，來說明一下在科舉社會學校教授給人們的知識是多麼重要的東西。「狀元」一詞為科舉考試後的名次、學歷辭彙。狀元從唐代開始出現，一直到清代。差不多這個詞伴隨了整個科舉的時代。人們對狀元的篤信程度十分之高。我們從這個辭彙中看到的不僅是地位，更是一種對知識一種崇敬。由於中狀元後，顯耀程度極高，所以在科舉時代任何一件事情都無法與之相媲美。這種榮耀在戲曲、小說中都得到了很好地體現。正是這種強大的榮耀，使得人們不管是對於食物名稱的命名，還是對行業精英的褒獎，都會加上「狀元」一詞。如有一種酒叫做狀元紅，有一種糕點叫做狀元糕。現在有的酒樓的名字被稱為「狀元酒樓」。這充分展現出了人們對狀元文化有種趨向感。這展現了人們對知識的崇拜。我們日常俗語用的是「三百六十行，行行出狀元」，也體現了人們內心對這種文化的認同感。中國人內心對這種文化的認同感、趨向感，正是知識散發出來的魅力所在。

通過對學校辭彙的解釋，我們可以明白無論是官學、私學，都成為了這種知識比拼的附庸。或者說都為用知識換取權力而服務。翻看整個科舉制度的歷史，恐怕都是這樣子的。甚至連最高的統治者，皇帝也加入到這其中，鼓勵人們學習，以換取權力和這種權力所帶來的美好生活。在宋代，真宗皇帝就撰寫一篇《勸學文》來鼓勵學習知識，以取得科名。其內容為：「富家不用買良田，書中自有千鍾粟；安居不用架高堂，書中自有黃金屋；出門莫恨無人隨，書中車馬多如簇；娶妻莫恨無良媒，書中有女顏如玉；男兒欲得平生志，六經勤向窗前讀。」〔註4〕從這篇文章中我們可以看出知識的重要性。因為它可以換取權力以及權力帶來的美好生活和燦爛前景。這是統治者給科舉考生的許諾書：只要知識掌握好了，就會有如此多的好處。下層的百姓看到如此承諾，無不為之怦然心動。對於知識的崇拜也會與日俱增。

自此以後，一些在學校中學習的兒童讀的啟蒙讀物，也出現了這種對知識的崇拜。如《增廣賢文》中也有這樣的描述。《增廣賢文》是明清時期的民間廣泛通行的啟蒙讀物。在科舉時代的中國社會，即便是不識字的人，也會背上幾句《增廣賢文》中的句子，因為其中的句子讀起來朗朗上口，容易被人記住。

〔註4〕出自《古文真寶》前集卷首《真宗皇帝勸學文》。

作為兒童讀物，就這樣給兒童傳入一種知識至上的思想。「知識至上」、「知識與權力的融合」已經深入到每一個古代中國人的血液與骨髓之中。如《增廣賢文》所說的：「士為國之寶，儒為席上珍；萬般皆下品，惟有讀書高；欲昌和順須為善，要振家聲在讀書；萬般皆下品；好學者如禾如稻，不好學者如蒿如草；欲求生富貴，須下死工夫；勸君莫將油炒菜，留與兒孫夜讀書；十年寒窗無人問，一舉成名天下知；積金十箱，不如一解經書；貧不賣書留子讀，老猶栽竹與人看，傳家二字耕與讀；積錢積穀不如積德，買田買地不如買書；積金千兩，不如買經書；有田不耕倉廩虛，有書不讀子孫愚。」〔註5〕就在這種文化的薰陶和教導下，整個中華大地都沉入了讀書與科考的氛圍之中。可以這麼說，整個中華大地都蔓延著書香之氣。

在這種勸教之下，統治者確實也採取了不少措施，給予學校中的學生不少的權力，保障了文人在社會上的地位。我們從童生說起，在明清童生沒有功名，但是由於他們參加過縣試、府試、院試等，他們的姓名就被寫到了國家記載人才的名錄上。因此，他們在封建社會制度中就會高人一等，享受一定的特殊的社會待遇。例如在打官司中，童生和平民同時跪著回話，縣官會對童生的問話較為客氣。年紀大的童生，還可以站著回縣官的問話。在科舉時代，秀才是國家法律中明確規定了在公堂上是不用下跪的。遇到科舉考試時，官府給考生的面子更大。即使秀才在此時鬧事，縣官也得稍加庇護，因為怕誤了考試。所以說在封建社會中的讀書人的榮耀度是十分高的。

科舉時代的讀書人十年寒窗，就是盼望進士及第，一朝成名天下之知。當發榜後，新科進士無不沉浸在喜悅之中。人們都向他們投向了羨慕的眼光。隨之而來的就是喜慶的慶祝活動。我們可以從科舉辭彙中看到：曲江宴、櫻桃宴、聞喜宴、月燈打球宴、關宴、雁塔題名等慶功辭彙。

下面我們看一下這些辭彙的具體解釋，以瞭解知識給人們帶來的光環有多人。我們從這些辭彙中也可以體會到人們尊崇知識的原因所在。

曲江宴：曲江，又名曲江池，其在唐朝都城長安城的東南隅，以其水流屈曲而得名。漢唐時期為遊樂勝境。唐朝進士及第的考生常在池中曲江亭開辦宴會，稱曲江會。曲江會始於唐朝。後世各朝，也有此宴，然名稱不一。

〔註5〕出自趙萍主編，朱子家訓·增廣賢文〔C〕，長春：吉林大學出版社，2010年。

杏園探花宴：杏園，園名。故址在今陝西省西安市郊大雁塔南的南面。唐代新科進士宴會的地方。杏園探花宴是唐朝曲江大會活動之一。在這一天，新科進士與座主，朝臣相聚於曲江池西邊的杏園，選兩名最年輕的進士充當探花使，騎馬跑遍長安城內的名園，採摘名花（芍藥、牡丹）。如有其他人先得牡丹、芍藥，則此二位探花使將受罰。這是曲江大會的高潮部分。新中式的進士盡情歡樂，開懷暢飲。這種場景是當時最為精彩的部分。

月燈宴：唐朝新科進士登科後慶賀活動之一。清明節前後，新進士在長安月燈閣舉行馬球比賽。賽後齊登千佛閣赴宴，以示慶賀。這一天，權貴名流，平民百姓齊集球場觀看，熱鬧非凡。

聞喜宴：俗稱作瓊林宴。朝廷特意賜給科舉中剛考上的及第者的宴會名。宋代繼承了唐朝的制度。宋太宗於太平興國二年（977 年），在開寶寺賜給新及第的進士和諸科的舉人等五百餘人聞喜宴。太平興國九年（984 年），朝廷把皇帝賜給的宴會的地點轉移到了瓊林苑。宴會結束後，新及第者在貢院刻石題名。端拱元年（988 年），定聞喜宴分為兩曰：一日宴進士；二日宴諸科舉人。南宋紹興十五年（1145 年），改在禮部貢院賜給新中式的考生聞喜宴。

恩榮宴：科舉考試發榜後，為慶賀新科進士登第，傳臚後三日，由禮部主辦的宴會。皇帝派遣親近大臣陪宴，參與考試事務的官員全部參加。因宋朝在太平興國八年（983 年）於瓊林苑賜宴，宴請新進士，所以又稱瓊林宴。在清朝前期隆重，清朝後期十分地簡陋。

簪花禮：古代科舉考試後的一種慶祝活動。凡中進士的考生由皇帝賜金花兩朵。金花由金箔做成。金花被插在帽子的兩邊，謂之「簪花」，以示榮耀。按規定一甲三名遊街與進士同赴聞喜宴時，必須簪花。清朝規定，新中式的進士在國子監被授予官職，向國子監祭酒、司業拜謁，行簪花之禮。

雁塔題名：雁塔，唐代新進士為了慶賀考試成功進行題名的地方。後常作為科舉高中的典故。雁塔題名，在唐朝的時候是對考生考中進士後的一種表彰儀式。武則天時期，新科進士與曲江宴之後，集於慈恩寺，推請同科進士中擅長書法的考生，將一榜進士姓名書於大雁塔之上，為之「雁塔題名」。後世進士發榜後，也多例行此舉，然而多是刻碑立石，為之進士題名碑，也以此稱取中進士。

鹿鳴宴：科舉時代為慶賀新科進士中式而舉行的宴會。這項制度是從唐代開始興起的。鄉舉考試結束，州縣長官以鄉飲酒禮宴請屬僚及新考中的舉子。

有酒肉、有音樂，有祭祀用的少牢羊豬。在酒席上歌唱《詩經‧小雅‧鹿鳴》，因此被稱為鹿鳴宴。明清沿襲了此制度，在鄉試發榜的第二天，地方長官宴請新科舉人及內外簾官等，歌鹿鳴之章，做魁星舞。並行新舉人謁見考官禮。

鷹揚宴：鷹揚，字面的意思是雄鷹展翅翱翔，喻威武的樣子。《詩‧大雅‧大明》：「維師尚父，時維鷹揚。」毛傳：「鷹揚，如鷹之飛揚也。」後來成了武事的代稱。清朝為武科鄉試新舉人舉行的慶賀宴會就稱為鷹揚宴。一般在武科鄉試發榜當日舉行，有考官及新科武舉人等參加。

重宴瓊林：又稱作重赴瓊林宴。清科舉中對考中進士滿 60 週年者的慶賀儀式。凡中式者進士滿 60 年之期，再逢這一科的會試，經禮部奏准，可與新科進士同赴瓊林宴。並且與剛考中的考生以同年相互稱謂，這被稱作重宴瓊林。同時，會受賜匾額，賞銜晉職。以慶賀其曾考中進士而享高壽。

重宴鹿鳴：又稱作重赴鹿鳴宴。清朝科舉制度中對考中舉人滿 60 週年者的慶賀儀式。凡舉人中式滿 60 年之期，又逢這一科鄉試，可應邀與新科舉人同赴鹿鳴宴，並以同年相稱，以慶賀其考中舉人而又享高壽。

重宴鷹揚：又名重赴鷹揚宴。清朝科舉制度中對考中武舉人滿六十周歲者的慶賀儀式。凡武舉人中式滿 60 年之期又逢這一科武鄉試，可應邀與新科武舉人同赴鷹揚宴。並受花紅表裏，加賜武銜，以慶賀其曾中武舉而又享高壽。

重遊泮水：清朝科舉制度中對入學滿 60 年者的慶賀儀式。童生考入府州縣學才稱入學、入泮或遊泮。凡入學滿 60 週年時須再行入學的典禮，一切如入泮的新科童生，以慶賀其曾考中生員（秀才）而又享高壽。

我們從上述科舉慶功詞語中可以看到，在知識換取權力後的興奮與狂歡。知識的魅力在此刻顯得更加迷人，整個中華大地都為他們而傾倒。在封建社會，為了凸顯知識的魅力，即便是中秀才也是家族的都頭等大事情。因為國家也會給予秀才以諸多特權。如何懷宏先生在《選舉社會及其終結》一書中做了一些記載與闡述：「考秀才時，縣城、四鄉均有跑報的團體，出榜日，有應考者之家，必徹夜等候，報喜人到，則不僅本家，街坊接起來共賀，並到親戚家報喜。到一家時，先放三聲炮，以便合村皆知。秀才在政治方面多於平民的特權有：1. 秀才與知縣、教官等上公事，可寫稟帖（平民只能寫呈子），顯得親近的多，有些私信的色彩。2. 秀才只可傳訊，無大事不可拘提，過堂時站立

回話，這樣，與之打官司的平民則餒得多，遇有大罪，要革去秀才的功名再動刑，遇小過應受責，知縣不許打而得交教官責罰，且只許打手板。3. 地方公事秀才可以稟見縣官（私事仍不行），平民則什麼時候都不行……秀才還可以改換門閭，屋門一般是七尺，秀才家則七尺三寸，總要高三寸，秀才還可少出一些地丁錢糧。」〔註6〕這些特權就是權力對知識的回報。統治者也正是利用權力加以引導，引導人們進行讀書求知。但即便如此，能讀得起書的人家還是少數，平民子弟對讀書求功名還是渴望不可及的。對於讀不起書的窮人家庭，他們更是對知識崇拜的五體投地。因為知識就像神仙一樣充滿了神秘的色彩。

在這種知識本位的時代，政府利用權力加以引導，人才培養管道日趨暢通，在「權力」的誘導下，官學和私學也都得到了充分的發展。受教育的人的覆蓋面也到了增加。家族的教育、官學教育、書院教育等等不斷出現。「讀書世業」成為家庭教育的代名詞。家族中的祖訓也被文字化，以方便後代的傳承，以此來不斷教育後代子孫讀書求知，以求官達顯赫。於是就出現了族學、義學等私學。族學、義學就是家族每年拿出地來，用每年的收成來供本族子弟讀書。這充分體現出讀書求知在這種對知識崇拜的意識下成為了一種民間自覺的行動。

科舉辭彙中的知識教育文化觀念就是在知識本位和權力的誘導下，人們求取功名的一種文化。這種文化使得平民實現了顯達的人生目標，也使得官員素質提高，帶來的負面影響，也值得人們的思考。

第二節　科舉辭彙中蘊含的等級與公平的文化觀念

一、科舉辭彙中蘊含的等級文化觀念

魏晉以來的門第觀念，在科舉考試的強大攻勢下，已經變得不再強勢了。我們從科舉考試的辭彙中可以窺見一斑。因為在科舉考試中，一切都成了變量，就如同「朝為田舍郎，暮登天在堂」〔註7〕中描述的一樣。在科舉時代，只要刻苦研讀儒家的經書，就有可能成為社會上層的人。科舉所取得的功名是

〔註6〕何懷宏《選舉社會及其終結——秦漢至晚清歷史的一種社會闡釋》上海：三聯書店，
　　　1998 年，第 35～36 頁。
〔註7〕出自元・高明《琵琶記》。

和在社會上所享有的權力成正比。等級觀念我們可以通過一些科舉辭彙體會得到。

下面我們舉一些科舉辭彙，以便大家更加直觀地瞭解，這種科舉功名與社會等級相聯繫的文化。

狀元：元，本義為頭之意思。在這裡指第一，居首位之意。科舉考試以名列第一名者為元。在唐朝，舉人赴京應禮部試考試都須投狀，士人及第後也是由奏狀報於朝廷。因而稱進士科及第的第一名為狀元，或者叫做狀頭。宋太祖開寶六年（973 年）以前常稱為榜首。宋開寶八年（975 年）復位禮部復試的制度，才以殿試第一甲第一名為狀元，但有時也稱二、三名為狀元。明清會試以後，貢士須殿試，分三甲取士，一甲三名，第一名為狀元，第二名為榜眼，第三名為探花。狀元因此成了殿試一甲第一名的專稱。中狀元者號稱為「大魁天下」，為科名中的最高榮譽。又因其為殿試時的一甲第一名，故又稱為殿元。明清時期狀元獲得進士及第稱號後，因授翰林院修撰之職，又稱殿撰。

榜眼：榜，後來的引申義是張貼出來的文告或名單。在此指應試取錄者的名單。眼，其本義為眼珠，後泛指眼睛。其非常形象地表達出科舉考試中第二名在榜上的位置，就如同於在眼睛在人臉的位置一樣。其指稱科舉考試中殿試一甲第二名是始於北宋初年，當時殿試第二、三名都稱為榜眼，意指榜中之眼。明清時期專指殿試一甲第二名為榜眼。賜予進士及第的稱謂，授予翰林院編修的職務。

探花：探花的字面意義就是尋找花，採摘花的意思。科舉考試中對殿試一甲第三名的稱謂。其名稱來源於唐朝的探花宴。唐時進士在曲江杏園舉行「探花宴」，以少年俊秀者兩三人為探花使，又稱探花郎，遍遊名園，折取名花。南宋以後，專指殿試一甲的第三名為探花。賜予進士及第的稱號，授予翰林院編修職務。

傳臚：殿試後，宣讀皇帝詔命，即唱名。這種制度始於宋代，宣唱名次之日，進士在集英殿，皇帝至殿宣唱，由合門傳接。傳於階下時，衛士六七人皆齊聲傳名而高呼，稱為傳臚。在明清時期傳臚是二甲第一名的稱呼，不能直接授予官職。還需要參加朝考，成績好的話，也可以進入翰林院，但職務要比狀元、榜眼、探花要低。一般授予的職務也相對較低。

朝元：清朝朝考第一名的稱謂。清朝科舉考試制度是傳臚後新進士除一甲前三名外都要在保和殿參加由皇帝親自命題的朝考，內容為論疏詩各一道。一、二、三等由閱卷大臣擬定進呈，前十名由皇帝親定。一等第一名稱朝元。朝元也被選入翰林院。職務相對於殿試的一甲三名相對要低。

翰林：翰林是明清翰林院官員及庶吉士的俗稱。明清科舉殿試後，狀元專授翰林院修撰，榜眼、探花授翰林院編修。其餘二三甲部分進士可經過考選，考為翰林院庶吉士，稱為「點翰林」。再深造三年，經考試散館後補授要職。明清翰林院為儲才之地。入翰林院者常可授高官。時有「非進士不入翰林，非翰林不入內閣」的說法。

翰林編修：「編修」一詞的字面意為編纂。翰林編修，翰林院的官名。元時，為翰林國史院的屬官。置十人，秩正八品。明朝翰林院修撰、編修稱為史官，掌修國史，凡大政、詔敕皆記之，以備實錄；經筵〔註8〕時，充展卷官；鄉試充考試官，會試充同考官，殿試充收捲官。清朝由新科進士中補授、欽點，非人品端正，學問純粹者，不能任此職。

翰林修撰：「修撰」一詞的字面意義為撰寫；編纂。同時，修撰也是一種官名。唐代史館有修撰，掌修國史。宋有集英殿、右文殿等修撰。至元時，翰林院才設置了修撰。明清沿襲了這種制度，一般是殿試揭曉後，一甲第一名進士（狀元）就被授翰林院修撰的職位。

庶吉士：明清時期的翰林院官名。其名稱的意思是採《尚書》「庶常吉士」之義。永樂後專屬翰林院，選取知識淵博、擅長文學和書法進士為庶吉士。三年後舉行考試，成績優良的可以分別授以編修、檢討等職；其餘則為給事中、御史等職；或出任為州縣的長官，這被稱作「散館」。明代重翰林，天順後非翰林不入閣，因而庶吉士始進之時，其為國家儲備的人才。清朝沿襲了明朝這種制度，於翰林院設庶常館，管理教授庶吉士的事物。庶吉士又通稱「庶常」。其歷史沿革為明洪武十八年（1385年），朱元璋將取中的進士擇優派往翰林院，承敕監等衙門觀政，稱此名。永樂二年（1404年），選進士中文學書法優秀入翰林院深造，稱翰林院庶吉士，三年後考試合格後就授官。到

〔註8〕漢唐以來帝王為講論經史而特設的御前講席。宋代始稱經筵，置講官以翰林學士或其他官員充任或兼任。宋代以每年二月至端午節、八月至冬至節為講期，逢單日入侍，輪流講讀。元、明、清三代沿襲此制。而明代尤為重視。除皇帝外，太子出閣後，亦有講筵之設。清代，經筵講官，為大臣兼銜，在仲秋、仲春之日進講。

了清朝，一甲三名後的進士，選入翰林院後就被稱作庶吉士，只是不授予職位。

進士及第：字面的意思是科舉考試中考中進士。明清兩代只用於殿試前三名。後成為一甲三名進士的專稱，又稱甲科。宋朝太平興國八年（983年），始按殿次成績分進士為三甲。成績最優者數名進士為一甲，賜進士及第名銜。景德四年（1007年），改三甲為五等，一、二等均賜進士及第。元以後均為三甲取士，一甲三名賜進士及第，第一名稱狀元，第二名稱榜眼，第三名稱探花。其榮耀的程度和授予的官職都優於其他進士。明清兩代沿襲了這種制度。

進士出身：出身，舊指入仕的最初資歷。科舉時代官吏出身有正途、異途之分。唐朝省試合格，即賜出身，但不授予官職。宋朝殿試曾分進士為五等。一、二等為及第，三等為出身，四、五等為同進士出身。明清規定一甲賜進士及第，二甲賜進士出身，三甲賜同進士出身。舉人、監生等也為出身。一經考得出身，終身不能改變。出身是入仕的最初資歷，並直接影響仕途。進士出身是科舉考試殿試成績次於進士及第者的名銜。其歷史沿革是宋太平興國八年（983）殿試始分甲取士，二甲若干名，賜進士出身。景德四年（1007年）改三甲為五等，名列三等者賜進士出身。乾道二年（1166年）改等為甲，名列三四甲者均賜進士出身。元以後均改為三甲取士，名列二甲者若干名，均賜進士出身。其授官低於進士及第者而高於同進士出身者。

同進士出身：其字面意義為和進士出身是一樣的。科舉時代殿試中式者的身份等次。宋太平興國八年（983年）殿試進士始分三甲，名列第三者，賜同進士出身。景德四年（1007年），《親試進士條例》分進士為五等，四五等為同進士出身。乾道二年（1166）改等稱甲，第五甲為同進士出身。元代左右兩榜第三甲賜同進士出身，初授正八品官，至正二十六年（1366）改授正七品，明清延續了這項制度。

以上是殿試考取進士後取得的功名與出身辭彙。從中我們可以看出成績的好壞，與自己的官職是十分密切相關的。成績好的進入翰林院，居高位。享受的社會權力也大。而成績不好的，如進士出身和同進士出身的絕大多數人，都是要被分配到地方做官。其中有些可以做京官，但是大多數都是地方官。我們從這些例子就可以看出成績與權力的關係。就是這樣，社會中的等級就被拉開了，成績好的考生，登入天子堂，位居高位，成為國家重臣，其在社會中的地

位也是十分高的。成績不好的，官職小，權力也就相對於小。但是他們通過知識進入了權力階層，作為統治者，相對於未進入仕途的人來說，還是位高一等的。社會的等級地位就這樣被科舉考試這樣一種制度劃分了。

科舉考試還有童生試、鄉試等低一級的級別考試。這些考試，在明清時期，尤其是清朝，授予取得相應功名的社會權利，相比考取進士的人就要遜色的多。這些考生大多不會被授予官職，只是授予功名和出身，可以享受到一些社會權力。這相對社會中的普通人來說還是相當不錯的。這些權力是通過封建社會的法律來保障的。下面我們看一下童生試、鄉試中取得的功名和其相應的權力。

秀才：秀才之意為優異之才能。又稱作茂才。其本是才華優秀的人的通稱。在漢代秀才是察舉科目之一。秀才是科舉考試的常科科目之一。隋唐時，與明經、進士並列為歲舉常科科目。考試及第者稱為秀才，可授官。後逐漸廢除此科。在宋元明清時期秀才成為一般讀書人的泛稱。在宋代凡應舉者都稱秀才。明清兩代成為府、州、縣學生員的專稱。民間習慣把「秀才」稱為「相公」。

舉人：原為舉薦選用人才之意。漢代取士，令郡國守相薦舉，所以叫做舉人。隋唐以來，必須貢上一定數量人才入京，參加科舉考試。參加科舉考試的考生就被稱舉人。明清時期專稱鄉試登第者為舉人。其變為了一種考試成功後授予的一種出身的名稱。

在上面我們沒有提到貢士。貢士是參加會試後，所取得的功名名稱。原因是會試通過後要參加殿試，而殿試從宋代開始，實行不黜落生員名額的辦法，所以通過會試後，就可以參加殿試，通過殿試的成績來獲取功名與權力。也就說，考生獲得貢士的稱號後，基本上就有了做官的十足把握。而在明清時期，秀才與舉人大多不能被授予官職。即便是授予官職，也是職位十分低下的官職，但是數量十分少。這些人一般會成為社會中的士紳階層。古代法律授予了他們一些高於平民的特殊權力。相對於無功名的平民來說，等級還是屬於社會中的上層人士。

明清時期，擁有出身後的士紳階層擁有的權力是很多的。一方面，擁有免除賦稅、徭役的特權。他們擁有功名後，就不用當兵不用交稅。法律規定，功名越高，享受的權力就越多。另一方面，就是輿論的壟斷特權。他們作為士紳

階層，完全掌握著社會的話語權。普通老百姓在古代是沒有話語權的。再者，就是他們在司法上享有一些特權。知識階層的人，國家給他們判處刑罰是十分慎重的。如秀才，就享受免除刑杖的權力。官學中的生員，見到官員是可以不下跪的。生員如果犯了法，地方官得先報學政。如果學正不同意，地方官員是不可以對生員用刑的。如果地方官員無視這一法律，將會受到制裁。如果有科舉功名的人，犯了重罪，州縣官員必須先得報告學政，讓學政將其功名剝奪後，才能進行審判和判刑。此外，法律還規定了一些，紳士在社會中享有的特權。如具有某種功名後，就可以戴某種頭冠。如果，被授予了某種官職，還可以穿官袍，紮官帶。同時，擁有高級功名的人，如果獲得進士稱號後，還可以在自家的家門口，掛一塊匾額，或者在自家的宅前豎旗杆。在婚喪嫁娶時的禮儀也與普通的人不一樣，享有其特有的權力。

　　正是科舉帶來的這些權力，使得科舉社會的等級意識觀念是十分明顯。人們在內心中都有這種通過學習經書，獲得社會特權的想法。這就使得這種科舉制度下的等級觀念，被人們自然地遵守和踐行。考取了功名的人自然為這種特權而歡心，考不上的也心安理得接受這種現實。因為作為讀書人，在社會中本身就享受到了不識字的人所沒有的特權。這種考取功名後獲取的等級權力，就在這種科舉考試所灌輸的文化意識狀態下，被人們在不經意間接受了。

二、科舉辭彙中蘊含的公平文化觀念

　　科舉考試中的「投牒自舉」原則使得普通百姓的後代可以自由參加科考而獲得某種功名，以提升自己的社會地位。在科舉考試中只要成績優異就能夠錄取而授官。在這種程序中，已經不再考慮考生的家族是否是名門望族。在科舉考試中，只要考生是良民家庭出身，就都可以參加考試而被授予官職。這種「一切以程文為去留」的知識能力評判標準，對於廣大的下層老百姓是相對公平的。這種公平的文化觀念，伴隨著科舉考試的一生。直到 1905 年科舉考試的廢除，這種平等的文化觀念可以說持續了 1300 多年，這種考試公平的觀念，也被現代社會所推崇。

　　科舉考試中類同於「取士不問家世」、「非翰林不能入官」等原則和方法辭彙，也使得我們看到了裏面的公平的文化理念。因此，這種考試制度在中國持續了 1300 多年，這種理念也深入民心。

　　下面我們通過科舉考試中的方法辭彙尤其是防止作弊等方法辭彙，來看一下這種制度中所蘊含的公平的文化觀念。

　　南北榜：明清科舉制度名稱辭彙，又稱春夏榜。明初錄取進士不分南北，洪武三十年（1397 年）考官劉三吾取進士五十二全為南方人。朱元璋認為他所取偏頗，於六月復行廷試，所取全為北方人。洪熙元年（1425 年），南北比例為六比四。從此試卷被分為南北。宣德正統年間又分中卷，即以一百名為基數，南取 55 名，北取 35 名，中取 10 名。明成化二十二年（1486 年）各減南北兩名增於中。南北中地區大致劃分是：南是應天、蘇州、松江等府，還有浙江、江西、福建、胡廣、廣東等省；北是順天、山東、山西、河南、陝西等省；中是四川、廣西、雲南、貴州、鳳陽和瀘州二府及滁州等。清朝繼承了明朝的這種做法。順治九年（1652 年）會試也將卷分南北中，順治十二年（1655 年）將中卷併入南卷，此後屢分屢和。康熙十一年（1712 年），廢南北卷，分省取中，大約每省二十人取中一人，臺灣省十人取中一人。

　　別頭試：亦省稱為「別頭」、「別試」。科舉考試後，唐宋科舉考試的規則之一。其指的是考官親屬必須另設考場，由其他官員主持考試，以防徇私舞弊。唐開元二十四年（736 年）科舉考試移交禮部，由禮部侍郎主持科考。為了避嫌，考官親屬考試一律都另設考場考試。由吏部考功員外郎，吏部侍郎覆核，為之別頭試。《新唐書·選舉志上》：「初，禮部侍郎親故移試考功，謂之別頭……（元和）十三年，權知禮部侍郎庾承宣奏復考功別頭試。」經過各朝代的相沿襲，遂成為定制。宋代擴大了別頭試的範圍，除殿試外，凡禮部試、鄉試、路試、漕試，其發解官、主考官、地方長官子弟、親故乃至門客均實行別頭試。《宋史·選舉志一》：「士有親戚仕本州島島，或為發解官，及侍親遠宦，距本州島島二千里，令轉運司類試，以十率之，取三人。於是諸路始有別頭試。」清朝也曾實行類似的規定，直至最後規定考官親屬一律迴避，不得應試。

　　迴避：字面的意思是設法躲避。科舉考試中為防止考場內官員舞弊而規定的一種避親製度。這項制度始於唐朝的別頭試制度。歷代相沿，清代最為嚴厲。凡鄉會試主考同考官的子弟都不許入考場。雍正時，下令簾官子弟等應迴避的考生，另在內閣考試，另派大臣閱卷。乾隆間仍下令考官子弟實行迴避制度，不准應試。並推及到監臨、監試、提調、受卷、彌封、謄錄、對讀、收掌等考

官官員。迴避範圍包括本族五服以內，及親姑、姐妹之夫與子，母、妻的親兄弟子侄等。大臣子弟參加會試、殿試、朝考，其父兄都不得充任閱卷官。

別試所：又稱別試院、別頭場、別院、小院。宋貢舉考試機構之一。其為舉行各級別頭試的場所。北宋禮部試的別試所。常設於國子監或太常寺。南宋後期則於大理寺西側專建別試院。以後各朝，沿襲此方法。

鎖院：科舉考試中為防止考官在考試中作弊的方法的名稱。宋代為防止科舉考試中考官作弊而設。凡各級貢舉考試，考試前數日，考官必須一同進入貢院，鎖閉院門，在貢院內擬題目，收領試紙，排定座位的平面圖。直到考試完畢，定山考試者的名次等第後，才開院門。限期一月，如因故沒有處理完，可再拖延十天。後代各朝都仿傚了此種方法。

鎖宿：其義大致與鎖院相似。即把自己鎖在貢院內，以防請託之意。科舉考試中防止作弊的方法名稱。宋代為防止各類考試中考官舞弊而設立的防作弊的制度。與鎖院制度類似。宋朝淳化三年（992 年），行禮部試，翰林學士蘇易簡奉旨主持科舉考試，為了迴避親友的請託，於是就將自己鎖在尚書省。大中祥符四年（1011 年）始定禮部試，解試考官均須要選取差官一起鎖入貢院。其後，凡是補太學生及四門學生、復考舉人試卷等學官或考官也須赴指定處鎖宿。

搜檢：字面意義是搜索檢查。在科舉考試中，為防止考生作弊，在考生進入考場前，有搜監懷挾官，對考生進行全身搜檢，解髮袒衣，連耳鼻都不放過。這種制度起源於唐朝，盛行於宋金明清。這種制度帶有一定的人格侮辱性。

彌封：彌的意義為充滿，填滿。封的意思是密閉，使跟外面隔絕。在此指用加蓋印章的紙條貼在門、箱或其他容器的口上以防開啟。這是在科舉考試過程中為了防止舞弊的一種方法。考生試卷寫姓名處，由彌封官反轉折迭，用紙釘固住，把名字糊上，加蓋官印。稱為彌封。此制度開始萌芽於唐代的武則天時期。武則天認為吏部的選人不真實，就命令實行糊名，然後再定等級。宋真宗景德年間，彌封之法成為定制。清末廢除科舉以前，一直沿用。鄉試、會試的試卷都採用彌封制度，用《千字文》編「紅號」，另有謄錄官將試卷即墨卷用朱筆謄寫，稱為「朱卷」，送考官評閱，取中者的朱卷按「紅號」調取墨卷，拆卷唱名寫榜。

謄錄：「謄」的意思是照原稿抄寫清楚。錄的意思是記載，抄寫。宋代科舉

鄉試、會試的墨卷，必須用朱筆謄錄。宋真宗大中祥符八年（1015年），設置謄錄院。鄉試、會試考生的試卷交彌封官封卷。宋仁宗時，為防止筆跡作弊，進一步規定試卷交謄錄所用朱筆謄寫，以謄錄的試卷交考評官評閱。歷代沿襲了這種制度。清代在方略館等機關內任繕寫者也稱謄錄。這些人是從會試落選的舉人中選拔充任的。

對讀：校對的意思。其為科舉考試中的試卷的校對制度。宋代以後，為防止科場弊案，實行試卷謄錄批閱的辦法。鄉會試中試卷彌封、謄錄後送對讀所。由對讀生以應試者的墨卷校對謄錄後的朱卷，以杜絕訛誤草率，並經對讀無誤後，再由對讀生、對讀官分別於墨卷朱卷上簽名鈐記，以示負責。朱卷送考官批閱，墨卷送收掌所封存，對讀生多由優秀生員臨時充任，由對讀官具體負責對讀的各項工作。

內簾：明清科舉考試中鄉試會試時，批閱試卷的場所及考官的名稱。貢院內至公堂，堂後有門，被稱為內龍門，供出入。鄉會試時，以簾隔之。簾外的稱之為外簾；簾內的稱之為內簾。內簾為主考或總裁及同考官、內提調、內監試、內收掌等內簾官保管、批閱試卷及居住的地方。考試前三日，內簾官入簾後，監臨官立即封門。封門後內外簾不得出入，公事於門前交接，直至發榜才解禁。

外簾：明清鄉、會試時，主管考場事物的官員及場所的名稱。貢院到至公堂內簾門以外稱外簾。監臨、外提調、外監試、外收掌等在此辦公，並稱之為外簾官，由地方官員和監察御史充任。

磨勘試卷：清代科舉考試中覆查試卷的制度。清初定例，各省鄉試揭曉後，依程限解試卷至禮部磨勘。其內容為：先查考官，如有出題錯誤，給予罰俸處分。其次閱試卷，倘有文理悖謬、字體不正、朱墨不符、對非所問者，黜革除名。有不遵傳注、不避聖諱、四書文過七百字者，罰停考一科至三科不等。如一省斥革三名以上，主考官革職查辦。如罰的卷數多，考官會被罰俸，降級或革職處分。磨勘官初以禮部主持。康熙年間，開始欽派大臣專司其事。後來考試名額增多、試卷增多，就下令九卿共同磨勘試卷。

避房法：學校的考試制度名稱。宋紹定五年（1232年），以武學、宗學、補試，都在大院排定日期，依序引試。有親屬應試，考試官必須迴避，不得入內。

避親法：科舉考試中防止舞弊的方法名稱。宋代的制度，凡貢舉考試，如

遇有親屬及姻家子弟參加科舉考試，考試官都須迴避，至別試所另考，或牒試。

　　牒試：科舉考試中防止舞弊的制度名稱。也稱為胄試、胄舉、別試、牒試法。宋代制度，凡官員子弟、親屬、門客不得於其任職地應科舉考試，須牒送別處貢院考試，故稱為牒試。宋真宗即位後，開始遣官主持國子監、開封府的別試工作。宋景德二年（1005 年），開始命文、武升朝官的嫡親移送國子學附試。後逐漸成為一種制度。凡地方諸州長官的門客，本治所內的同宗或異性親屬，考官的遠近親屬及聯姻之家，離鄉一千里的隨侍同宗親屬等，都需要牒送本路轉運司應牒試。本路帥司、監司長官的門客、親屬，則送鄰路轉運司應牒試。朝廷宰相、執政、侍從、在朝文武官員的子弟、親屬等，則牒送國子監考試。南宋紹興元年（1136 年），高宗下詔令牒試應考者，有本司長官及州縣長官委保，有偽冒舞弊者，須連坐。紹興七年（1143 年），始命國子監牒試委派詞賦、經義考官。乾道四年（1168 年），裁定牒試法：凡正員以外的文武官員除直系子孫外，臨安職事官除監察御史以上官員外，其餘子弟無須牒試。紹定四年（1231 年），罷除諸路轉司牒試，嘉熙元年（1237 年），罷諸牒試。

　　鎖廳試：科舉考試中防止在任官員參加科考作弊的一種考試名稱。其簡稱為「鎖廳」。凡在任官員參加貢舉考試，須鎖其官廳而赴試，因此稱為鎖廳試。宋初，凡官員應舉考試，其長官先呈報名籍，得旨後才解送。在考試場所只有考試詞賦的時候才允許帶有《切韻》、《玉篇》。如果有攜帶其他與科考有關的書籍或者在考場內交頭接耳的考生，發現後就被罷黜。宋初，考試通過後，只能得到升遷而得不到授賜的科第。大中祥符五年（1012 年），下令，凡是符合鎖廳試條件的考生，地方州郡考官要先對他們進行考試，考試合格後才舉薦到禮部進行考試。如果考試不合格，不僅考生本人的官職被罷除地方考試官員和舉送官員也會被治罪。宋天聖四年（1026 年），又規定進行鎖廳考試的考生如果考試不合者免於責罰。

　　通過以上的辭彙我們可以看出其考試公平性的點點滴滴。對於考官和官員的子弟，統治者都會想盡辦法，不讓其乘職務之便而為自己的子孫謀取私利。各個朝代都制定了避親、鎖院等方法。在考試環節中也制定了各種方法以示公平，如專門設立貢院考試，即便在以前沒有設立貢院時，其也會用寺院或官衙作考試的考場。考生在入場的時候，也會被搜檢身體和衣物，以防作弊。考生

答完題後的判卷，也制定了詳細的方法，我們從科舉辭彙：彌封、對讀、謄錄、內簾、外簾中都可以看出這種防止作弊，以示公平的文化觀念。在發榜後，朝廷還要派重要的官員磨勘考試流程和試卷，以防官員作弊。

從以上的這些防止作弊的辭彙來看，統治者把科舉考試看作掄才大典，為了自己的江山穩固，也必須制定防止作弊的詳細的措施。而這些措施，對於廣大的考生來說這是公平的象徵。在科舉考試這個考場上，不管你的家世有多顯赫，也不管你多麼富有，都是以程文作為去留的標準，也可以說以知識能力作為唯一評判的標準。這一知識標準，即便是在隋唐時期，也都是遵守的，文章寫的不好是很難考取功名的。科舉考試以知識為衡量標準取人才，這是公平觀念的一種體現。

各個朝代制定了各種各樣的防止作弊的方法措施，這是朝廷展示公平的一個平臺。對於社會底層的擁有真才實學的考生來說，這種措施了保證了他們的才能能夠在考場上得到體現，成就了他們進入社會管理階層的一種夢想。這種防止作弊的公平措施，使得科舉考試的公信力更大，也使得科舉考試生命力非常長久。這些措施也使得公平的文化觀念深入到社會的各個階層。

第三節 科舉辭彙中蘊含的「統一」文化觀念

一、「統一」文化觀念的歷史淵源

「統一」文化由來已久，孔子心中的理想就是一統天下。一統，指天下諸侯皆統繫於周天子。後世因稱封建王朝統治全國為大一統。儒、道、墨、法等各派思想中都蘊含著「統一」的文化。道家的老子主張以「一」為本，「道生一，一生二，二生三，三生萬物」〔註9〕。這些都是統一思想的文化基礎。文獻記載中有明確記載「統一」觀念的是《公羊傳·隱公元年》：「何言乎王正月，大一統也。」徐彥疏：「王者受命，制正月以統天下，令萬物無不一一皆奉之以為始，故言大一統也。」〔註10〕

《墨子·尚同中》提出過「一統天下」的說法。《漢書·王吉傳》：「《春秋》所以大一統者，六合同風，九州島島共貫也。」唐人顏師古說：「一統者，萬物

〔註9〕出自《老子》第42章。
〔註10〕出自唐·徐彥《公羊傳疏》。

之統皆歸於一也……此言諸侯皆系統天子，不得自專也。」疏曰：「王者受命，
制正月以統天下，令萬物無不一一奉之以為始，故言大一統也。」〔註11〕李斯
更是明確提出了「一統」的思想。

統一的文化觀念，從古至今，延續不變，重要原因是，古今一直有許多人
熱愛、重視的大一統的觀念。「統一」的邏輯思維中衍生出來許多觀念，使得「統
一」文化觀念深深地扎根於中國人的心靈之中。

自秦始皇統一後，在政治、經濟、文化上，實行了統一的政策。這種大一
統的政策，使得古代社會各個方面都趨向於統一。在文字方面實行的是「書同
文」政策。這種思想對中華民族的影響是深遠的。雖然秦代是一個短命的王朝，
但這種「統一」的文化思想卻被完整的繼承了下來，使得中華民族的思維中形
成了一種喜歡統一而厭惡分列的思維。縱看中國歷史，分列的時間一般不會太
長，而統一始終是中華民族的主流。漢代董仲舒提出「罷黜百家，獨尊儒術」
〔註12〕的大一統的思想，使得當時的其他思想的爭鳴，戛然而止。儒家思想成
為統一全國的正統思想。

在漢字和儒家典籍方面，統治者也在不斷地進行篩選，力求統一。文字開
始統一為小篆，發展到隸書、楷書。漢字的形體變化不斷地走向統一與規範。
儒家書籍，由於秦始皇焚書坑儒政策，幾乎毀滅。到了漢代，統治者又進行
了發掘與補救。統治者為了統一六經，把六經刊刻成了石經。由於是在熹平
年間刊刻的，所以被稱為熹平石經。其六經為《詩》、《書》、《禮》、《樂》、《易》、
《春秋》。這些書在後來逐漸成為了讀書人的必讀書目。熹平石經的刊刻解決
了當時文字繆亂的問題，使得經書得到了統一與規範。東漢的許慎編寫的字
典《說文解字》，魏晉南北朝時期的顧野王的《玉篇》，在當時也對統一漢字
的形音義起了積極的作用。從某種意義上講，這也是在統一思想指導下的一
種實踐活動。

二、科舉辭彙中蘊含的「統一」文化觀念

科舉時期，這種漢字形音義的統一工作也是在不斷進行的。科舉使得「統
一」的文化觀念，更加深入人心。「大一統」在文字上的表現就是從形音義上對

〔註11〕出自漢・班固著，唐・顏師古注，漢書〔M〕，北京：中華書局，2012年。
〔註12〕漢武帝元光元年（公元前134年）漢武帝召集各地賢良方正文學之士到長安，親自
　　　　策問。董仲舒在其策中闡述了該思想。

漢字進行統一和規範。「書同文」觀念被真正地自覺地落實到了實踐中。科舉考試實行後，官府和個人都把對漢字的統一作為其本職工作。

在秦朝，秦始皇就提出過「書同文」的政策，雖然取得了一定的成績，但是文字內部混亂的現象並沒有得到有效解決。在科舉時代，選取人才必須通過用文字寫成的文章的形式進行判斷考生的才華。由於文字的繆亂，考生的試卷中許多文字的使用也不規範，慢慢地使得統治者感覺到漢字的形、音、義工作必須要進行統一規範。這種工作的實施無形當中使得「書同文」觀念更加傳入到了每個考生的心理。因為科舉考試不允許他們在考試中寫錯字，寫詩不允許用錯韻，對經文意義的理解更不允許出錯誤。例如，科舉考試詩賦、經義、八股文，開頭是要針對題目的意義進行破題的。「破題」是唐宋時，考試詩賦和經義的起首處，須用幾句話點破標題要義及語句意義的一種方法。八股文的第一股，用一兩句話說破文題的主要意義。這就更顯得統一漢字的形音義的重要性。由於統治者對文字如此的重視，使得漢字的統一深入到了大江南北的每一個角落。下面我們通過科舉的相關辭彙的闡釋，以展現其蘊含的統一的文化觀念。

（一）統一漢字字形的科舉工具書書目名稱辭彙蘊含的「統一」文化觀念

科舉時代整理漢字字形的工具書有如下幾本。

干祿字書：《干祿字書》是唐代一本字樣學字書，由顏元孫撰寫，並一卷。此書共整理漢字 804 組，凡 1656 字。〔註13〕唐代科舉考試特別重視考生的文字書寫規範。顏元孫撰《干祿字書》的其中一個原因為使科舉文字得以統一，尤其突出「正字」這重要概念，所有考生必須依從其例以應考科舉。《干祿字書》序云：「所謂正者，並有憑據，可以施著述文章、對策、碑碣，將為允當。」下有注解為「進士考試，理宜必遵正體，明經對策，貴合經注本，又碑書多作八分，別詢舊則」。從此可見，唐代進士考試必依《干祿字書》的「正字」。顏元孫訂定俗通正三體，指出各體適用範圍，即不同場合各有其約定俗成之用字標準，分組整理異體字，對當時文字加以規範，並提倡使用正字。《干祿字書》所收正字皆有憑據，多為後世相傳。

玉篇：中國古代的一部字書。其主要是按漢字形體分部編排。作者是南

〔註13〕詳見劉中富，干祿字書字類研究〔M〕，濟南：齊魯書社，2004 年。

朝・梁・黃門侍郎兼太學博士顧野王。在唐上元元年（760 年）孫強對其補充增字，在宋大中祥符六年（1013 年）陳彭年、吳銳、丘雍等人對《玉篇》進行過重修。所以現存的《大廣益會玉篇》已經不是顧野王的原本。其作為一部字典，《玉篇》與《說文解字》相比改進了很多。第一，先出反切，使讀者見到一個字後就可以知道或瞭解它的讀音；第二，引用《說文》的解釋；第三，盡可能舉例，這是字典的血肉；第四，對例子做必要的解釋；第五，注意到一些一詞多義的現象。《玉篇》主要是說明字義，但其不限於本義，而是把一個字的多種意義都羅列出來。其開創了後代字典的先河，這也是《玉篇》的對後世的價值之所在。

類篇：中國古代的一部字書。其編排體例主要是按部首編排。王洙、胡宿、張次立等人在宋仁宗寶元二年（1039）相繼修纂，但是到了宋英宗治平三年（1066）開始由司馬光進行主持編纂，宋治平四年（1067 年）編寫成功，上貢於朝廷。《類篇》在以前的時候人們一直以為是司馬光編著，但實際上只是由司馬光主持整理成書而已。《類篇》共 15 篇，每篇又各分上、中、下，合為 45 卷。全書共 540 部首，收字 31319 字。其體例是每字下先列反切，後面訓解字義。如果字音和字義不同，就分別指出。書中收了不少唐宋之間所產生的字，為後世文字學家研究文字發展提供了重要的參考資料。

字彙：中國古代的字書名稱。本書共 14 卷。作者是明代的梅膺祚。該書是按照楷體字形把《說文解字》中的部首簡化為 214 部。並用子、丑等地支把該書分為 12 集。部首和各部首中的字按筆劃的多少進行排列。一共收字 33179 字。除了古籍中的常用字外，另外還收集了許多俗字，但是收集的僻字不多。先列反切注音，後直音注音。解釋字義十分地通俗易懂。該書中的偏旁分部檢字法，被後世《康熙字典》等遵循和繼承。因此偏旁分部檢字法成為中國字典或者是詞典的主要編排方式之一。該書在《康熙字典》出來之前也成為明代至清初最為科舉士子們喜歡的一部字典。

正字通：中國古代的字書之一。作者是明末的張自烈。該書共 12 卷，收字超過三萬餘字，並按照十二地支進行排列。部首的選擇與編排方法與梅膺祚《字彙》一樣，都是 214 部。該書收字 33549 字。注解資料豐富詳實，其中大量引用了佛道、醫藥、方技等方面的數據。甚至有的引用奇聞異事。「徵引繁

蕪，頗多舛駁。又喜排斥許慎《說文》，尤不免穿鑿附會，非善本也。」〔註14〕
該書在《康熙字典》以前被科舉士子們廣泛的使用。書中記錄的方言俗語，對
後世的方言學研究有一定的價值。

康熙字典：清朝時期非常出名的一部字典。在清朝康熙年間《康熙字典》
是由文華殿大學士兼戶部尚書張玉書和經筵講官、文淵閣大學士兼吏部尚書
陳廷敬授康熙之命擔任主編召集人才進行編纂的。該書主要是參考了明代的
《字彙》、《正字通》兩書，成書於康熙五十五年（1716 年）。該書是一部非常
詳細的解釋漢語漢字的字典。《康熙字典》的優點主要有以下幾點：第一，收
字相當豐富。第二，用二百一十四個部首分類，用反切注音，釋義舉例時要標
明出處等。每一個字的不同讀音和不同字義在該書中都羅列的很清楚，應用者
可以十分方便地進行查詢。第三，幾乎在每字的字義下面，都舉出與該字字義
相同的字義。這些例子幾乎都是引用古書。

唐代的《干祿字書》，宋代的官修字書是《大廣益會玉篇》和《類篇》，明
清時期出名的字書《字彙》和《康熙字典》都以規範漢字為宗旨，是當時規範
和統一語言文字的重大成果。

科舉時代為何下如此大的工夫去統一漢字。其直接原因是宋代及其以後，
針對漢字中的錯別字，閱卷官採用的是「點抹法」。即閱卷官在錯別字的旁邊
加「點」，大錯的地方加「抹」。方法是每錯三個到五個字為一點，積累夠了三
個點字即九到十五個字為一抹。如果在一份試卷中，錯誤率達到三個抹九個點
時，就取消該生生員的錄用資格。所以在宋代及其以後的士人在讀書文章時，
都是十分注意文字的規範。正是由於這種嚴厲的措施，使得漢字的統一與規範
與個人的前途與命運相聯繫起來。這就使得漢字的統一和規範化有了動力。這
也使人們逐漸樹立了一種統一標準的文化觀念。

正是這種科舉制度對漢字的規範統一，才使得中國大地上出現一種方言不
通漢字通的現象。即使考生之間方言不同，甚至聽不懂對方的方言，但是在寫
出漢字時，大家都能夠認識。所以漢字在凝聚民族向心力上也作出了自己的貢
獻，漢字也成了中華民族統一觀念的一種象徵。

〔註14〕《四庫全書總目》卷四三《正字通》中對該書的評價。

（二）統一漢字讀音的科舉工具書書目名稱辭彙蘊含的「統一」文化觀念

科舉時代研究漢字字音的工具書有如下幾本。

切韻：韻書的名稱。作者為隋代陸法言。該書成於隋文帝仁壽元年（601）。共 5 卷，收 1.15 萬字。分為 193 韻：平聲 54 韻，上聲 51 韻，去聲 56 韻，入聲 32 韻。唐代初期十分重視此書，定其為官韻並作為科舉考試指定書目。考生在考場上作詩所用之韻，一切以《切韻》為準。此書是由陸法言執筆，把劉臻、顏之推、盧思道、李若、蕭該、辛德源、薛道衡、魏彥淵此八位著名學者討論商定的審音原則記下來，並成書於隋文帝仁壽元年（公元 601 年）。《切韻》所創造的韻書體例，具有開創性。其為後代韻書所模仿。《切韻》歸納的語音體系，經《廣韻》等後世韻書的增補，一直都是官方所認可的正統字音。《切韻》的原本已經亡佚。〔註15〕

廣韻：韻書的名稱。該書全稱《大宋重修廣韻》，共五卷。北宋時期的一部官修韻書。宋真宗大中祥符元年（1008 年），由陳彭年、丘雍等奉旨在前代韻書《切韻》的基礎上編修而成。《廣韻》共收字二萬六千一百九十四個，注文共十九萬一千六百九十二字。所收之字按平、上、去、入分類，平聲因字多分上、下兩卷，上、去、入各一卷。全書分二百零六韻。該書是我國歷史上完整保存且廣為流傳的一部重要的韻書。該書是為增廣《切韻》而成的，其中除了增字加注外，韻部也有增訂。

通過以上韻書名稱辭彙的介紹，我們可以看到字音的統一和規範也是相當重要的。因為漢字是一種義音文字，在寫文章時，講究平仄押韻，所以只在字形字義上進行統一是不夠的，還必須對字音進行校訂。

南北方音差別很大，加之唐代在進士科中開始讓士子可以寫律詩以贖經帖。有時也要求寫律賦並且對其中要押的韻腳字進行了限定。這就顯得，統一漢字的讀音勢在必行。因為這種需要，《切韻》系韻書就悄然誕生了，這對考生在考場上作詩的幫助是十分大的。後來隨著時間的變化，字音也有了變化。這就推動著韻書的不斷修訂和發展。以後的宋元明清，出於中央集權和統一文化的需求，都進行了不斷地修訂。因此，從宋代到明代韻書得到了不斷地發展。

〔註15〕現存最完整的增訂本有兩個：一為唐寫本王仁昫《刊謬補缺切韻》；一為北宋陳彭年等編的《大宋重修廣韻》。

在宋代的韻書，主要《廣韻》、《等韻》兩本韻書。《廣韻》是陳彭年等奉詔根據前代韻書重新修定的韻書，是我國第一部官修韻書。由於《廣韻》疑混繁冗，不變應用，在宋景祐四年（1037 年），丁度等奉旨修訂《廣韻》即《集韻》等，這兩部韻書都是為當時應試作文用的。韻書為當時的科舉文體押韻提供了方便，使字音的押韻有一定的標準。

正是這種科舉制度對漢字字音的規範統一，才使得考生之間雖然方言不同，但是在寫出漢字時，知道該漢字讀音是什麼，該押哪個韻腳。所以漢字字音的規範和統一對這種統一的文化觀念起了加深和鞏固作用。

（三）統一漢字字義的科舉書目辭彙蘊含的「統一」文化

科舉考試書目的校訂主要是從唐代開始的。在唐代對字義進行統一的主要就是孔穎達的《五經正義》，宋朝以後主要是朱熹的《四書章句集注》。下面我們對其詞條做一個闡釋，以方便大家對其瞭解。

五經正義：五經指五部儒家經典著作。唐朝所頒布的儒學經書的標準書籍，是一部官書。即《詩經》、《尚書》、《禮記》、《周易》、《春秋》。其為官學統一教材和科舉考試的標準答案。漢武帝時，朝廷正式將這五部書宣布為經典，故稱「五經」。由於儒家典籍散佚，文理不通，章句混亂。為了適應科舉取士和維護全國政治統一的需要，唐代的《五經正義》出來後，結束了儒學宗派的紛爭，對於儒學的發展是很重要的。唐代的孔穎達等奉唐太宗李世民之命進行編訂該書，一百八十卷，書籍內容兼容並蓄，成就很高。《五經正義》現存《十三經注疏》中，其中最好的是影印阮刻《十三經注疏》。

四書章句集注：簡稱為《四書》。南宋朱熹編著。包括《大學章句》一卷，《孟子集注》七卷，《中庸章句》一卷，《論語集注》十卷。其為四書的重要的注本。朱熹將五經之一的《禮記》中的《大學》、《中庸》抽出，將其與《論語》、《孟子》並列。《大學》、《中庸》中的注解稱為「章句」，《論語》、《孟子》中的注解因為結合了眾人說法，所以稱作「集注」。《四書章句集注》一書，上承經典，下啟群學。其重塑了孔孟形象，整理和規範了儒家的思想，宣揚和貫徹了儒家的精神。宋以後，元、明、清三朝都以《四書集注》為學官教科書。其成為了官定的必讀注本和科舉考試的科舉考試的標準答案。可以說《四書章句集注》是儒家文化史上的一個里程牌。

　　唐代修訂了這些書籍使其統一而標準，然後頒行全國。這就使得科舉考試有了標準的答案。凡是與頒布全國的標準樣本中字的形音義不統一的，是不會在科舉考試中及第的。這樣的舉措就刺激了士人的心靈，一字或字義不合格就不能及第，實在是令人恐懼。所以在科舉功名的利益驅使下，文字規範不斷深入發展。這種統一與規範化的觀念也在人們的心靈深處留下了一個深深的烙印。

　　科舉考試書目，在唐是《五經》的時代，在宋及其以後是《四書》的時代。在唐代對五經的校釋和統一是從唐太宗開始的。唐太宗四年（630 年），命令孔穎達等對五經的意義進行了疏通，並且命名為《五經正義》。其後就把《五經正義》作為科舉考試的考試書目。南宋，宋寧宗嘉定五年（1212 年），把《論語集注》和《孟子集注》作為法定的學館教科書。元朝把南宋末期朱熹等理學家修訂的四書作為了考試的必考科目，並且地位讓其高過了五經的地位。在明清，考試書目依然是用四書五經等為參考書目。這就使得漢字字義所體現出的義理就定格於朱熹等理學家所審定的四書。這也使得漢字的字義的統一達到了前所未有的高度。正是這種高度字義的高度統一，才使得統一的文化觀念更加深入人心。

　　科舉考試中是從字形、字音、字義等方面體現出來的這種文化觀念。從科舉考試中的工具書日辭彙中我們可以看出，對其校訂整理注解等等工作，都沒有停止過。各個時代字書韻書的不斷出現，我們都會看到這種文化的縮影。通過對科舉書目辭彙的解釋我們可以看到，這種不斷地整理工作，其實質作用就是使得科舉考試能夠順利進行。然而其背後的這種統一的文化思想觀念卻在漢字形音義不斷地整理和統一的過程中深入了人心。

　　在科舉考試的 1300 年間，這種統一的思想文化一直是伴隨著漢字形音義的規範化和統一化而漸漸深入人心的。它一直以來是以一種暗線出現，我們看不到摸不著，但它卻悄然地走入了中國人的心間。這種統一的文化觀念引導著統治者和廣大的士子，進行統一化的科舉答題。這種文化觀念，保證了漢字的統一與穩定，促進了科舉的順利進行。同時也為我們中華民族的團結統一，中華民族的向心力、凝聚力的增強做出了貢獻。

第四節　科舉辭彙中蘊含的忠孝信仰文化觀念

在科舉時代，儒家文化倫理觀念主要是通過科舉考試體現出來的。通過科舉考試的科目辭彙和科舉考試的內容辭彙的解釋中我們能夠感受到這種文化觀念的氣息。中國人在這幾千年裏就是通過科舉這種中介傳承了儒家的倫理文化觀念。科舉考試的書目和考試內容都是來源於四書五經。通過科舉考試我們可到中國人的儒家倫理文化信仰的精髓。儒家對忠孝倫理觀念的重視，是通過四書五經來傳承的，並通過科舉考試來貫徹和普及到人們思想當中去的。

一、四書書目辭彙中的儒家倫理文化觀念

科舉考試書目中最重要的就是《四書章句集注》。朱熹以理學的觀點來注釋四書，倡導儒家的倫理文化觀念。下面我們簡要介紹四書書目辭彙中所包括的儒家倫理文化內容。

大學：《大學》原為《禮記》的一篇。宋朝程顥、程頤兄弟把它從《禮記》中抽出，進行注釋編成章句。《大學》篇在此以後成為儒家的經典著作。《大學》中展現的儒家思想是豐富多彩的。首先提出明明德、親民、止於至善三個綱領。其次提出了格物、致知、誠意、正心、修身、齊家、治國、平天下八個條目。其中修身是最根本的。文中認為自天子以至於庶人皆以修身為本。科舉時代的考生都是由《大學》登堂入室來學習這種儒家思想的。

中庸：《中庸》是戴聖的《小戴禮記》中的一篇。其為「四書」之一。南宋的朱熹把它從《小戴禮記》中抽出來，進行編輯和注釋編為《中庸章句》，並把《中庸》和《大學》、《論語》、《孟子》並列稱為「四書」。宋朝末年及元代，陸續地把《中庸》作為學校官定的教科書和科舉考試的必讀書。中庸之道是《中庸》的中心思想，當然也是儒家學說中的核心思想之一。《中庸》的主要目的在於讓人們修養人性。其提出的學習的方式有博學、審問、慎思、明辨、篤行等。《中庸》所追求的修養的最高境界是至誠至德。

論語：《論語》是儒家學派的經典著作之一，也是科舉時代的「四書」之一。《論語》體現了孔子和其門人的政治主張、道德觀念及教育方法等。《論語》中的思想豐富並且對後世的影響很深遠。在做人上，孔子提出要正直磊落，要重視「仁德」。在學習上，孔子要求學生要愛學習，要追求道義真理並且要把學習和思考相結合要學以致用。在教育上，孔子主張有教無類和因材施教。同時孔

子在《論語》中也強調要嚴於律己、要講究信用、要愛護人民等思想。

孟子：《孟子》是中國儒家的經典典籍，同時也是科舉時代的科舉書目「四書」之一。該書的作者是孟子和其弟子。書中闡述的思想也是豐富多彩的。首先孟子倡導民本思想。孟子認為民為貴，社稷次之，君為輕。孟子在書中提出了仁政學說即仁政是德治觀念的核心。孟子的道德論的核心思想是仁義。孟子提倡性善論並提出要靠修養及發揮善性的工夫，以培養出浩然之氣。孟子在書中提出的教育主張是得天下英才而教育之。同時孟子提出為民制產的主張，也成為歷代統治者尋求國泰民安的最高理想。

通過以上對四書中儒家倫理文化的介紹，我們可以看出儒家倫理文化的博大精深。科舉辭彙中也展現出了儒家倫理文化的各個方面，但是我們在此只是就科舉辭彙談一下忠孝的倫理文化觀念。

二、科舉辭彙中蘊含的忠孝文化觀念

在封建社會，忠君愛國和孝道是封建統治者所極力倡導的內容。百善孝為先，大德之首即為忠，對於一個賢臣來說忠孝是其必備的素質。在儒家信仰的傳統倫理文化觀念中，在家中是要孝順父母，出門做官就要忠於國君。古代人們的傳統思維是孝敬父母者必忠於君，所以在古代選官時，大都是求取忠臣必求之於孝子之家。其理由就是家國同構，孝親必忠君。下面我們從科舉辭彙中看一下儒家忠孝倫理的文化觀念。

（一）科舉考試科目辭彙中對忠孝觀念的體現

從考試的名稱辭彙中就能體會到古代對忠臣孝子是多麼的看重。

賢良方正能直言極諫科：賢良方正的意義是指的是才貌出眾，品德端正。這裡的字面意思是選取才貌出眾且品德好能夠直言進諫的人。此科源於漢代的察舉特科科目。漢文帝二年（公元前 178 年）開始設置。唐宋時期都設置了此科，其簡稱是「賢良方正科」，也稱直言極諫科。應考的考生不限資歷，職位低的官吏或者是民人都都可以報考。朝廷派人主持考試，考試對策三千言，詞理具優者就會中選，授予官職。元明時期不在設此制科。清代設過制科，但是沒有設此稱呼的制科。

孝廉方正科：孝廉：孝，指孝子；廉，指廉潔之士。方正，品德正直不阿。清代特設的制科之一。其把漢代原有的孝廉和賢良方正科目相併而得名。雍正

元年（1723 年），詔各省每府州縣各舉孝廉方正，賜六品服備用。以後遇到皇帝即位，即薦舉一次。乾隆五年（1740 年），定薦舉後赴禮部驗看考試，授以知縣等官。

通過上述舉例的幾個辭彙，我們可以看出在科舉考試中也大力宣揚這種忠孝的倫理文化觀念。這樣做的目的就是為了維護自己的封建統治。足見辭彙中所體現出的忠孝理念在古代封建社會中佔有的地位是多麼的十分重要。統治者提倡這種忠孝理念，並讓人們接受並信仰這種觀念的手段之一就是科舉考試。在科舉考試的不斷的思想同化下，考生就會自然地接受忠君孝親是一種合理的天道。並且他們會把這種文化觀念融入到自己的骨髓中，成為自己的一種信仰。

科舉考試中的考生，在經歷過科舉考試與儒家經典的洗禮後，對這種儒家文化的信仰是深邃的，懷疑叛逆的考生很少。統治者正是看好這一點兒，使這些科舉考試的考生成為以忠孝為核心的儒家倫理的倡導和宣揚者。這些觀點通過儒生的宣揚就會散播到社會的每一個角落。

（二）科舉考試書目辭彙中對忠孝觀念的體現

在科舉時代，識字階段的啟蒙性質的讀物和國家頒布的一些教導學生行為規範的條例書籍，也宣揚了這種儒家忠孝觀念的倫理思想。如《千字文》、《幼學瓊林》、《聖諭廣訓》等。

千字文：在古代是社會啟蒙教育的課本。南朝梁周興嗣撰。取王羲之的遺書中不同的字一千個，編為四言韻語，敘述社會、歷史、倫理、教育等方面的知識。隋朝開始流行。歷代多有續編本和改編本。

幼學瓊林：中國舊時的啟蒙教育讀本。清代程允升著。原名《幼學須知》。清朝的嘉慶年間，經鄒聖脈增補，改名為《幼學瓊林》，簡稱為《幼學》，共四卷。博採自然，社會、歷史、倫理等方面的歷史典故，編為駢語，以便誦記。

孝經：《孝經》是中國第一部關於孝道的倫理書籍。最初寫成於秦漢時期。後世對其注釋者很多。其中最出名的是唐玄宗李隆基注釋的版本。《孝經》的內容主要是介紹孝這一文化倫理概念。儒家的一些文化倫理觀念在其中得到了很好地體現。其認為孝是天經地義的並且是人類最基本的行為之一。書中還強調「孝」是諸德之本，人類其他行為都不能勝過「孝」這一行為。同時，該書也認為「孝」的作用是巨大的，國君可以用它來治理國家，普通的臣民也可以用

它來管制家庭。同時，書中把「孝」與「忠」這一文化概念聯繫起來，認為忠是孝的擴大和發展，其認為凡孝之人，必忠於君。《孝經》是中國古代的倫理思想史翻不過去的一頁，其意義和價值都是十分巨大的。

聖諭廣訓：該書是清朝教育生員思想言行的皇帝訓文。該書頒布於康熙年間，稱「聖諭十六條」。到雍正時，又重新申論，改為「聖諭廣訓」。其主要內容就是：一、敦孝悌重人倫；二、篤宗族以昭雍睦；三、和鄉黨以息爭訟；四、重農粟以足衣食；五、尚節儉以惜財用；六、隆學校以端士習；七、黜異端以崇正學；八、講法律以儆頑愚；九、明禮讓以厚風俗；十、務本業以定民志；十一、訓子弟以禁非為；十二、息誣告以全良善；十三、戒窩逃以免株連；十四、完錢糧以省催科；十五、聯保甲以彌盜賊；十六、解仇忿以重生命。這些條目都以提倡生員的忠孝節義為宗旨。每屆歲科試時生員必須默寫一道。每逢節令，地方官員必須對軍民宣講一次，以視重視。

通過對以上儒家啟蒙讀物和皇家頒布的條例書籍的名詞解釋，我們可以看出儒家的忠孝倫理觀念是從孩童時期就開始進行灌輸。足見其深入人心的程度。當然這種在蒙學讀物中的倫理觀念都被簡單化了。也正是這種淺顯和簡單化，才能符合孩童的理解和接受能力。

儒家文化是以倫理道德為出發點的一種文化。儒家文化一開始就有趨善求治的價值取向。作為這個倫理文化的核心就是「忠」與「孝」。這種文化的精髓至今人們都沒有忘卻。其依然留存於人們心中。我們通過科舉辭彙的解釋就可以看出，我們的儒家倫理文化信仰是通過儒家經典地慢慢薰染，讓其融入到人們的骨髓。一旦該思想被深入至骨髓，就會一生貫徹執行。許多行為不用故意去做，就會在行為舉止之間留露出這種倫理文化信仰的點點滴滴。

通過科舉辭彙中的一些相關辭彙我們能夠看出，官方在科舉中所突出的儒家信仰都是方法論性的「仁」、「義」、「禮」、「智」、「信」、「忠」、「孝」等倫理文化信仰。其意為要人們要按照儒家的倫理文化綱紀去生活。「忠」、「孝」這兩個詞是每個朝代科舉考試中隱含的核心辭彙，對國家「忠」、對父母「孝」是中國人心底的一種信仰。在中國人心目中「國」為大家，「家」即小國。換言之，對父母「孝」了就等於說對國家「忠」了。

從科舉考試制度辭彙中，我們也可以看到一些「服喪要三年」、「服喪不能應考」等辭彙。這些辭彙所體現出的是一種「孝」道文化。從科舉書目辭彙中

「孝經」一詞的解釋中我們可以看出好多傳統的「孝」的禮節和思想倫理觀念。這部書各個朝代都廣受追捧，注解者甚多。在唐朝時，唐玄宗李隆基親自為《孝經》作注。可見當時的社會對孝的文化觀念是多麼的重視。《孝經》以孝為中心，比較集中地闡發了儒家孝的倫理思想。一國之君可以用孝治理國家，足見統治者對「孝」文化的重視。《孝經》把孝親與忠君有效地聯繫起來，認為「忠」是「孝」的發展和擴大，並把「孝」的社會作用推而廣之，讓人們接受並信仰這種倫理觀念。

通過對科舉辭彙，我們可以看到的科舉考試的內容是儒家經典書目中的內容。但其實質，說到底就是考察一種儒家倫理道德文化。科舉考試利用對這種道德文化的解讀為標準，去考察一種人的才學知識，以此為授官的標準。這不僅能夠選出有文化和有才能之人，同時也是在宣揚這種文化觀念，以利於其政治統治。

通過科舉考試的相關辭彙，我們看到科舉考試制度使用大棒加胡蘿蔔的方法，使人們無形當中接受了儒家的倫理文化。從唐代到清代，對科舉辭彙的日趨豐富，體現出的是人們對科舉的熱忱日益的增加。換言之，人們對儒家的這種忠孝倫理文化觀念更加篤信不已。

已經遠離科舉一百多年的今天，我們的「忠」「孝」觀念，還是始終保持和堅守。對父母要孝順，是現代青年人擇偶的重要標準之一。一夫一妻制度的今天，夫妻雙方要忠於對方，也體現出了這種文化在人們生活的縮影。可見，在科舉考試中傳承了千年的「忠」「孝」文化信仰，已經成為中華民族信仰中的一部分了。

儒家文化信仰，在經歷了各種文化衝擊後，這些在人們底層的東西依然沒有改變。這就像大海深處的海水一樣，任憑大海表面波濤洶湧，底層依然平靜如故。科舉辭彙雖然沉入了歷史的海底，但其蘊含的儒家倫理文化信仰，卻在現代人的言行當中，不斷地體現了出來。這是中華民族區別於世界其他民族的一些特殊的地方，也是中華民族文化信仰和中華民族的根基所在。我們很難想像，儒家文化信仰，被人們丟失後的現象。現在社會，由於受到金錢、西方思想的衝擊，也出現了現代中國人的文化信仰缺失的現象。經歷一番痛苦之後，中國人還是回到了中華倫理文化的原點，因為這是中華文明信仰的根，拋棄不得。

第六章　餘　論

1905 年科舉制度被正式下詔廢除，中華民族從此開始了學習西方的艱辛歷程。新的教育制度慢慢建立起來，科舉的影子離我們越來越遠了。

科舉被廢除後的中國大地，科舉考試下的教育模式也被現代教育模式下的小學、初級中學、高級中學、大學等教育模式替代。作為生長在現代社會的我，要不是自己選擇古代漢語這一方向作為自己的研究領域，也許永遠都觸摸不到那些大量的與科舉相關的名詞術語。因為它與現代人們的生活已經相離很遠了。當觸及到這些大部分被歷史淹沒的科舉辭彙時，我感覺到的是陌生。但在熟識之後，我又進入了長時間的思考之中。因為科舉辭彙和科舉辭彙中蘊含的文化觀念對現代社會中的一些現象具有啟發和指導意義。

一、豐富細密的科舉辭彙折射出中華民族強勁的創新能力

在科舉制度建立以來的一千三百多年裏，國家人才的選拔全靠的是這種科舉考試制度。科舉名詞術語可以告訴我們當初，讀四書五經後首登龍虎榜是多麼的榮耀和輝煌。但是到近代，當帝國主義的列強，用堅船利炮打開中國的大門時，科舉考試於 1905 年悄然退出了歷史舞臺。

我們從科舉的歷史中會看到，科舉辭彙設置的細密性，絕不亞於倫理宗親相關辭彙的設置精密度。親屬辭彙劃分的細緻，我們是有目共睹和熟知的，但

是科舉辭彙是一種死亡的歷史辭彙，已經很少有人會感覺到其劃分的細緻性和精密性了。

首先我們看一下倫理宗親的辭彙的細密性。倫理宗親辭彙與我們的生活息息相關，這使得我們對這種辭彙熟知程度高。在日常的英語學習中，我們把它與英文對照時，就會感到找不到相應的合適辭彙。例如：「姑媽」和「姨媽」。「姑媽」在我們的漢語裏指的是爸爸的姐姐或妹妹；而「姨媽」指的是媽媽的姐姐或妹妹。在漢語裏，我們分的十分清楚。而在英文當中就只用一個詞來表示。因為在外國人來看這都是一樣的，所以西方人稱兩者都為「Aunt」。而在中國我們分得很清是因為我們有自己的理論，那就是中國的倫理宗親文化理論。在中國，我們會把人與人之間的關係遠近分為三六九等。在宗族中孰遠孰近一定要清楚。中國人絕多數時間都是在圍繞此來研究。凡是寫這些理論的，在後人或統治者眼裏來說都是非常重要的。

在明白了倫理宗親辭彙的細密性以後，我們再去看科舉考試術語辭彙時，我們也會有這種感覺。例如在科舉考試中考試的名稱辭彙就有縣試、府試、院試、解試、科考、歲試、鄉試、省試、會試、殿試、朝考等辭彙。而在英文中我們能夠表示考試意思的只有兩個辭彙那就是「examination/exam」和「test」。以此我們就可以說明科舉辭彙的豐富和細密性。科舉辭彙和倫理宗親辭彙的精密性，在某種程度上驗證了中華民族的創新能力是不弱的。

在現代的人們眼裏之所以顯得薄弱是因為現代社會注重自然科學領域的創新而非人文社科領域的創新。在科舉考試時代，考試的內容都是這種關於人倫宗法的內容，這使得人們框於這個圈子而無法自拔。這些內容被考了一千三百多年。加之以前從周朝就開始強調宗法理論，可以毫不客氣的說，整個中華民族的歷史，就是人們在宗法倫理下進行生活的歷史。科舉考試的一千三百多年間也有過零星的自然科學方面的火花，但被這種強大的倫理文化湮滅了。

現代的人們一直認為中華民族的創新能力不夠，但是大家不妨看一下科舉辭彙以及科舉考試後帶來的一些社會現象。大家會發現，我們中華民族的創新能力還是很強的。不過我們偏離了現代文明所需要創新的自然科學領域，而是偏向了人文的宗法倫理領域。我們創造了以文取官的科舉考試，考試結束後，我們會用不同的名詞來形容考試的名次，給每個不同的名次以專門的

稱謂。我們把科舉考試中的殿試的前三名用三個不同的辭彙來形容即狀元、榜眼、探花。翻看世界史，除了亞洲的幾個國家仿傚中國的科舉制度外，我們還沒發現其他國家有過這樣的制度。當然我們就可以說狀元、榜眼、探花這三個名詞的專有稱謂是我們的專利。就像我們所說的對宗族親屬稱謂的稱謂一樣，都是中華民族創造力的有力證明。因為我們中國人創造了而西方人並不知曉。

我們曾經有過自然科學創造，但那都是半成品。例如四大發明是很明顯的自然發明。西方利用這些東西，開啟了現代文明。而中國只不過是過年過節時，襯托喜慶氣氛的附屬品。而西方卻把火藥製成了現代戰爭的武器並且用他們打開了中國的大門。在古代的中國社會，我們的自然科學，都沒有受到重視。所以才最終導致了中華民族最終出現了如此落後的結果。清朝末年，我們面對如此的局面，當我們尋找原因時，我們卻把過錯簡單地推向科舉和漢字，指稱他們是罪魁禍首，這有點兒讓人啼笑皆非。

在現代的中國，人們記住了落後就要挨打的教訓。於是人們在自然科學領域奮起直追。因為大家感覺到了在這個領域中華民族已經落後於西方太多了。然而在幾千年的古代社會中，人們從來沒有關心過這個領域。以至於人們突然感覺到這個領域如此之重要而想奮起直追時，人們才感覺到科技的進步是多麼的艱難。現代社會的人們老是認為中華民族的創新力不夠。政府也大力提倡創新。這不禁給人們以錯覺，中華民族是一個沒有創造力的民族。但是當我們自己審視一下自己的歷史時，我們就會發現，我們的看法是錯誤的。

面對豐富和細密的科舉辭彙，我們有理由相信中華民族的創新能力是很強的。只不過我們受中國傳統的思維影響，全部精力都集中在社會科學領域了。中國人在科舉時代，在自然科學領域的建樹並不是很多。民國和後來成立的新中國的自然科學人才，才在自然科技領域積極地做研究。面對此種情形，我們只能說人們的思維進入自然科學的領域進入晚了，而不是向我們感知的那樣中華民族的創造能力不強。

面對如此之分析，我們有底氣說，中華民族的創新能力並不弱，只不過我們的創新思維和理念需要轉向到自然科學領域。因為自然科學與現代社會的進步是緊密相連的。如果沒有現代的自然科學的進步，一個民族就難以在世界民族之林立身。

二、從科舉辭彙中反思狀元文化

所謂的狀元文化從某種意義上來說就是第一文化。在中國每一個人都有一個狀元夢。在這種狀元夢下，每一個人都在不停地追求著第一。在這種文化下，每個人都追求著同一個方向，並在這個方向上孜孜以求地追求著第一。這種第一文化能夠讓人奮發向上，但也會造成一些不好的影響。這值得我們去反思。科舉時代對名次的重視已經超過對任何東西的重視。尤其是中了狀元之後更是讓人感覺到神采飛揚，這一點兒我們從科舉名次辭彙和考試成功後的慶祝儀式辭彙中也可以窺斑見豹。

狀元：在唐朝舉人赴京應禮部試考試都須投狀，士人及第後也是由奏狀報於朝廷。因而稱進士科及第的第一名為狀元，或者叫做狀頭。宋太祖開寶六年（973 年）以前常稱為榜首。宋開寶八年（975 年）復位禮部復試之制，才以殿試第一甲第一名為狀元，但有時也稱二、三名為狀元。明清會試以後，貢士須殿試，分三甲取士。一甲三名，第一名為狀元，第二名為榜眼，第三名為探花。狀元因此成了殿試一甲第一名的專稱。中狀元者號稱為「大魁天下」，為科名中的最高榮譽。又因其為殿試一甲第一名，故別稱為殿元。明清時因授翰林院修撰，又稱殿撰。

榜眼：該詞非常形象地表達出科舉考試中第二名在榜上的位置，就如同於在眼睛在人臉的位置。科舉考試中殿試一甲第二名。其稱謂始於北宋初年，當時殿試第二、三名都稱為榜眼，意指榜中之眼。明清定制，專指殿試一甲第二名為榜眼。

探花：「探花」為科舉考試中對殿試一甲第三名的稱謂。唐時進士在曲江杏園舉行「探花宴」，以少年俊秀者兩三人為探花使，又稱探花郎，遍遊名園，折取名花。南宋以後，專指殿試一甲的第三名為探花。

從科舉考試的排名的名次辭彙我們就可以看出，人們是通過科舉考試的等級名次來劃分人的能力的大小強弱。這就使得在中國文化中，形成了一種狀元文化，即第一文化。科舉考試在中國實行 1300 多年，狀元及第，金榜題名永遠都是中國人心目當中一個遙不可及的夢想。望子成龍永遠都成為了一個時代的佳話。這使得中國人全都積極地鎖定一個固有的方向，去爭取一樣東西，那就是金榜題名。這就是每一個人心中懷有的狀元夢想。狀元文化，一直到現在仍然很盛行，中國人一直都把這種狀元文化視為是一種奮發向上的文化。從未懷

疑過其合理性。但是，當我們去看科舉辭彙時，我們應該去懷疑其合理性。要得到一個狀元，要經歷縣試、府試、院試、鄉試、會試、殿試，每一層考試都是要加倍努力的。考生想要考到狀元，也許要消耗掉自己的一生。或許有人為此而耗費掉自己的一生也未能實現這種夢想。這種狀元文化讓人們走入了一種死胡同。

之所以人們對狀元趨之若鶩，那就是狀元獲得後的榮耀和權力是十分巨大的，足以讓人為此而折腰。我們可以從簡單的獲取功名後的一些辭彙中，看出獲得狀元後是多麼的榮耀和光彩。

曲江大會：唐朝新科進士及第後，在曲江舉行的遊園慶賀活動。曲江位於古長安城東南郊，為一風景秀麗的人工湖。蜿蜒曲折，因稱曲江池。傍水的有紫雲樓、芙蓉苑、杏園、慈恩寺等名勝。初由新科進士自費在此舉行慶賀酒宴，後由皇帝賜錢宴請新科進士，並有教坊演出樂舞，湖中泛舟等活動，充滿喜慶歡樂氣氛。長安人也傾城而出，來此遊玩，皇帝則駕臨池旁的紫雲樓，登臨觀賞，車水馬龍，熱鬧非凡。會後尚有許多歡慶活動。如杏園宴、櫻桃宴、月燈宴等。

雁塔題名：雁塔指的是大雁塔。在今陝西省西安市南慈恩寺中，稱大雁塔。其為唐高宗為追念其母而建。塔為七層。唐代新進士常題名於此。後常用為中式高舉之典故。雁塔題名是在唐朝進士考中後的一種表彰儀式。武則天時期，新科進士與曲江宴之後，集於慈恩寺，推請同科進士中工於書法者，將一榜進士姓名書於大雁塔之上，為之「雁塔題名」。後世進士發榜後，也多例行此舉，然而多是刻碑立石，為之進士題名碑，也以此稱取中進士。

聞喜宴：俗稱作瓊林宴。朝廷特賜科舉中新及第者的宴會名。宋承唐制，宋太宗於太平興國二年（977 年），在開寶寺賜新及第進士和諸科及第者五百餘人聞喜宴。太平興國九年（984 年），移賜宴於瓊林苑。宴會結束後，新及第者在貢院刻石題名。端拱元年（988 年），定聞喜宴分為兩日：一日宴進士；二日宴諸科及第者。南宋紹興十五年（1145 年），改於禮部貢院賜聞喜宴。

通過科舉考試成功後的宴會或者禮儀活動名稱，我們就可以看出或者說是看到金榜題名後的榮耀。「狀元文化」在不斷地發展中成為了一種重視倫理輕視個體的一種文化。「狀元文化」，給人們帶來的榮耀的衝擊感是十分強大的。這種文化讓人性得到了約束。人性的光芒被束縛後，而作為個體的人在社會中具

有無足輕重的地位。作為社會個體的人，只有通過科舉考試，進入某種級別後，人才會受到尊重。不然，生活在科舉時代的人，大都是被儒家倫理道德掩蓋的芸芸眾生而已。其個體的凸顯是很小的。為了不被芸芸眾生淹沒，全國的讀書人都在拼命讀書，以求有一天能夠狀元及第，一朝成名天下知。

這就使得人們忽視掉了一個現實即一個孩子在成長過程中的興趣和愛好都被忽略掉了。第一文化就是藐視了個體的能動性，千篇一律的用一條科舉線來衡量是否成功，是否是人才。在中國人們傾向於狀元文化，但西方人更注重的是孩子的個體，孩子的思想和興趣。所以當西方小孩長大後，他們都是一個獨立思考的個體。這就是西方文化中的「唯一」文化。這種「唯一」文化與其宗教思想中每一個人在上帝面前都是平等的思想是分不開的。也就是說每一個人在社會中都是一個平等的個體。正是這種個體意識讓人們更加注重尊重自己或者是下一代的興趣愛好，所以西方人強調尊重孩子的個性和唯一性而不是讓孩子們去爭所謂的「狀元」。

在中國凡事我們都要去爭一流，而不是注重自己的「唯一」即自身的特色，在一千三百年的時間裏，科舉考試讓人們沿著一個方向，向前奔跑，途中有多少人成為犧牲品，然而中國人對此的熱情依然不改。在現代高考的指揮棒下，學校和家庭依然在用「狀元」文化思維去衡量孩子的學習和學校的教學質量，學校也用「狀元文化」思維去衡量老師的教學能力。這種中國特色的狀元文化思維使得建校時間並不算太悠久，歷史底蘊還不算太深厚的各個大學都喊出了要建立世界一流大學的目標。這就是科舉思維所延續的第一文化思維所導致的。什麼事情我們都要去幹第一。我們不禁要捫心自問，符合實際嗎？符合世界發展的大趨勢，大潮流嗎？

從狀元文化的辭彙中我們可以反思很多，這些從科舉辭彙中所能看到或者說是反思到的，僅僅是一部分而已。我們的思維不能替代下一代的思維，我們的特長，不能代替下一代的特長。我們在關於下一代的培養問題上，我們應該從狀元文化、第一文化中走出來；我們應該積極地創造一種讓孩子們個性都能得到自由伸張和延伸的環境和氛圍。讓孩子們不應當再為了爭一個第一，而去喪失掉自己的特有的東西。「唯一性」的文化，或者說是「特色文化」應該是積極地被人們所重視起來。尊重個體，尊重實際，比盲目地追求千篇一律的考試第一更為重要。中國社會的方方面面，也應該積極地去思考這種東西。不要

動不動就搞一流，就搞全世界之最。得到第一，那又能如何。就如同我們從科舉辭彙中看到的一樣，一千三百年的科舉考試史，有多少人得到「狀元」這一名號，但是這些數量眾多的狀元中，又有幾人對社會生產力的根本性變革，起過積極的作用。出過幾個牛頓、愛因斯坦式的人物？至今連一個諾貝爾獎都沒有得到。難怪錢學森先生提出其著名的錢學森之問——中國培養的人才到底怎麼了？

中國的狀元文化，在學校中十分地流行。學習好的學生，得第一的學生就會得到老師和同學的重視，而學習不好的，則被冷落。這種一刀切排名次等等的東西，使得孩子們喪失掉了個性的自我，喪失掉了自己的唯一性。如果教育就只用一條線去衡量學生的能力，那麼其結果可能就是孩子們身上的一些個性的東西被消失掉，或者說是喪失掉了。

狀元文化造成了某種鑽牛角尖式的文化，一條道走到黑。從某種角度說，這使得中國文化老是集中在社會倫理科學中，也就是說他讓人們的思維都集中在社會倫理考試中獲取狀元上。從察舉考試一直到科舉考試，都是強調的社會倫理文化，而對自然科學文化強調的就甚少。我們從科舉考試的科目辭彙中就可以看出。我們考的都是儒家的經典社會倫理理論。而其中的算學、醫學等等一些培養專業人才的學校也沒有讓統治者足夠的重視起來。人們對此更是不屑一顧。唯有考取正宗的儒家經典獲得的進士才是儒家倫理社會的正統。人們把所有的目光都集中於文科科舉上面。其給人們帶來的感覺是文科科舉所造出的那都是無所不能之人才。即使設立武科或其他自然學科，那也不受重視。

就拿「科技」一詞來說。對於「科技」一詞是日本人用中國的漢字來翻譯的西方的「science and technology」詞組。中國古代代並沒有這個詞。西方的「science」一詞是指自然科學、學科或者是專門的技巧或技術。〔註1〕「technology」〔註2〕一詞指的是科技；工藝及應用科學（工程技術）；工藝學；工程學。或者指的是工業等方面的技術應用。從該詞的翻譯當中我們可以看出「technology」一詞強調的是技術。

〔註1〕 商務印書館編輯部，牛津高階英漢雙解詞典（第四版增補版）〔Z〕，北京：商務印書館，倫敦：牛津大學出版社，2002年，第1342頁。
〔註2〕 商務印書館編輯部，牛津高階英漢雙解詞典（第四版增補版）〔Z〕，北京：商務印書館，倫敦：牛津大學出版社，2002年，第1569頁。

我們從古漢語角度分析一下「科技」一詞的含義。科，本義就是品類，等級的意思。《說文解字》對其的解釋為「科，程也」。「程，品也。十髮為程，十程為分，十分為寸。」〔註3〕從以上的解釋我們可以看出「科」的本意是分類、品類的意思，但是後來就有了類別，種類的等意思。漢字「技」，其小篆為「技」《說文解字》中的解釋是：「技，巧也。」其本義就是技藝，技巧，才藝，才能之意。我們從以上兩字的解釋可以看其當初組詞的含義就是不同學科或者是不同種類的技藝、才能、技巧的意思。後來隨著社會的發展「科技」一詞的含義逐漸偏向了自然科學一面。從該詞的解釋中我們可以看出，「科技」一詞所展現出的文化概念是手工之類的技藝、技能之類。在中國古代社會對於自然科學領域的技能技巧之類的知識不敢興趣。正如孟子所說的那樣：「勞心者治人，勞力者治於人」〔註4〕孟子的這種觀點體現了古代社會的一種傾向。所以在中國古代對於這種動手強，實踐性強，技能性強的自然科學是看不起的。也就是說這一領域在中國古代社會的地位是十分低下且跟本就是不入流的。

對於技能式的自然科學方面的偏離和社會倫理領域的意識強化。這就使得中國社會積極地朝著一個方向努力，那就是在社會倫理領域中考狀元。這就使得人們忽視了自己本身所特有的東西。並且令人悲哀的是這種文化思維在現在社會中依然盛行。這就使得我們在以後中國文化建設方面應該積極地引導人們重視個體重視自身的興趣和愛好。

狀元文化，會給人們帶來一種奮發向上，積極進取的東西。如果沒有狀元文化，也不會使得人們起早貪黑，苦命讀書，夢想有一天能夠金榜題名。狀元文化使得人們能積極地進取完善自我，使得人們不斷地進步。而個性式的特色文化，就被這種看似進取式的狀元文化所掩蓋。一千多年的科舉考試產生的出的科舉辭彙就沒有涉及人文社科以外的其他東西，思維的單一，使得我們最終嘗到了苦果。

三、科舉辭彙映像出的獨尊儒家文化的傾向對當今文化建設的思考

儒家文化被確立為唯一合法的地位後，其基本保持的是「罷黜百家，獨尊

〔註3〕東漢·許慎《說文解字》，上海：上海古籍出版社，2010年，第343頁。
〔註4〕出自《孟子·滕文公上》。

儒術」的狀態。以自己為尊，這也就成了其基本的特徵。但這並不等於說儒家文化一點兒也不兼容並蓄地吸收其他文化。儒家思想在發展過程中還是吸收了其他一些文化的精髓的。儒家經過了董仲舒以及後來南宋朱熹等人的改造，也就說明了其雜糅了其他文化的一些東西。但是在中國文化當中以儒家為尊的思想一直未改變過。

「獨尊儒術」最早是漢代的董仲舒在其論策中提出的思想。從這以後，在選拔人才中，「獨尊儒術」都得到了很好的體現。尤其是隋唐時期，科舉制度得到確立和發展，獨尊儒家文化，得到了進一步的保障。科舉制度使得儒家文化得到了進一步的保障。這種保障使得儒家文化成為權力的試金石。考生只有掌握並融匯貫通了這種知識，才能叩響權力的大門。這種獨尊儒家文化的傾向使得科舉的方方面面，都體現出了儒家的文化觀念。儒家一直被作為官方的主流思想來指導和應用於科舉考試。從科舉考試的內容和書目辭彙中我們就可以看出這些來的。

五經正義：五經指五部儒家經典著作。唐朝所頒布的儒學經書的標準書籍，是一部官書。即《詩經》、《尚書》、《禮記》、《周易》、《春秋》。其為官學統一教材和科舉考試的標準答案。漢武帝時，朝廷正式將這五部書宣布為經典，故稱「五經〔註5〕」。由於儒家典籍散佚，文理不通，章句混亂。為了適應科舉取士和維護全國政治統一的需要，唐代的《五經正義》出來後，結束了儒學宗派的紛爭，對於儒學的發展是很重要的。唐代的孔穎達等奉唐太宗李世民之命進行編訂該書，一百八十卷，書籍內容兼容並蓄，成就很高。《五經正義》現存《十三經注疏》中，其中最好的是影印阮刻《十三經注疏》。

四書章句集注：簡稱為《四書》。南宋朱熹編著。包括《大學章句》一卷，《孟子集注》七卷，《中庸章句》一卷，《論語集注》十卷。其為四書的重要的注本。朱熹將五經之一的《禮記》中的《大學》、《中庸》抽出，將其與《論語》、《孟子》並列。《大學》、《中庸》中的注解稱為「章句」，《論語》、《孟子》中的注解因為結合了眾人說法，所以稱為「集注」。《四書章句集注》一書，上承經典，下啟群學。其重塑了孔孟形象，整理和規範了儒家的思想，宣揚和貫徹了

〔註5〕在漢代時，「五經」指的是《詩經》、《尚書》、《儀禮》、《周易》、《春秋》。其中的「禮」並不是後代的《禮記》而是《儀禮》。這一點從熹平石經中就可以看出來。《禮記》是對《儀禮》進行解釋的著作。唐代以後才取代了《儀禮》的位置，成為五經之一。

儒家的精神。宋以後，元、明、清三朝都以《四書集注》為學官教科書。其成為了官定的必讀注本和科舉考試的科舉考試的標準答案。可以說《四書章句集注》是儒家文化史上的一個里程牌。

從科舉考試的書目中，我們可以看出這種以儒家文化為尊的科舉考試，一直以宣揚和傳播儒家文化為己任。這種科舉考試中以儒家為尊的做法，成功之處頗多，遺憾之處即給社會帶來的負面影響也很多。這種考試能夠巧妙地把官方所倡導的主流思想與仕途用一個科舉考試的方式來緊密相連。在當時文化輿論宣傳不是十分發達的情況下，科舉考試對儒家文化的傳播也是不可估量的。這也使得我們對今天的文化建設中的一些東西引發了思考。科舉辭彙中的獨尊儒家文化的傾向對現代中華民族的文化建設的走向有何啟示和啟發？中華民族的文化走向會是什麼？

首先我們看一下如下的結構圖：

A：春秋戰國→百家爭鳴→獨尊儒術→科舉考試→儒家文化

B：五四運動→思想爭鳴→獨尊馬列→政治考試→？

我們從以上一、二組辭彙比較中能夠得到什麼啟示？我們可以顯而易見的看到思想文化的交替像在重演一樣。當然，從哲學角度講，不可能絕對地重演，但是最後的問號到底是什麼？我們都在追尋答案。

一種文化的勝出，必定會經過激烈地爭論，最後由人們進行選擇而決定。在古代，自戰國思想爭鳴以後，各個朝代都選擇了儒家思想。儒家思想成為國家唯一的統治思想。統治者於是想盡各種方法讓這種思想深入到人們的思想當中去。在科舉考試後，在強大的利益引導面前，人們都願意投入到科舉的懷抱。在科舉考試的制度下，儒家文化成為了深入人心的一種信仰文化。人們在接受科舉考試的一千三百年的時間裏，人們都麻木於這種文化當中。人們從不問為什麼會考這些內容？習慣成自然，儒家文化就在這樣的情況下，被人們全盤接收，儒家文化倫理觀念被人們照單全收。最終其變為了人們心裏一種底層的東西，成為了一種文化信仰。

如同 B 中的描述一樣，在科舉制度被廢除後，人們對儒家文化進行了重新審視和反思。此時的人們看到的更多是外國的堅船利炮和外國科技的強大。這些對於當時人們的心靈的衝擊是十分巨大的。在人們感覺無所適從時，人們就開始謾罵科舉制度、漢字等一切他們想要謾罵的東西。先進的人士，從西方引

進了民主與科學的思想，他們照單全收了這種思想。人們以為這樣，中國就可以像西方一樣強大。但經過實踐證明後，西方的民主與科學這兩位先生，並沒有像人們想像的那樣，在中國的大地上開花結果。

五四以後，共產黨人選擇了馬克思主義，並將這種信仰付諸實踐。馬克思主義在中國生根發芽，形成了自己的一套文化價值觀念。這種文化價值觀念的初始階段有點兒類似儒家文化的形成過程。從上面的演化表中，我們就可以看出來。馬列文化在中國，人們稱之為「紅色文化」。「紅色文化」經過不斷地發展已經形成了自己的體系，已經有了自己特定的內涵文化。其並不是空洞的。現代社會宣揚的「奉獻精神、團結精神」等辭彙，都是紅色文化辭彙的一部分。但這種紅色文化能否像儒家文化一樣，成為中國人精神文化信仰的一部分，這有待於歷史的檢驗。這也是我們對現代文化建設的一種思考。

現代社會注重金錢與財富的積累，人們對「財富」文化的嚮往已經超過任何一個時代。這種財富文化與古代的儒家文化形成鮮明的差別。「紅色文化」要想和儒家文化一樣成為主流文化必須克服的就是這種財富文化的干擾。財富文化並不醜陋，但要防止過分的只往「錢」看的財富文化。從深層次說財富文化與紅色文化和儒家文化中不重視金錢的文化觀念形成一種強烈的對比。現代社會的新的文化信仰還處於萌芽狀態中，人們的意識狀態還是處於一種風向標狀態。風往哪邊吹，其意識狀態就往哪邊倒。這種狀態受財富文化的影響是比較大的。通過日常人們的言談舉止，就可以對現代人們的文化狀態有一個清醒的認識。儒家文化在科舉時代把財富文化和儒家信仰結合的十分完美。那就是通過科舉考試，以求達求富。現代的紅色文化如何形成如同儒家文化那樣的信仰文化，值得我們對現代文化建設的方方面面進行深思。

從儒家文化的形成過程看，其要成為主流文化還要輔之以必要的手段，例如像科舉考試這樣的有效的誘導性的考試手段。

看到古代儒家文化的形成過程，馬列文化要像儒家文化一樣成為主導中國人心靈的思想文化，那也需要不斷地兼容並蓄。同時也需要政府採取必要的措施以引導。我們不能像我們迷茫時期一樣頭腦發熱，把古代的所有東西，都全部拋入故紙堆。已故的東西，也有其值得借鑒的地方。

通過前面我們對科舉辭彙的解釋和對儒家文化的研讀，我們認為現代以馬列主義為核心的中國紅色文化，面臨著四個問題：一是如何借鑒吸收中國古代

傳統的文化。二是如何借鑒國外的先進文化觀念，即怎樣使國外的先進文化中國化。三是採取何種像古代的科舉考試一樣有效的措施，傳播這種文化，並讓人們把文化置於心底而信仰化。四是如何完善我們的終極理念。就如同西方的信仰文化一樣，讓人擁有一種嚮往感和歸屬感。

中國現代社會的文化，不可能完全拋棄古代的儒家文化。儒家文化延續幾千年，其為中華民族的根。我們必須認真地借鑒吸收。西方的文化也必須積極借鑒吸收，對西方文化的吸收有利於對對方科技的融化與消解。因為中國與西方國家之間，科技還是相差一大段距離的。對於終極理念的完善，有利於我們對未來社會的嚮往和憧憬。

現代社會的政治理論考試，有利於人們對馬列文化的理解和接受。但是能否像古代的科舉考試一樣起到那種加強人們文化導向的功能，我們的態度是悲觀的。這種考試的功能和性質已經和科舉考試的那種功能性質相差很遠了。但是我們還要看到時代變了，現代社會宣揚紅色文化並不僅僅限於這種國家或學校的政治理論考試。

現代社會的傳媒工具，也是一種非常好的宣傳工具。媒體這一新事物，可以引導人們去瞭解和接受某種文化。在這種傳媒工具的強大攻勢下，時間長了人們也就會受其影響，去接受或否定某種文化。所以建設現代社會的文化信仰體系，與古代文化信仰體系的建立是不一樣的。

現代文化，要相容中國古代文化和西方先進的優秀的文化，這並不是簡單地雜糅，這需要的是消化吸收。中國的現代文化體系能夠發展到何種情況，我們會期待。但是有一點兒，社會在進步，中國文化也會進步，中國現代文化不會再走中國古代文化的老路了。但是我們決不能因此而徹底放棄中國的傳統文化。五四時期的徹底打倒和放棄，我們已經看到了其惡劣的後果。如果放棄我們就會迷失方向，就會向邯鄲學步一樣，那將是中華民族噩夢的開始。

參考文獻

一、工具書類

1. 漢，許慎，說文解字〔Z〕，上海：上海古籍出版社，2006 年。

2. 漢，許慎撰，清，段玉裁注，說文解字注〔Z〕，上海：上海古籍出版社，1988 年。

3. 楊金鼎，中國文化史詞典〔Z〕，杭州：浙江古籍出版社，1987 年。

4. 翟國璋，中國科舉詞典〔Z〕，南昌：江西教育出版社，2006 年。

5. 商務印書館編輯部，牛津高階英漢雙解詞典〔Z〕，北京：商務印書館、倫敦：牛津大學出版社，2002 年。

6. 孫永都，孟昭星，簡明古代職官詞典〔Z〕，北京：書目文獻出版社，1987 年。

7. 漢典網站：http://www.zdic.net

二、專著類

1. 王德昭，清代科舉制度研究〔M〕，北京：中華書局，1984 年。

2. 王道成，科舉史話〔M〕，北京：中華書局，1988 年。

3. 羅常培，語言與文化〔M〕，北京：語文出版社，1989 年。

4. 金諍，科舉制度與科舉文化〔M〕，上海：上海人民出版社，1990 年。

5. 張希清，中國科舉考試制度〔M〕，北京：新華出版社，1993 年。

6. 賈志揚，宋代科舉〔M〕，臺北：東大圖書公司，中華民國八十四年（1995 年）。

7. 何九盈、胡雙寶、張猛，中國漢字文化大觀〔M〕，北京：北京大學出版社，1995 年。

8. 邵敬敏，文化語言學中國潮〔C〕，北京：語文出版社，1995 年。

9. 胡世慶，中國文化通史〔M〕，杭州：浙江大學出版社，1996 年。

10. 戴昭明，文化語言學導論〔M〕，北京：語文出版社，1996 年。

11. 臧雲浦，朱崇業，王雲度，歷代官制、兵制、科舉製表釋〔M〕，南京：江蘇古籍出版社，1997 年。

12. 何九盈，漢字文化學〔M〕，瀋陽：遼寧人民出版社，2000 年。

13. 謝文慶，孫暉，漢語言文化研究〔C〕，天津：天津出版社，2000 年。

14. 徐梓，元代書院研究〔M〕，北京：社會科學文獻出版社，2000 年。

15. 陳良煜，訓詁學新探〔M〕，西寧：青海人民出版社，2001 年。

16. 王炳照，徐勇，中國科舉制度研究〔M〕，石家莊：河北人民出版社，2002 年。

17. 楊齊福，科舉制度與近代文化〔M〕，北京：人民出版社，2003 年。

18. 劉海峰、李兵，中國科舉史〔M〕，上海：東方出版中心，2004 年。

19. 陳建憲，文化學教程〔M〕，武漢：華中師範大學出版社，2005 年。

20. 汪小洋、孔慶茂，科舉文體研究〔M〕，天津：天津古籍出版社，2005 年。

21. 袁行霈、嚴文明，中華文明史〔M〕，北京：北京大學出版社，2006 年。

22. 黃德寬，漢字理論叢稿〔M〕，北京：商務印書館，2006 年。

23. 傅璇宗，唐代科舉與文學〔M〕，西安：陝西人民出版社，2007 年。

24. 葉朗，費振剛，中國文化導讀〔M〕，北京：三聯書店，2007 年。

25. 陰法魯，許樹安，劉玉才，中國古代文化史〔M〕，北京：北京大學出版社，2008 年。

26. 林白，朱梅蘇，中國科舉史話〔M〕，南昌：江西出版集團，江西人民出版社，2008 年。

27. 呂思勉，中國制度史〔M〕，上海：上海三聯書店，2009 年。

28. 陳文新，歷代制舉史料彙編〔M〕，武漢：武漢大學出版社，2009 年。

29. 劉海峰，鄭若玲，科舉學的形成與發展〔M〕，武漢：華中師範大學出版社，2009 年。

30. 吳宗國，唐代科舉制度研究〔M〕，北京：北京大學出版社，2010 年。

31. 李承，宋新夫，中國古代科舉制度價值研究〔M〕，北京：軍事科學出版社，2010 年。

三、論文類

1. 劉海峰，科舉術語與「科舉學」的概念體系〔J〕，廈門大學學報（哲學社會科學版），2000，（4）。

2. 劉海峰，科舉制的起源與進士科的起始〔J〕，歷史研究，2000，（6）。

3. 周臘生，南唐貢舉考略〔J〕，文獻，2001，（2）。

4. 高績增，科舉文化的來龍去脈和深遠影響〔J〕，中國國情力量，2001，(3)。

5. 張亞群，科舉學的文化視角〔J〕，廈門大學學報（哲學社會科學版），2002，(6)。

6. 祖慧，龔延明，科舉制定義再商榷〔J〕，歷史研究，2003，(6)。

7. 金曉民，明清小說評點與科舉文化〔J〕，明清小說研究，2003，(2)。

8. 楊齊福，清末廢科舉的文化效應〔J〕，中州學刊，2004，(2)。

9. 王娥，科舉文化熟語探析〔J〕，前言，2005，(8)。

10. 劉海峰，重評科舉制度——廢科舉百年反思〔J〕，廈門大學學報（哲學社會科學版），2005，(2)。

11. 劉海峰，「科舉學」古今含義的演變〔J〕，集美大學學報，2005，6 (1)。

12. 劉虹，科舉學的文化視角〔J〕，集美大學學報（教育科學版），2005，6 (1)。

13. 王建平，唐代科舉的社會功能〔J〕，華南師範大學學報（社會科學版），2005，(4)。

14. 張亞群，科舉文化:「科舉學」研究的重要領域〔J〕，集美大學學報（教育科學版），2005，6 (1)。

15. 金瀅坤，論唐五代科舉考試的鎖院制度〔J〕，西北師範大學學報（社會科學版），2005，42 (1)。

16. 鄭若玲，科舉考試的功能與科舉社會的形成〔J〕，廈門大學學報（哲學社會科學版），2005，(2)。

17. 王德毅，宋代科舉與士風〔J〕，廈門大學學報（哲學社會科學版），2005，(6)。

18. 王凱旋，明代科舉考試思想述論〔J〕，社會科學輯刊，2005，(6)。

19. 〔美〕艾爾曼，中華帝國後期的科舉制度〔J〕，廈門大學學報（哲學社會科學版），2005，(6)。

20. 祝尚書，論宋代科舉時文的程式化〔J〕，廈門大學學報（哲學社會科學版），2005，(5)。

21. 劉海峰，科舉停廢與文明衝突〔J〕，廈門大學學報（哲學社會科學版），2006，(4)。

22. 劉海峰，科舉民俗與科舉學〔J〕，江西社會科學，2006，(10)。

23. 孫雍長、李建國，宋元明清時期的漢字規範〔J〕，學術研究，2006，(4)。

24. 唐輝，遙聆八股聲如雷——八股文的文化學背景與文體學內涵〔J〕，太原師範學院學報（社會科學版），2006，(3)。

25. 張亞群，論科舉文化遺產〔J〕，廈門大學學報（哲學社會科學版），2006，(2)。

26. 樊雪萊，回首百年話科舉——論科舉制度歷經的滄桑及對現代高考制度的影響〔J〕，北京工業大學學報（社會科學版），2006，6 (1)。

27. 〔美〕李弘祺，中國科舉考試及其近代解釋五論〔J〕，廈門大學學報（哲學社會科學版），2006，(2)。

28. 高明揚，科舉八股文考試功能述論〔J〕，甘肅社會科學，2006，(6)。

29. 崔勇，丁建軍，宋朝科舉考試制度改革〔J〕，江海學刊，2006，(4)。

30. 高桂娟，科舉制度的文化意義探論〔J〕，武漢理工大學學報（社會科學版），2007，20（2）。

31. 孫孝偉，金朝科舉制度探析〔J〕，長春師範學院學報（人文社會科學版），2007，（3）。

32. 張亞群，科舉考試的文化整合功能〔J〕，探索與爭鳴，2007，（12）。

33. 郭培貴，二十世紀以來明代科舉研究述評〔J〕，中國文化研究，2007，（3）。

34. 金瀅坤，論唐五代考試與文字的關係〔J〕，首都師範大學學報（社會科學版），2007，（3）。

35. 張利，宋代科舉考試防弊措施〔J〕，河北大學學報（哲學社會科學版），2007，32（136）。

36. 聞華，唐朝科舉的「龍虎榜」〔J〕，華夏文化，2007，（1）。

37. 金瀅坤，論唐五代科舉對婚姻觀念的影響〔J〕，廈門大學學報（哲學社會科學版），2008，（1）。

38. 劉海峰，「科舉」含義與科舉制的起始年份〔J〕，廈門大學學報（哲學社會科學版），2008，（5）。

39. 盛險峰，科舉與五代士大夫精神的缺失〔J〕，史學集刊，2008，（3）。

40. 蘇鵬，科舉對傳統制度文化的自覺革新〔J〕，西安交通大學學報（哲學社會科學版），2008，28（2）。

41. 劉海峰，「策學」與科舉學〔J〕，教育學報，2009，5（6）。

42. 張亞群，科舉考試與漢字文化——兼論進士科一枝獨秀的原因〔J〕，中國地質大學學報（社會科學版），2009，9（6）。

43. 葉楚炎，「類科舉」的情節和小說——明代科舉對小說文體的影響〔J〕，重慶大學學報（社會科學版），2009，15（5）。

44. 陳興德，科舉觀：科舉學研究的新視角〔J〕，廈門大學學報（哲學社會科學版），2009，（6）。

45. 宋方青，科舉革廢與清末法政教育〔J〕，廈門大學學報（哲學社會科學版），2009，（5）。

46. 陳文新，科舉制度是中國對世界文化的偉大貢獻——關於「關於歷代科舉文獻整理與研究叢刊」的幾點說明〔J〕，武漢大學學報（人文科學版），2009，62（2）。

47. 龔賢，元代科舉制的文化闡釋〔J〕，衡陽師範學院學報，2009，30（1）。

48. 陽達，試論宋代科舉義約現象〔J〕，學術研究，2009，（4）。

49. 曹帥，古代文化常識——「科舉」辭彙〔J〕，語文世界（中學生之窗），2009，（9）。

50. 劉海峰，科舉政治與科舉學〔J〕，華中師範大學學報（人文社會科學版），2010，49（5）。

51. 劉海峰，為科舉證明〔J〕，廈門大學學報（哲學社會科學版），2010，（3）。

52. 王偉，唐代士卒與科舉取士之關係及其影響〔J〕，北方論叢，2010，（5）。

53. 李子廣，儒家思想與文學考試——關於科舉制的文化考索〔J〕，廣播電視大學大學學報（哲學社會科學版），2010，（2）。

54. 〔美〕李弘祺著，車如山譯，中國科舉制度：歷史特徵與現代功用〔J〕，大學教育科學，2010，03（3）。

55. 陳振禎，淺述中國古代的科舉識兆類型——以福建為中心〔J〕，福建師範大學福清分校學報，2010，（4）。

56. 黃澈，唐代文化繁榮的原因解析〔J〕，太原城市職業技術學院學報，2010，（2）。

57. 周興祿，論宋代科舉殿試的詩賦作品〔J〕，江蘇社會科學，2010，（4）。

58. 陽達，歐陽光，明代文社與科舉文化〔J〕，湖北大學學報（哲學社會科學版），2010，37（5）。

59. 劉一彬，試論科舉文獻的獨特性與專門性〔J〕，圖書與情報，2010，（5）。

60. 沈潔，科舉、功名與清末民初知識人社會〔J〕，華東師範大學學報（哲學社會科學版），2011，（1）。

四、學位論文類

碩士學位論文

1. 邊玉朋，再論八股文〔D〕，大連：遼寧師範大學，2005 年。

2. 張喆，唐漢字規範研究〔D〕，西安：陝西師範大學，2006 年。

3. 劉燕，八股文價值研究〔D〕，蘭州：西北師範大學，2006 年。

4. 符繼承，初盛唐科舉文化導向與齊梁詩風的沿革〔D〕，長沙：湖南大學，2006 年。

5. 王良先，淺論清代中前期科舉與經學的關係〔D〕，武漢：湖北大學，2007 年。

6. 劉宏章，科舉制度的政治功能探析〔D〕，長沙：湖南大學，2009 年。

博士學位論文

1. 鄭曉霞，唐代科舉詩〔D〕，上海：華東師範大學，2005 年。

2. 黃明光，明代科舉制度研究〔D〕，杭州：浙江大學，2005 年。

3. 高明揚，科舉八股文專題研究〔D〕，杭州：浙江大學，2005 年。

4. 夏衛東，清代科舉制度研究〔D〕，杭州：浙江大學，2006 年。

5. 鄧建國，科舉制度的倫理審視〔D〕，長沙．湖南師範大學，2007 年。

後　記

　　這篇書稿是在我的學位論文基礎上修改而成。面對論文修改成書稿，又即將付梓，心中感慨萬千。以往求學經歷，難免又一一浮出腦海。雖然書稿幾經修改與打磨，但文中的論述難免有不準確和值得商榷的地方，還請各位方家指正。

　　我的這部書稿的立題、構思、行文布局都得益於業師陳良煜先生的指導。書稿的立題源於業師陳良煜先生讓我校釋的一部《吳敬亭詩文集》。在校釋這部詩文集的時候，我遇到許多陌生的科舉辭彙。在解釋這些科舉辭彙的過程中我發現了科舉知識是一個龐大的學科體系。同時我也發現人們很少從語言角度出發進行解釋，科舉辭彙中隱藏著的文化理念，也很少有人去觸及。在課堂上，我把我發現的這一問題與先生做了一個交流。先生認為這可以作為一個畢業論文的選題，並鼓勵我從文化語言學角度去寫作。在以後的論文開題和寫作中，先生不斷地給予指點和幫助。

　　在書稿即將付梓的時候，不禁回想起與業師結緣的情形。十多年前的一個中午，我的手機鈴聲，突然想起。先生在電話裏說讓我準備一下，準備到學校參加復試。當我在失落到最低點時，先生的這番話就如同久旱的土地得到了雨露的滋潤一樣。心情十分興奮又忐忑不安，主要擔心的還是面試不過沒法給家裏的父母交代。在那以後的幾天裏，我都是在圖書館度過的，那時的我，比我備戰考試時還要緊張。我帶著這份緊張踏上了西去青海的火車。

　　當火車到達了王洛賓曾經稱其為「遙遠的地方」的地方，眼前的繁華，讓我目不暇接，也讓我感到驚奇。因為這與我想像中的青海不一樣。當我見到業師慈祥的面孔時，我的忐忑就消失了。因為業師和藹可親，微笑的面孔，一點兒也不讓人感覺到緊張。就這樣，我十分有幸地做了先生的學生。我十分感謝先生能夠收留我做為他的學生。每當回憶起與先生在一起的點點滴滴，我都會產生對先生的無限感激之情。正是因為先生的收留，使得我給農村家中的父母一個還算令他們滿意的交代。這個交代等於說是先生給予我的一個恩賜。在與先生一塊度過的三年時間裏，先生教會我很多，不管是為人處世，還是做學問一絲不苟的態度。先生的諄諄教導，使我這個剛完成本科學業的學生進步很快。在日常的生活中，先生也給予我父親般的關愛，使我很快適應了學校的生活壞境；在學業上，先生更是負責到家，認真修改我平時的作業；先生在學術上給予我的指導和建議，也為我的學術研究打下了良好的基礎；在實踐上，先生也為我提供了許多機會，讓我在實踐中去鍛鍊自己。先生給予我的這些諸多鍛鍊，讓我感知到了知識的價值與魅力。先生為我和我的同窗師兄妹，付出了好多好多。在此，我真的想說一聲：「謝謝您！先生您辛苦了，願您健康長壽。」

　　在三年的學習生涯中，我聆聽了張成材、陳良煜、劉道英、李春玲、賈愛媛、李玲瓏、齊昀、納秀豔、左克厚、魏道明等先生開設的課程。諸位先生淵博的知識、嚴謹的學風，都讓我受益匪淺。各位先生都從自己所做的學術角度，為我和我的同窗生動詳實地講授了相關專業課程的知識。這極大的豐富和完善了我的專業知識結構。藉此機會，向各位先生為我和我的同窗做出的辛苦付出而致以深深的謝意。沒有諸位先生的付出，就沒有我和我的同窗在學術上的收穫。

　　感謝我的同窗師兄妹和其他幫助過我的同學、朋友，正是有了他們的幫助，我的生活才顯得如此快樂。對於本文的撰寫他們也提出了很多誠懇而有見地的想法，為本文增光不少。恕我不能在此將各位同門的名字一一寫出。在此，我十分感謝你們給予我的熱情幫助。

　　同時也感謝參考文獻中列出的各位先賢先學。沒有各位先賢先學的學術成就，也就沒有我的這篇畢業論文。在此對各位先賢先學的學術成就給予本文的幫助表示深深的謝意。

　　我要感謝我的父母。爸爸、媽媽文化低，但是他們盼望自己的兒子能夠有

出息一點兒。但我總是感覺自己不是很爭氣。所以在大學和研究生階段，我從未敢偷過懶。因為當我想偷懶時，都會有種負罪感。我真的不想辜負父母的殷殷盼望之情。爸爸媽媽為我的學業，付出了太多太多，我真的非常感謝他們。

感謝花木蘭文化事業有限公司的楊嘉樂先生及其同事們給予本書出版的機會。

孫中強　謹識

2020 年 8 月於青海